데미안

데미안

헤르만 헤세 지음
홍성덕 사진. 한민 옮김

차례

두 세계

열 살 무렵, 내가 작은 도시에 있는 라틴어 학교에 다니던 시절의 경험으로부터 이 이야기를 시작하려고 한다.

이야기를 꺼내다 보니, 그 시절로부터 온갖 향기들이 밀려오고, 내면 저 깊은 곳에서부터 유쾌한 전율과 비애가 파문을 일으킨다. 어두운 골목들, 불이 환하게 켜진 집들, 탑들, 시계 소리와 사람들의 얼굴, 안락함과 편안한 위안으로 가득 찬 방들, 무시무시한 유령의 공포와 비밀로 가득 찬 방들, 따뜻하고 비좁은 방에서 풍기던 냄새, 토끼와 하녀들의 냄새, 가정용 상비약 냄새와 마른 과일 향기도 난다. 그곳에는 두 세계가 뒤섞여 있었고, 양 극단의 세계로부터 낮이 오고 또 밤이 왔다.

그 하나의 세계는 우리 집이었다. 그러나 그 세계는 매우 좁아서, 엄밀하게 말하자면 내 부모님만이 속해 있을 뿐이었다. 내가 대부분 잘 알고 있는 세계였다. 그 세계는 어머니와 아버지라는 이름으로 불렸고, 사랑과 엄격함이라고 불렸으며, 모범과 교훈이라고도 불렸다. 그 세계에 속한 것들은 따사로운 광채, 선명함, 청결함이었다. 그곳에는 온화하고도 다정한 대화, 깨끗하게 닦은 손, 청결한 옷, 그리고 예절바름이 깃들어 있었다. 그곳에선 아침에 찬송가가 불렸고, 성탄절 파티가 있었다. 그 세계에는 미래를 향해 똑바로 이끌어 주는 길이 있었다. 의무와 책임, 양심의 가책과 회개, 용서와 선의, 사랑과 존경심, 성경 말씀과 지혜가 있었다. 우리의 미래가 유쾌하고 순결하며, 아름답고도 정돈된 것이 되기 위해서는 이 세계에 속해야만 했다.

그러나 또 하나의 세계가 이미 우리 집 한복판에서 시작되고 있었는데, 그것은 완전히 다른 세상이었다. 냄새도 다르고, 말투도 다르고, 약속도 요구하는 것도 달랐다. 그 두 번째 세계에는 하녀들과 직공들, 유령 이야기들과 추문들이 있었다. 도살장이나 감옥, 주정뱅이들과 욕지거리를 하는 여자들, 새끼를 낳는 암소와 자빠진 말들, 가택 침입 강도, 살인, 자살과 같은 무시무시하면서도 유혹적이며, 터무니없으면서도 수수께끼 같은 온갖 일들이 무더기로 벌어지고 있었다.

아름답고도 몸서리쳐지는, 야만적이고 잔인한 일들이 골목길이나 바로 이웃집에서 벌어지고 있었고, 경찰들과 무뢰한들이 쫓고 쫓기며 내달리고, 주정뱅이들이 아내를 때리고,

밤이 되면 젊은 여자들이 뒤엉킨 채로 무리를 지어 공장에서 쏟아져 나왔다. 노파가 누군가에게 주술을 걸거나 병에 걸리게 할 수도 있었고, 숲속에는 도둑떼들이 살고 있었으며, 방화범이 경찰에 붙잡혔다. 어머니와 아버지가 계시던 우리 집을 제외하고는 어디서나 이렇듯 요란한 두 번째 세계가 솟아올랐고 분분하게 냄새를 풍기고 있었다. 그리고 그것이 아주 좋기도 했다. 여기 우리 집에 평화와 질서, 안식, 의무와 양심과 용서와 애정이 깃들어 있다는 것은 멋진 일이었다. 그리고 그 밖의 다른 모든 것들이, 온갖 소란스러운 것과 번득이는 것, 암흑과 폭력 같은 것이 존재하지만, 한 걸음만 껑충 뛰면 그것들로부터 벗어나 어머니의 품속으로 도망칠 수 있다는 것은 멋진 일이 아닐 수 없었다.

그런데 가장 기이했던 것은, 그 두 세계의 경계가 서로 맞닿아 있고 아주 가까운 곳에 공존하고 있다는 사실이었다. 예를 들어 우리 집 하녀인 리나는 저녁에 기도를 드릴 때면 거실 문 옆에 앉아 깨끗하게 씻은 두 손을 매끈하게 펼쳐진 앞치마 위에 올려놓고 명랑한 목소리로 함께 노래 부르는데, 그럴 때는 완전히 아버지와 어머니, 즉 우리들에게, 그러니까 밝음과 올바른 것에 속해 있었다. 그러나 부엌이나 혹은 장작을 쌓아두는 헛간에서 내게 머리 없는 난쟁이 이야기를 해 줄 때나 푸줏간이나 구멍가게에서 이웃 아낙네와 언쟁을 할 때는 완전히 딴사람이 되어 비밀에 휩싸인 다른 세계에 속했다.

그런데 그것은 모두가 다 그랬다. 나 자신이 가장 심했다. 물론, 나는 내 부모님의 자식이었고, 밝고 바른 세계에 속해 있었다. 하지만 눈과 귀를 돌리기만 하면 어디에나 다른 세계가 존재했다. 나는 다른 세계 속에서도 살고 있었다. 비록 종종 낯설고 무시무시한 느낌이 들었고, 또 그 세계에 발을 담그게 되면 양심의 가책과 불안감을 느꼈지만 나는 그 다른 세계 속에서도 살았던 것이었다. 때로는 아주 기꺼이 그 금단의 세계에서 살고 싶기도 했다. 그리고 밝은 세계로 귀환하게 될 때 —그것이 제아무리 필연적이고 제아무리 좋은 일이라 하더라도— 덜 아름답고 지루한 것, 더욱 무미건조한 세계로 돌아가는 것 같았다.

나 또한 인생의 목표가 아버지 어머니처럼 유쾌하고 순결하며, 그렇게 우월해지고 잘 정돈되는 데 있다는 생각을 가지고 있기는 했다. 그러나 그곳에 닿기까지의 길은 멀었다. 그렇게 되기 위해서는 학교에서 배겨내야 하고, 공부를 해야 하고, 온갖 시험들을 치러야 했다. 더욱이 그 길은 언제나 다른 어두운 세계의 주변을 지나야 하거나 그 세계를 통과해야 하는 것이었으므로, 그 세계에 머물게 되거나 아주 푹 빠져버리게 되는 일도 얼마든지 있었다. 나는 그런 탕아들에 대한 이야기도 열심히 읽었다.

그런 이야기들에서는 개과천선한 탕아들이 아버지와 선한 세계로 귀환하는 것에 대해 매우 구체적이고 그럴듯하게 그리고 있었다. 나는 그것만이 올바른 것, 선하고 소망할 만한 가치가 있는 것이라고 느끼곤 했지만 그럼에도 불구하고 악당들과 탕아들이 나오는 대목에 훨씬 더 마음이 사로잡혔다. 이런 고백을 하는 게 꺼려지기는 하지만, 그 탕아가 회개를 하고 다시 건실한 사람으로 돌아온다는 사실이 때로는 유감스럽기까지 했다. 물론 그런 말은 입 밖에 내지도 않았을 뿐 아니라 그럴 생각조차 하지 않았다. 하지만 그것은 한 가닥 예감이자 가능성으로, 감정의 밑바닥에 모호한 모습으로 잠복해 있었다. 내가 마음속에 악마를 떠올리기라도 할라치면, 그 악마는 변장을 하고 있든 공공연하게 모습을 드러내든 간에 거리나 술집 혹은 시장바닥에 있었다. 우리 집에 머물고 있는 악마의 모습은 결코 상상조차 할 수가 없었다.

내 누이들 역시 밝은 세계에 속했다. 내 눈에 그녀들은 천성적으로 나보다 더 아버지 어머니와 훨씬 더 가까워 보였다. 그녀들은 나보다 선했고, 도덕적이었고, 결함이 없었다. 그들에게도 부족한 점과 나쁜 습관이 있기는 했지만 내가 보기에 그런 점들이 그다지 심각한 편은 아니었다. 그녀들은 나와 달랐다. 나는 종종 악과의 접촉으로 인해 힘들어 했고, 고통스러웠고, 어둠의 세계에 훨씬 더 가까이 있었다. 누이들은 부모님처럼 아낌을 받고 존중받아 마땅했다. 누이들과 다투었다면, 나중에 양심에 비춰볼 때 늘 나쁜 사람, 용서를 빌어야 할 사람은 나였다. 왜냐하면 누이들을 욕되게 하는 것은 부모

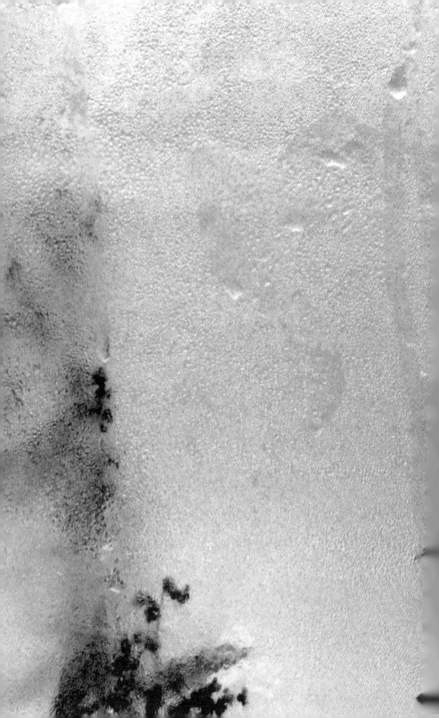

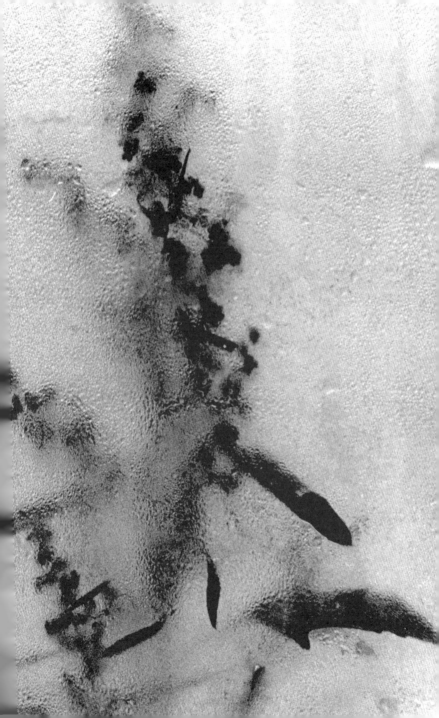

님을, 선과 계율을 모독하는 일이었기 때문이다.

그러나 나에게는 누이들보다는 오히려 방종하기 짝이 없는 거리의 아이들과 나눌 수 있는 비밀들이 있었다. 청명한 날씨, 양심에 거리낌이 없는 날이면 누이들과 함께 착하고 얌전하게 지내면서, 훌륭하고 고귀한 광휘에 싸여 있는 나 자신을 보는 일이 정말이지 유쾌했다. 천사라면, 분명 그래야 했으리라! 그것이야 말로 최상의 것이었다. 성탄절이나 행복처럼 밝은 음향과 향기에 둘러싸여 천사가 된다는 것은 감미롭고도 멋진 일이라고 우리는 생각했다. 그러나 그런 시간들은 오, 얼마나 드물던가! 종종 나는 착하고 악의 없는 얌전한 놀이를 하다가도 자주 누이들로 하여금 진저리를 치게 하고 결국에는 싸움과 불행으로 이끄는 열정과 격한 감정에 사로잡히는 일이 있었다. 그리고 화가 치밀어 오르면 나는 무섭게 달라져서 되는 대로 아무렇게나 행동을 하고 지껄여댔으며, 그러면서 한편으로는 마음속 깊은 곳에서 뜨겁게 타오르는 나 자신의 사악함을 느꼈다. 그리고 후회와 회한, 참담함과 침울한 시간, 용서를 빌어야 하는 고통스러운 순간이 오고, 그다음에야 다시금 밝은 세계의 한줄기 빛, 아무런 갈등도 없는 고요하고 고마운 행복이 몇 시간 혹은 몇 순간 찾아왔다.

나는 라틴어 학교에 다녔다. 우리 반이었던 시장 아들과 수석 삼림관 아들이 이따금씩 우리 집에 놀러왔다. 난폭한 사내

아이들이긴 해도 우리에게 허용되어진 선한 세계에 속한 아이들이었다. 그럼에도 나는 전부터 우리가 경멸하던 이웃 아이들, 공립학교 학생들과도 친밀한 관계를 맺고 있었다. 그들 중 한 아이에 대해서부터 내 이야기를 시작하려고 한다.

어느 수업이 없는 오후 —열 번째 생일이 갓 지났을 때였다.— 나는 이웃에 사는 두 아이와 집 근처를 어슬렁거리며 돌아다니고 있었다. 그때 커다란 한 아이가 왔다. 열세 살쯤 된 힘세고 거친 사내아이, 재단사의 아들인 공립학교 학생이었다. 그의 아버지는 술주정꾼이었으며 다른 가족들 역시 악평이 자자했다. 이 프란츠 크로머에 대해서는 나도 잘 알고 있었는데, 나는 그 애를 무서워했다. 그래서 그가 불쑥 끼어들자 나는 불쾌한 기분이 들었다. 그는 벌써 어른처럼 굴었고 젊은 공장 직공들의 걸음걸이와 말투를 흉내 내고 있었다.

그가 시키는 대로 우리는 다리 옆으로 해서 강가로 내려가 첫 번째 교각 아래로 몸을 숨겼다. 아치형의 교각과 느릿느릿 흐르는 강물 사이에 형성된 좁다란 강변은 온통 쓰레기와 사금파리 파편들, 고물과 녹슨 철사 뭉치, 그리고 온갖 잡동사니들이 어지럽게 널려 있었다. 거기서 이따금씩 쓸 만한 것들이 발견되기도 했는데, 우리는 프란츠 크로머의 명령에 따라 그곳을 샅샅이 뒤져서 찾아낸 것을 그에게 보여 주어야 했다. 그러면 그는 그것을 자기 호주머니에 집어넣든지, 강물로 던져버렸다. 그는 우리들에게 납, 구리 혹은 주석으로 된 것이 있는지 잘 살펴보라고 명령하고는 우리가 찾아낸 것을 모두, 심지어 뿔로 된 낡은 빗까지도 호주머니에 넣었다.

나는 그와 함께 있는 게 몹시 마음에 걸렸다. 아버지께서 아시기라도 하면, 이런 만남에 대해 꾸중을 하시리라는 것을 알고 있었기 때문만이 아니라, 프란츠에 대한 두려움 때문이기도 했다. 하지만 그 애가 나를 받아들여 다른 아이들과 똑같이 취급하는 게 기쁘기도 했다. 그는 명령했고, 우리는 복종했다. 그와 함께 하는 것이 처음이었음에도 마치 오랫동안 해오던 일처럼 여겨졌다.

마침내 우리는 땅바닥에 앉았고, 프란츠는 강물에 침을 뱉었다. 그 애는 어른처럼 보였다. 그는 잇새로 침을 탁 뱉어서 어디든 원하는 곳에 명중시킬 수 있었다. 그가 이야기를 시작했다. 그리고 아이들은 학생이 저지를 수 있는 온갖 종류의 영웅적 행동과 나쁜 행실들을 자랑삼아 떠벌렸다. 나는 잠자코 있었다. 그렇지만 바로 그 침묵이 시선을 끌어 프란츠의 노여움을 사게 될까봐 두려웠다. 두 친구는 이미 내게 등을 돌리고 프란츠에게 붙어버려서 그들 사이에서 나는 한낱 이방인이었으며, 내 옷차림이며 태도가 그 애들에게 거슬린다는 것을 알고 있었다. 라틴어 학교 학생이며 상류층 자식인 나를 프란츠가 좋아할 리는 없었다. 그리고 다른 두 아이는, 여차하면 내가 골탕을 먹어도 모른 척 내버려둘 것이라는 걸 나는 잘 알고 있었다.

불안감에 사로잡힌 나머지 마침내 나도 이야기를 늘어놓기 시작했다. 황당무계한 도둑 이야기를 꾸며냈는데, 나를 그 주인공으로 만들었다. 모퉁이 물방앗간 근처의 과수원에서, 하고 나는 이야기를 시작했다. 어느 날 밤에 친구 하나와 커다란 자루에 가득 찰 정도로 사과를 훔쳤는데, 그냥 보통 사과가 아니라 전부 라이네트와 골드 파르메네 같은 가장 좋은 품종뿐이었다고 나는 말했다. 즉 순간적인 위험을 모면하고자 꾸며낸 이야기로 도망친 것이었다. 이야기는 술술 풀려나왔다. 금방 이야기가 막혀서 더 고약한 일에 말려드는 사태만은 벌어지지 않도록, 나는 온갖 기교를 동원해 이야기를 불려나갔다. 둘 중 하나가 나무에 올라가서 사과를 따서 아래로 던지는 동안 다른 하나는 계속 망을 보아야 했다고 나는 이야기했다. 그런데 자루가 어찌나 무거웠던지 마침내 우리는 다시 자루를 풀어서 절반을 남겨둘 수밖에 없었지만 반시간 뒤에 다시 가서 그것도 마저 가져왔다고 떠벌였다.

　이야기를 마치고 났을 때, 나는 약간의 박수를 기대했다. 이야기를 꾸며내는 데 스스로 도취돼 마지막 무렵엔 몸이 후끈 달아오를 지경이었다. 작은 두 아이는 심드렁한 채로 말이 없었다. 그러자 프란츠가 반쯤 뜬 실눈으로 나를 쏘아보며 위협적인 목소리로 물었다.

　"그 얘기 정말이냐?"

　"그럼." 내가 말했다.

"그러니까, 정말로 그랬단 말이지?"

"그래, 진짜로 있었던 일이야." 속으로는 겁이 나서 숨이 막힐 것 같았지만 나는 완강한 목소리로 단언했다.

"너, 맹세할 수 있어?"

나는 몹시 놀랐지만, 즉시 그렇다고 했다.

"그럼 말해라. 하나님을 걸고, 목숨을 걸고 맹세한다고!"

나는 말했다. "하나님을 걸고, 목숨을 걸고 맹세해."

"그럼 됐어."라고 말하면서 그는 몸을 돌렸다.

그걸로 무사히 끝났다고 나는 생각했고, 그가 곧 일어나 집으로 돌아가는 길로 접어들자 기뻤다. 우리가 다리 위에 왔을 때, 나는 수줍은 태도로 이제 집에 가야 한다고 말했다.

"그렇게 서두를 필요는 없잖아." 프란츠가 웃었다. "우린 같은 방향으로 가야 하니까 말이야."

그는 건들거리는 걸음으로 천천히 걸어갔다. 나는 감히 다른 길로 가지 못했다. 그는 정말로 우리 집 쪽으로 가고 있었다. 우리 집 앞에 도착해 현관문과 묵직한 놋쇠 손잡이, 창문으로 비쳐드는 햇빛과 어머니 방의 커튼이 보이자 나는 비로소 후유 하고 한숨을 내쉬었다. 오, 마침내 집으로 돌아왔구나! 오, 축복받은, 선한 세계로의 귀환. 집으로, 밝음 속으로, 평화 속으로의 귀환!

내가 재빨리 현관문을 살짝 열고 그 틈으로 빠져 들어가 문을 닫으려는 참에 프란츠 크로머가 함께 밀고 들어왔다. 정원이 있는 방향으로만 빛이 들어오는 침침하고 서늘한, 타일이 깔린 복도에서 그는 내 팔을 붙들고 서서는 나직한 목소리로 말했다. "그렇게 서두를 거 없잖아!"

놀란 나는 그를 쳐다보았다. 무쇠와도 같은 그의 손아귀가 내 팔을 야무지게 움켜쥐고 있었다. 나는 그가 대체 무슨 속셈인지, 혹시 나를 괴롭히려는 것은 아닌지 생각을 했다. 만일 내가 소리를 지른다면, 큰소리로 요란하게 떠들어 댄다면, 누군가가 제때 내려와서 나를 구해줄 것인지 아닌지를 생각해 보았다. 그러나 이내 나는 포기했다. 내가 물었다.

"왜 그래? 날 어쩌자는 거야?"

"별 거 아냐. 그냥 몇 마디만 더 물어보려는 거야. 남들이 듣는 데서 이야기할 필요는 없으니까 말이야."

"그래? 좋아. 그런데 날더러 무얼 더 이야기하라는 거야? 나는 들어가야 해, 알잖아."

"넌 물론 알고 있겠지?" 프란츠가 나직한 목소리로 말했다. "모퉁이 물방앗간 옆의 과수원이 누구 소유인지 말이야."

"아니, 난 몰라. 물방앗간 주인 것이겠지."

프란츠는 내 어깨에 팔을 두르고는 나를 자기에게 바싹 끌어당겼다. 이제 나는 바로 코앞에서 그의 얼굴을 보아야만 했다. 그의 두 눈은 사악하게 빛나고 있었다. 그는 음흉한 미소를 띠고 있었고, 얼굴에는 잔인함과 난폭한 기운이 서려 있었다.

"이봐, 그렇다면 그 과수원이 누구네 것인지는 내가 말해 주지. 난 그 집에서 사과를 도둑맞았다는 걸 벌써 오래전부터 알고 있었으니까 말이야. 나는 주인이 누가 사과를 훔쳐갔는지 알려 주는 사람에게 2마르크를 주겠다고 말했다는 사실까지 알고 있거든."

"맙소사!" 나는 소리쳤다. "하지만 네가 그 사람에게 일러바치겠다는 건 아니겠지?"

그의 양심에 호소한다고 해봐야 아무런 소용이 없다는 것을 나는 느꼈다. 그는 다른 세계에서 왔다. 그에게 배신 따위는 범죄도 아니었다. 이런 일에 있어서 '다른' 세계에서 온 사람들은 '우리'와 다르다는 것을 나는 분명하게 느꼈다.

"일러바치지 않는다고?" 크로머가 웃었다. "이봐 친구, 내가 직접 2마르크를 만들어낼 수 있는 화폐위조범이라도 된다고 생각하는 거야? 난 가난한 놈이야. 너처럼 부자 아버지가 없단 말이지. 그러니 2마르크를 벌 수 있는 기회가 있다면 그걸 잡아야 하지 않겠어? 어쩌면 주인은 그보다 더 줄지도 모르는 일인데 말이야."

그리고는 갑자기 움켜쥐고 있던 내 팔을 놓았다. 우리 집 현관 복도에는 이제 더 이상 평화도 안전도 냄새조차 나지 않았다. 세상은 내 주위에서 산산이 부서져 내렸다. 그는 떠들고 다니겠지, 내가 도둑질을 했다고. 그 일을 아버지도 알게 될 거고, 어쩌면 경찰까지 오겠지. 혼돈에 빠진 미래의 공포가 나를 위협하고 있었다. 모든 흉폭하고 위협적인 일들이 일제히 나에게 몰아닥친 것이다. 내가 실제로 사과를 훔치지 않았다는 것은 더 이상 문제가 되지 않았다. 나는 맹세까지 하지 않았던가. 세상에, 하나님 맙소사!

눈물이 핑 돌았다. 매수를 해서라도 나를 구해야겠다고 느꼈다. 그래서 절망적으로 온 주머니를 뒤졌다. 사과도, 주머니칼도, 아무것도 없었다. 그 순간 내 시계가 떠올랐다. 낡은 은시계였다. 더 이상 가지는 않았지만 '그냥 그렇게' 가지고 다녔던, 할머니가 물려주신 시계. 나는 재빨리 그걸 꺼냈다.

"내말을 들어봐, 크로머." 나는 말했다. "제발 일러바치지만 말아줘. 그건 네게도 좋은 일은 아닐 거야. 네게 이 시계를 줄게. 자, 여기 있어. 미안하지만 다른 건 아무것도 가진 게 없으니 이거라도 가져. 은으로 된 고급 시계야. 약간 고장이 나기는 했지만, 고치면 돼."

그는 미소를 짓더니 큼직한 손으로 시계를 받아 들었다. 나는 그 손이 얼마나 포악하고, 내게 깊은 적의를 품고 있으며, 내 삶과 평화를 휘어잡으려고 하는지를 느꼈다.

"은으로 된 시계야." 나는 수줍게 말했다.

"네 고물 은시계 따위는 관심 없어!" 그는 깊은 경멸이 담긴 말투로 말했다. "너나 고쳐 쓰시지."

"하지만 프란츠."

나는 그가 휙 몸을 돌려 가버리지는 않을까 하는 불안에 떨며 외쳤다. "잠깐만 기다려! 이 시계를 가지라니까! 정말로 은이야, 진짜란 말이야. 그리고 난 다른 건 아무것도 가진 게 없어."

그는 경멸이 담긴 싸늘한 눈빛으로 나를 바라보았다.

"그러니까 알고 있기는 하구나. 내가 누구에게 가려고 하는지 말이야. 그 일을 경찰에게 알릴 수도 있지. 난 경찰을 잘 아니까 말이야."

그는 돌아서서 가려고 했다. 나는 그의 옷소매를 잡고 늘어졌다. 그렇게 되어서는 안 된다. 그가 이대로 가버린다면 앞으로 일어나게 될 일들을 겪으니 차라리 죽는 편이 훨씬 나을 것 같았다. 흥분으로 인해 목이 막힌 채로 내가 애걸했다.

"프란츠, 어리석은 짓은 하지 마! 분명히 그냥 날 놀리려고 하는 거지?"

"아무렴, 농담이지. 하지만 너로서는 비싼 대가를 치를 수도 있는 일이지."

"프란츠, 내가 어떻게 하면 좋을지 제발 말을 해줘! 뭐든 할게!"

그는 가느다랗게 뜬 눈으로 나를 지그시 쳐다보고는 다시 깔깔거리며 웃었다.

"그렇게 멍청하게 굴지 마!" 그는 선심이라도 쓰듯 말했다. "너도 물론 나처럼 잘 알고 있기는 할 거야. 내가 이 일로 2마르크를 벌 수 있다는 걸 말이야. 그리고 난 그 돈을 내던져버릴 수 있을 정도로 부자도 아니고 말이야. 그리고 넌 부자지. 시계도 있잖아. 그러니까 네가 내게 2마르크를 주기만 하면 되는 거야. 그럼 끝이지."

나는 그의 논리를 이해했다. 그러나 2마르크라니! 2마르크란 내게 10마르크, 100마르크, 1,000마르크나 마찬가지로 구경조차 할 수 없는 큰돈이었다. 나는 한 푼도 없었다. 어머니 방에 놓아둔 저금통이 있기는 했다. 거기에는 친척 아저씨가 오셨을 때라든가 할 때 받은 몇 개의 10페니히 혹은 5페니히짜리 동전들이 들어 있었다. 그것 이외에는 아무것도 없었다. 그 나이 때까지 나는 아직 용돈을 한 푼도 받지 않았기 때문이다.

"하지만 난 한 푼도 없는 걸." 내가 서글프게 말했다. "난 돈이 없어. 그러나 그밖에는 뭐든 다 줄게. 내겐 인디언 책이랑 장난감 병정들이 있어. 나침반도 하나 있지. 그걸 가져다 줄게."

크로머는 그저 뻔뻔하고 고약스러워 보이는 입을 삐죽거리고는 바닥에 침을 탁 뱉었다.

"헛소리 집어치워!" 그가 명령하듯 말했다 "네 고물 잡동사니들은 너나 가지란 말이야. 나침반이라고? 나를 더 이상 화나게 하지 마. 잘 들어. 돈을 가져와!"

"하지만 난 돈이 없는 걸. 나는 용돈을 받아본 적도 없어. 어떻게 할 길이 없다고!"

"내일 내게 2마르크를 가져오는 거야. 학교가 끝난 뒤 저 아래 시장에서 기다릴 테니까. 그럼 다 끝나는 거야. 만약 네가 돈을 가져오지 않는다면, 맛을 톡톡히 보여주지!"

"알겠어, 하지만 대체 어디서 돈을 가져오란 말이야? 하나님 맙소사, 난 돈이 없는데."

"너희 집에는 돈이 많잖아. 가져올지 말지는 네 문제야. 그럼 내일 학교 끝나고 보자고. 다시 말해 두지만, 만약 가져오지 않으면……." 그는 무시무시한 눈초리로 나를 쏘아보고, 다시 침을 뱉고는 그림자처럼 사라졌다.

나는 계단을 올라갈 수가 없었다. 내 인생은 산산조각이 나 있었다. 도망쳐서 다시는 돌아오지 않거나 물에 빠져 죽을까, 하고 생각해 보았다. 그렇지만 그런 생각이 분명한 형태를 이루고 있었던 것은 아니었다. 나는 어둠 속에서 계단 맨 아래에 주저앉아 몸을 웅크린 채 불행한 생각에 몸을 맡기고 있었다. 장작을 가지러 광주리를 들고 내려오던 리나가 울고 있는 내 모습을 보았다.

나는 리나에게 아무 말도 하지 말아달라고 부탁하고는 위층으로 올라갔다. 유리문 곁에 있는 옷걸이에 아버지의 모자와 어머니의 양산이 걸려 있었다. 우리 집이라는 생각과 정겨움이 이 모든 것들로부터 내게 왈칵 밀려들었다. 마치 집을 떠났던 탕아가 고향 집 방의 정경과 냄새에 대해서 그러하듯이 그것들이 내 마음에 뭉클하게 와 닿았다. 그러나 그 모든 것은 이제 내 것이 아니었다. 그 모든 것은 아버지와 어머니의 밝은 세계에 속한 것들이었다. 나는 무거운 죄를 짊어진 채로 낯선 세계의 물살 속에 깊숙이 빠져들어 위태로움과 악에 휩쓸리면서, 적으로부터 위협을 받고 있었다. 나를 기다리고 있는 것은 위험과 불안과 치욕뿐이었다.

모자와 양산, 오래된 사석砂石이 깔린 고급스런 마룻바닥, 현관 가구 위에 걸린 커다란 그림, 거실에서 흘러나오는 누나의 목소리. 이 모든 것들은 지금까지보다도 한결 사랑스럽고 한결 부드럽고 한결 감미로웠건만 이제는 아무런 위안이 되지 않았다. 안전함도 내 소유물이 아니었다. 내가 가질 수 있는 것은 오로지 비난뿐이었으며, 이 모든 것들은 이제 나와 아무런 관련도 없었다. 나는 이것들의 유쾌함과 고요함에 한몫 낄수도 없었다. 나는 매트에도 닦을 수 없는 오물을 양 발에 묻히고, 우리 집의 세계에는 전혀 알려지지 않았던 그림자를 끌고 들어온 것이다. 내가 이제까지 제아무리 많은 비밀과 걱정거리를 지니고 있었다고 해도 오늘 내가 이곳으로 가지고 온것에 비하면 모두 장난거리이며 웃음거리에 불과했다. 운명이 나를 뒤쫓고 나를 향해서 두 손을 뻗치고 있었다. 어머니조차도 그것들로부터 나를 지켜줄 수 없으며, 정체가 무엇인지 알 수조차 없었던 것이다. 지금에 있어서는 나의 죄가 도둑질이든 또는 거짓말이든 간에 —하나님을 걸고 거짓 맹세를 하지 않았던가?— 그것은 매한가지였다. 내 죄는 이것도 저것도 아닌, 내가 악마에게 손을 내밀었다는 사실에 있었기 때문이다. 왜 나는 그와 함께 어울렸던 것일까? 왜 나는 이제 까지 아버지보다도 크로머에게 더 잘 복종했던 것일까? 왜 나 는 도둑질을 했다는 이야기를 꾸며냈던 것일까? 왜 나는 죄를 영웅적인 행위인 양 뽐냈던 것일까? 이제, 악마가 내 손목을 틀어쥐고, 적이 내 뒤를 쫓게 된 것이다.

잠시 동안 나는 내일에 대한 두려움이 아니라, 무엇보다도 나의 길이 이제 점점 더 내리막길로, 암흑 속으로 빠져 들어 가게 될 것이라는 무시무시한 예감을 느꼈다. 틀림없이 내가 지은 죄에 이제 새로운 죄들이 덧붙게 되리라는 것, 누이들 과 어울리는 것이나 부모님에게 하는 인사와 입맞춤도 거짓 이며, 그들에게 숨겨야 할 비밀과 운명을 지니게 되었다는 것 을 나는 분명하게 느꼈다.

아버지의 모자를 보았을 때 일순간 내 마음속으로 신뢰와 희망이 번쩍 비쳐들기는 했다. 아버지에게 모든 걸 털어놓 고, 내 죄에 대한 아버지의 판결과 처벌을 받아들이고, 아버 지를 내 비밀의 공유자이자 구원자로 삼으리라. 그것은 내가 종종 고백하곤 했던 것처럼 회개의 과정에 불과하리라. 힘들 고, 쓰라린 시간, 용서를 구하는 괴롭고 후회 막급한 탄원에 불과하리라.

이런 생각이 얼마나 달콤하게 울려왔던가! 얼마나 아름답 게 마음을 유혹했던가! 그러나 그런 일은 일어나지 않았다.

내가 그렇게 하지 못하리라는 것을 나는 이미 알고 있었다. 나는 지금 비밀을 가지고 있으며, 나 혼자 삼킬 수밖에 없는 죄를 짊어지고 있다는 걸 알고 있었기 때문이다. 어쩌면 지금 나는 바로 양 갈래 길에 서 있는지도 몰랐다. 어쩌면 나는 이 시간부터는 영원히 악의 세계에 속하게 되고, 악한들과 비밀을 나누며 그들에게 복종하고, 그들과 똑같은 사람이 되지 않으면 안 되는 것이리라. 나는 어른이나 영웅인 체 했고, 이제 나는 그로 인해 빚어진 결과를 감당해야 하는 것이다.

내가 방으로 들어섰을 때, 아버지께서 내 젖은 구두에 대해서만 꾸중을 하신 것이 내게는 다행이었다. 젖은 구두가 아버지의 관심을 끌어 더 나쁜 일에 대해서는 눈치를 채지 못하셨다. 나는 남몰래 다른 일에 그것을 결부시켜 핑계를 댐으로써 아버지의 꾸중을 감수할 수 있었다.

그때 마음속에서 이상하게도 새로운 느낌 하나가 불꽃처럼 번뜩 떠올랐다. 반항적인 생각으로 가득 찬, 사악하고도 날카로운 느낌이었다. 내가 아버지보다 우월하다고 느꼈던 것이다! 한순간, 나는 아무런 눈치도 채지 못한 아버지에 대해 약간의 경멸감을 느꼈다. 젖은 구두에 대한 잔소리는 내게 하찮은 일로 생각되었다. '아버지가 아신다면!' 하고 나는 생각했는데, 살인죄를 고백해야 되는 판에 빵 하나를 훔친 사소한 죄로 심문을 받는 범죄자처럼 자신이 느껴졌던 것이다. 그것은 추악하고도 꺼림칙한 느낌이었다. 그러나 강렬했으며 깊은 끌림을 품고 있었다. 그 느낌은 그 어떤 다른 생각보다도 더 단단하게 나를 내가 가진 비밀과 죄에 묶어놓았다. 어쩌면 지금쯤 크로머 녀석은 벌써 경찰에게 가서 내 이름을 댔겠지. 그리고 다들 나를 조그만 꼬마로 보고 있는 동안에 천둥 번개가 이제 내 머리 위로 몰려오겠지.

지금까지 이야기했던 이 모든 체험 가운데 이 순간은 길이 남을 만큼 중요하다. 그것은 아버지의 신성성에 그었던 첫 칼자국이었기 때문이다. 내 유년 생활을 떠받치고 있는, 그리고 누구든 오롯한 자기 자신이 되기 전에 깨뜨려야 하는 거대한 기둥을 향해 휘두른 최초의 칼자국이었다. 우리 운명의 내적이고 본질적인 선은 아무도 보지 않는 이런 체험들로 이루어진다. 그런 칼자국과 균열은 다시 아물고 잊히지만 아무도 모르는 마음속 밀실에 계속 살아남아 피를 흘리는 것이다.

나는 이런 새로운 감정에 곧 몸서리를 쳤다. 당장이라도 무릎을 꿇고 엎드려 아버지의 발에 입이라도 맞추며 사죄하고 싶었다. 그러나 본질적인 것은, 그 무엇도 사죄를 한다고 해서 해결되는 것이란 없다는 것이다. 어린아이라도 그 정도는 어떤 현자 못지않게 느끼고, 안다.

나는 내가 가지고 있는 문제에 대해 곰곰이 생각해보고, 내일 내게 닥치게 될 일에 대비해 이리저리 궁리를 해야 한다고 느꼈다. 그러나 그럴 수 없었다. 저녁 내내 나는 오로지 우리 집 거실의 달라진 공기에 적응하느라 여념이 없었기 때문이다. 벽시계와 테이블, 성경과 거울, 벽에 붙은 책장과 그림들이, 말하자면 나에게 이별을 고하고 있었다. 나의 세계가, 행복하고 아름다운 나의 삶이 과거로 흘러가 나로부터 떨어져 나가는 것을 나는 얼어붙은 심장으로 바라보아야 했다. 그리고 내가 강력하게 빨아들이는 새로운 뿌리를 뻗어 어둡고 낯선 외계에 닻을 내리고 결박돼 있음을 느꼈다. 처음으로 나는 죽음의 맛을 보았다. 쓰디썼다. 왜냐하면 그것은 낯선 세계의 탄생이며, 공포를 불러오는 변화에 대한 불안이며, 두려움이기 때문이다.

마침내 침대에 눕게 되었을 때, 나는 기뻤다! 조금 전에 마지막 연옥의 불로써 저녁 기도가 내 몸을 휘감고 지나갔던 것이다. 거기다 노래까지 하나 불렀는데, 내가 제일 좋아하는 노래 중 하나였다. 아! 나는 함께 노래하지 못했다. 나는 함께 기도하지 않았다. 아버지가 축복을 내리며 "저희 모두와 함께 하소서!"하고 기도를 끝내실 때, 나는 몸을 떨었다. 그리고 단란한 가족의 울타리로부터 밀려났다. 하나님의 은총이 가족들 모두와 함께 했으나 이제 나는 가족들과 함께 할 수가 없었다. 피곤에 지치고 떨면서 나는 그 자리를 떠났다.

잠자리에 누워 있는 동안에도, 포근함과 안도감이 다정하게 나를 감싸주고 있는 동안에도, 내 마음은 다시 불안 속으로 되돌아가 헤맸다. 그리고 지나간 사건 주변에서 파닥거리며 두려움에 떨었다. 어머니는 내게 늘 그러했듯이 "잘 자거라."

하고 말씀하셨다. 어머니 발소리가 아직 방안에 여운으로 남아 있고, 어머니의 촛불 빛이 아직도 문틈으로 비쳐들었다.

이제, 어머니는 다시 한 번 되돌아오시리라. 어머니는 느끼셨으리라. 내게 입맞춤을 하시며, 물으시겠지. 다정하게 희망을 불어넣는 말투로 물으시겠지. 그러면 나는 눈물을 흘리게 될 것이다. 그러면 내 목에 걸려 있는 돌덩이는 녹아버릴 것이고, 나는 어머니를 껴안고 말하리라. 그러면 만사가 해결되리라. 그러면 구원인데! 문틈으로부터 빛이 사라져 다시 어두워지고 난 뒤에도 한동안 나는 귀를 기울이며 생각했다. 그런 일이 일어나리라, 꼭 일어나리라고.

그러고 나서 나는 내가 끌어안고 있는 문제로 되돌아와 적의 눈을 들여다보았다. 놈이 똑똑히 보였다. 한쪽 눈을 가느다랗게 뜨고 입가에는 야비한 웃음이 걸려 있었다. 그를 바라보며 피할 수 없는 문제를 마음속으로 되새기고 있는 동안에 그는 점점 더 커지고 흉악해졌다. 악마처럼 번뜩이는, 악의에 찬 그의 눈은 내가 잠들 때까지도 내 곁에 바짝 붙어 있었다. 그러나 잠이 들자 그도, 그날의 일도 꿈속까지 따라오지는 않았다.

나는 부모님, 누이들과 함께 배를 타고 항해하는 꿈을 꾸었다. 휴일의 평화와 밝은 햇살에 온통 휩싸여 있는 꿈이었다. 한밤중에 나는 잠에서 깨었다. 나는 아직도 행복을 느끼며, 햇빛 속에서 빛나는 누이들의 흰 여름옷을 보았다. 그리고는 잠시 후 낙원으로부터 현실 속으로 떨어졌고, 다시 사악한 눈을 가진 적과 마주하게 되었다.

아침에, 어머니가 급한 걸음으로 다가와, 벌써 늦었다면서, 왜 아직도 잠자리에 누워 있느냐고 소리치셨을 때, 나는 안색이 나빴다. 그리고 어머니가 어디가 아프냐고 물으시자 그만 토하고 말았다. 토하고 나니까 좀 나았다.

나는 몸이 조금 아플 때면 아침 내내 카밀레 차를 마시면서 침대에 누워 있을 수 있었다. 그러면서 옆방에서 어머니가 방을 치우는 소리, 리나가 바깥 현관에서 고기를 팔러 온 사람과 주고받는 말을 듣는 걸 몹시 좋아했다. 학교에 가지 않는 오전은 무언가 매혹적이고 동화의 세계로 들어온 것 같았다. 그럴 때 햇살이 방안으로 어른어른 희롱하듯 비쳐들었는데, 그것은 학교에서 녹색 커튼을 내려뜨려 막곤 했던 그런 햇살이 아니었다. 그런데 오늘은 그것조차도 특별한 맛이 느껴지지 않았고 가식적인 냄새를 풍기고 있었다.

그래, 차라리 죽어버린다면! 그렇지만 나는 지금까지 자주 그랬던 것처럼 단지 조금 아팠을 뿐이어서 이것으로는 아무 일도 되지 않았다. 학교를 빼먹을 수 있을 정도는 되었지만 결코 11시에 시장에서 기다릴 크로머로부터 나를 보호해 주지는 못했다. 어머니의 다정함도 이번에는 위로가 되지 못했다. 귀찮고 고통스럽기만 했다. 나는 다시 잠든 척하며 곰곰이 생각했다. 아무것도 소용없었다. 11시에는 시장에 가야만 했다. 그래서 나는 10시에 자리에서 일어나 다시 괜찮아졌다고 말했는데, 그런 경우에는 대개 다시 침대에 누워 쉬라고 하거나 아니면 오후에 학교로 가라는 말을 들었다. 나는 학교에 가고 싶다고 했다. 계획을 하나 짜놓았던 것이다.

돈 없이 크로머에게 갈 수는 없었다. 나는 작은 저금통을 털어야 했다. 물론 충분한 돈이 들어 있지 않다는 건 알고 있었다. 어림도 없었다. 그래도 얼마 정도는 될 것이었다. 빈손보다는 조금이라도 들고 가는 것이 낫고, 적어도 크로머를 달래놓지 않으면 안 된다는 것을 직감으로 느꼈다.

양말 바람으로 살금살금 어머니 방으로 들어가 책상에서 내 저금통을 집어 들었다. 기분이 좋지 않았다. 그러나 어제보다 나쁘지는 않았다. 가슴이 뛰어 숨이 막힐 지경이었다. 계단을 내려와 비로소 저금통이 잠겨 있는 것을 발견했을 때도 마찬가지였다.

저금통을 뜯는 것은 아주 쉬웠다. 얇은 양철을 찢는 것으로 족했다. 그러나 그것을 찢어야 한다는 사실이 마음을 아프게 했다. 나는 이제 도둑질을 한 것이다. 그때까지는 사탕이나 과일 같은 주전부리를 몰래 꺼내먹는 일밖엔 없었다. 그런데 이것은, 비록 내 돈이기는 하지만 훔친 것이었다. 나는 크로머와 그가 속한 세계를 향해 다시 한 발자국 더 다가갔으며 이제부터는 그렇게 시시각각 보기 좋게 타락의 길로 걸어 내려가게 되리라고 느꼈다.

그렇게 타락하는 것에 저항을 해보기는 했다. 하지만 이제 악마가 나를 잡아간다고 하더라도 되돌아갈 길이라곤 없었다. 나는 불안에 떨면서 저금통의 돈을 헤아렸다. 막상 꺼내보니 제법 들어 있는 것처럼 쩔렁거렸던 저금통에 들어 있는 것이라곤 비참할 정도로 형편없는 액수였다. 65페니히였다.

저금통을 아래층 복도에 감추고 나는 돈을 손에 꼭 쥔 채 집을 나섰다. 이제까지 이 문을 나섰던 여느 때와는 다르게. 위에서 누군가가 나를 부르는 것 같아서 얼른 그 자리를 떠났다.

아직 시간은 많았다. 달라진 도시의 골목들을 지나, 한 번도 본 적 없는 구름 아래로, 나를 유심히 바라보는 집들을 지나, 나를 현상수배범으로 보는 듯한 사람들을 빙빙 돌아서, 빠져나갔다. 언젠가 가축시장에서 1탈러(약 3마르크)를 주웠다고 했던 학교 친구의 이야기가 떠올랐다. 하나님이 기적을 행하셔서 내게도 그런 일이 이루어지게 해달라고 기도하고 싶었다. 그러나 나는 이제 기도할 권리가 없었다. 그렇다고 해서 그 저금통이 다시 온전하게 될 리는 없었기 때문이다.

프란츠 크로머는 멀리에서도 나를 알아보았다. 그는 아주 천천히 내게 다가왔고, 나를 안중에도 두지 않는 것처럼 행동했다. 그는 내게 가까이 다가와 자기를 따라오라는 눈짓으로 명령을 하고는 뒤도 돌아보지 않은 채로 건들건들 걸어갔다. 슈트로 골목을 따라 천천히 걸어 내려가 작은 다리를 건너고

나자 그는 마침내 주택가 끝에 서 있는 신축 건물 공사장 앞에서 걸음을 멈추었다. 작업을 하는 인부는 없었다. 문도 창문도 없는 벽이 앙상한 몸뚱어리로 서 있었다.

나를 힐끗 돌아다본 크로머는 안으로 들어갔다. 나도 뒤따라 들어갔다. 그는 벽 뒤로 돌아가서 내게 오라는 눈짓을 하고는 손을 내밀었다.

"가지고 왔겠지?" 그가 냉담한 말투로 물었다.

나는 주머니 속에 움켜쥐고 있던 손을 빼서 펼쳐진 그의 손바닥에 돈을 올려놓았다. 그는 마지막 5페니히짜리 동전이 땡그랑하고 떨어지는 소리가 미처 잦아들기도 전에 벌써 다 헤아리곤 나를 바라보며 말했다. "65페니히로군."

"그래." 나는 뻘쭘하게 말했다. "내가 가지고 있는 건 이게 전부야. 너무 적다는 건 잘 알지만 더는 가진 게 없어."

"네가 좀 더 똑똑한 놈이라고 생각했는데."

그는 온화하게 보이려는 듯한 말투로 질책했다.

"명예를 아는 남자들 사이에는 질서가 있어야 하는 법이지. 난 정당하지 않은 건 아무것도 가지지 않아. 그건 너도 알겠지. 이 동전 따위는 도로 가져가도록 해! 과수원 주인은, 너도 알겠지만, 돈을 깎으려고 들지 않을 거야. 돈은 그 사람이 대신 주겠지."

"하지만 난 없어, 더는 없는걸! 이건 내 저금통을 몽땅 털어 온 거라고."

"그거야 네 사정이지. 널 불행하게 만들 생각은 없어. 하지만 넌 내게 아직 1마르크 35페니히의 빚을 지고 있는 거야. 자, 내가 언제 그걸 받을 수 있지?"

"아, 반드시 줄게, 크로머! 지금은 알 수 없지만, 어쩌면 곧 더 구해올 수 있을 거야. 내일 아니면 모레. 내가 우리 아버지에게 이 일에 대해 말할 수 없다는 건 이해하겠지?"

"그건 나와 아무런 상관도 없는 일이야. 너를 해칠 생각은 없다고 했잖아. 난 내 몫의 돈을 오후가 되기 전이라도 가질 수 있어. 너도 알겠지, 난 가난하거든. 넌 멋진 옷을 입고 있고, 나보다는 점심으로 뭔가 더 좋은 걸 먹겠지. 하지만 난 아무 말 않겠어. 조금 더 기다려주겠다는 거야. 모레, 휘파람을 불도록 하지, 오후에. 그땐 제대로 가져와야 해. 내 휘파람 소리 알지?"

그는 내 앞에서 휘파람을 불어보였다. 여러 번 들었던 소리였다. 나는 말했다.

"응, 알고 있어."

그는 나와 아무런 상관도 없다는 듯이 가버렸다. 그것은 우리들 사이에는 거래만 있었을 뿐 그 이상의 아무것도 없었다.

지금이라도 크로머의 휘파람 소리를 갑자기 다시 듣게 된다면, 깜짝 놀라게 될 거라고 나는 생각한다. 그때부터 나는 자주 그 휘파람 소리를 듣게 되었던 것이다. 내게는 그 휘파람 소리가 그치지 않고 들리는 것만 같았다. 때와 장소를 가리지 않고, 놀고 있을 때나 공부를 할 때나 사색을 할 때나 간에 나를 속박했다. 이제 나의 운명이 되어버린 그 휘파람 소리가 쫓아오지 않는 곳은 어디에도 없었다. 나는 종종 단풍이 고운 온화한 가을날이면 내가 아주 좋아하던 우리 집 작은 정원에 나와 있곤 했는데, 그럴 때면 야릇한 충동이 나로 하여금 어린 시절에 했던 아이들의 놀이를 다시 하도록 하곤 했다. 나는 얼마만큼은 나보다 어린, 선량하고, 자유롭고, 죄 없고, 의젓한 아이 역을 맡았는데, 그러는 동안에도, 늘 예상하고 있었음에도, 어디선가 크로머의 휘파람 소리가 들려와서는 무섭게 내 마음을 쥐고 흔들었으며, 생각의 실마리를 산산조각으로 끊고 공상을 방해했다. 그럴 때면 나는 그 휘파람 소리를 따라가야 했고, 고약하고 끔찍스러운 고문기술자에게 가서 이런 저런 변명을 늘어놓아야 했고, 돈을 가져오라는 협박을 받아야 했다.

이런 일은 불과 몇 주일 동안 벌어진 일이었다. 그러나 내게는 몇 년 동안이나 계속되었던 것처럼, 아니 영겁인 것처럼 느껴졌다. 내가 돈을 가지고 있었던 적은 거의 없었다. 기껏해야 5페니히짜리 하나 혹은 10페니히짜리 하나를 가져갔다. 리나가 부엌 식탁에 둔 장바구니에서 훔친 것이었다.

나는 그럴 때마다 매번 크로머로부터 욕을 먹었으며 경멸에 찬 비난을 들었는데, 그를 기만하고 그가 가진 정당한 권리를 침해하고자 한 것은 나였으며, 그의 몫을 가로채고, 불행하게 한 것도 나라는 것이었다. 내 평생에 그렇듯 가슴을 짓누르는 고난을 당했던 적은 거의 없다. 정말이지 그보다 더 큰 절망, 더 큰 굴종을 느껴본 적도 전혀 없었다.

저금통은 장난감 돈으로 채워 다시 제자리에 놓아두었다. 아무도 거기에 대해 묻는 사람은 없었지만 언제든지 들통이 날 수 있는 일이었으므로 때때로 어머니가 조용히 내게로 다가설 때면, 나는 크로머의 거친 휘파람 소리보다도 더 두려움에 떨었다.

내가 돈을 구하지 못해 빈손으로 나타나는 일이 빈번해지자 악마는 다른 식으로 나를 괴롭히고 이용하기 시작했다. 나는 그를 위해 일을 할 수밖에 없었는데, 그가 자기 아버지로부터 지시를 받은 심부름을 내가 대신 해야 하거나 혹은 어떤 힘든 일, 그러니까 10분 동안 외발로 뛰기를 시킨다든지 지나가는 사람의 웃옷에 종이쪽지를 붙이게 한다든지 하는 따위였다. 나는 수많은 밤을 꿈속에서도 이런 괴롭힘을 당했으며, 악몽으로 하여 식은땀을 흘리곤 했다. 얼마동안을 나는 아팠다. 자주 토하고, 가벼운 오한을 느꼈으며, 잠자리에 누웠을 때는 신열이 오르고 식은땀을 흘렸다. 아무래도 무언가 잘못된 일이 있다고 느끼신 어머니는 걱정을 하며 신경을 쓰셨는데, 그것도 나를 괴롭게 했다. 어머니의 염려에 신뢰로 보답할 수 없었기 때문이었다.

한번은 저녁에 내가 일찍 잠자리에 들었는데, 어머니가 초콜릿 하나를 가져오셨다. 그것은 내가 아주 어렸을 때부터 있었던 일종의 행사였다. 그날 하루를 착하게 보내면 저녁에 잘 자라는 상으로 주곤 했던 것이다. 그때처럼 어머니는 침대 옆에 서서 초콜릿 하나를 내밀었는데, 나는 너무나 슬퍼서 고개만 절레절레 저었을 뿐이었다. 어머니는 어디가 아프냐고 물으시며 내 머리를 쓰다듬으셨다. 나는 간신히 이렇게 말할 수밖에 없었다.

"아니, 싫어! 아무것도 먹기 싫어요!"

어머니는 침대머리 탁자에 초콜릿을 놓아두고는 밖으로 나가셨다. 다음날 어머니께서 그 일을 두고 캐물으려 하셨지만 나는 아무것도 모르는 척했다. 어느 날 어머니가 의사를 데려오셨다. 나를 진찰한 뒤, 그 의사는 아침에 냉수욕을 하라는 처방을 내렸다.

그 시절 나는 일종의 정신착란 상태에 있었을 것이다. 우리 집안의 정돈된 평화 한가운데서 나는 두려움에 떨고 가책을 받으면서 유령처럼 살고 있었다. 한시도 나 자신의 일로부터 벗어나지 못해 다른 사람들의 생활에는 아무런 신경도 쓰지 못했다. 때로 화를 내며 캐묻는 아버지에 대해서도 나는 마음을 닫고 냉담했다.

카인

구원은 전혀 예상치 못했던 곳에서 왔다. 동시에 지금까지도 내게 영향을 미치고 있는 새로운 무엇인가가 내 삶 속으로 들어왔다.

우리 라틴어 학교에는 그 무렵 전학생 한 명이 새로 들어왔는데, 그는 우리 도시로 이사를 온 어느 부유한 미망인의 아들이었다. 그의 옷소매에는 상장喪章이 달려 있었다.

그는 나보다 한 학년이 위였으며, 나이도 몇 살 더 많았다. 그리고 다른 학생들이 그랬던 것처럼 머지않아 나도 그를 주목하게 되었다. 이 기이한 학생은 나이에 비해 훨씬 더 어른스러웠으며, 누가 보더라도 어린아이와 같은 인상을 풍기지 않았다. 우리 어린 소년들 사이에서 그는 어른처럼, 아니 그냥 어른이라기보다는 신사인 것처럼 독특하고도 능숙하게 행동했는데, 인기가 많지는 않았다. 그는 아이들의 놀이에 끼지 않았고 더욱이 싸움질 같은 일에는 일절 가담하지 않았다. 다만 선생님들을 대할 때의 늠름하고 단호한 어조만은 다른 학생들의 마음을 끌었다. 그의 이름은 막스 데미안이었다.

우리 학교에서는 간혹 그러하기는 했는데, 어느 날 무슨 이유에선지 매우 넓었던 우리 교실에 다른 학급 학생들이 더 들어왔다. 바로 데미안의 반이었다. 우리 하급생들이 성서 수업을 듣는 동안 그 상급생들은 작문을 했다. 우리들이 카인과 아벨에 대한 역사를 배우는 동안 나는 데미안의 얼굴을 자주 건너다보았다. 그의 얼굴은 독특해서 나를 매혹시켰으며, 영특하고, 밝고, 비범하리만치 단호한 느낌을 주었다. 나는 작문 과제에 몰입해 있는, 총명해 보이는 그의 얼굴에 주의를 기울였다. 그는 과제를 하고 있는 학생이 아니라 자기만의 독자적인 문제에 몰입하고 있는 연구자 같았다. 나는 그에게, 엄밀하게 말해서 호감이 들었다기보다는 어떤 반항심 같은 것을 느꼈다. 그는 나에 비해 월등하게 탁월했고 침착했다. 그는 도전적으로 보일 만큼 자신만만한 태도였고, 아이들이 결코 좋아하지 않는 어른스러운 눈빛과 표정엔 어렴풋이 슬픔과 냉소가 어려 있었다. 그럼에도 나는 그로부터 시선을 뗄 수가 없었다. 그에게 호감을 느꼈던 같기도 하고 반감을 느낀 것 같기도 했다. 그러다가 그가 가끔씩 나를 향해 시선을 돌리기라도 하면 나는 깜짝 놀라 황급히 그의 시선을 피했다.

당시 그가 어떤 학생이었는지에 대해 곰곰이 생각해보자

면, 이렇게 말할 수 있을 것 같다. 그는 다른 아이들과 모든 점에서 달랐으며 확연하게 차별화된 특징과 개성을 가지고 있었기에 이목을 끌던 것이라고. 그러면서도 그는 남의 눈에 띄지 않기 위해 나름대로 애를 썼다. 마치 농부들 틈에서 튀어 보이지 않으려고 애를 쓰는 변장을 한 왕자님처럼.

학교에서 집으로 돌아가는 길에 그가 내 뒤에서 걸어왔다. 다른 아이들이 뿔뿔이 흩어져 가버리자, 그는 내게 다가와 인사를 건넸다. 우리 학생들의 말투를 흉내는 내고 있었지만 그럼에도 무척이나 어른스럽고 점잖은 인사였다.

"함께 가도 될까?"

그는 다정한 말투로 물었다. 나는 아첨이라도 받은 것처럼 기분이 좋아져서 고개를 끄덕였다. 그리고 우리 집이 있는 곳에 대해 자세하게 설명해 주었다.

"아, 거기?" 그는 미소를 지으며 말했다. "그 집이라면 내가 벌써 알고 있지. 현관문 위에 붙어 있는 기묘한 장식물이 흥미를 끌더군."

그가 무슨 말을 하는지 나는 금방 알아차리지 못했다. 그러면서도 그가 나보다 우리 집에 대해 더 잘 알고 있는 것 같아 놀라웠다. 아마도 현관문 위쪽의 아치형 돌림띠를 마무리하는, 맨 위쪽에 박힌 돌에 장식된 일종의 문장을 말하는 것 같았다. 그것은 세월이 흐르면서 마모되었고 페인트로 자주 덧칠되어 있었는데, 우리 가문과는 —내가 아는 한— 아무 관련도 없었다.

"난 모르겠는데." 내가 수줍게 말했다. "새거나 뭐 그 비슷한 것 같지만 분명히 아주 오래되었을 거야. 우리 집은 한때 수도원 소유였대."

"그럴 수도 있겠군." 그가 고개를 끄덕였다. "한번 잘 살펴봐! 때로 그런 것들은 아주 흥미롭지. 아마도 암컷 매가 아닐까 싶더군."

우리는 계속 걸었다. 나는 몹시 당황하고 있었다. 갑자기 뭔가 재미있는 일이 떠오르기라도 한 듯이 데미안이 웃었다.

"아까 너희 수업 시간에 내가 거기 있었던 것은 알고 있지?" 그가 쾌활한 목소리로 말했다. "이마에 표식을 달고 다니던 카인에 이야기를 듣고 있었잖아. 그 이야기를 들으면서 어땠어?"

마음에 들지는 않았다. 우리가 배워야 했던 것들 중에서 내 마음에 드는 것들은 매우 드물었다. 하지만 나는 감히 그런 말을 꺼내지 못했다. 마치 어른과 대화를 하고 있는 것 같아서였다. 나는 썩 마음에 들었다고 말했다.

데미안이 내 어깨를 툭툭 두드렸다.

"친구, 내게 그럴듯하게 꾸며댈 필요는 없어. 하지만 정말로 특이한 이야기이기는 하지. 나는 수업 시간에 나오는 다른 대부분의 이야기들에 비해 그 이야기에 훨씬 주의를 기울일 만한 가치가 들어 있다고 생각하거든. 선생님은 사실 그 이야기에 담긴 진실에 대해 그다지 이야기를 해 주지 않았지. 그냥 모두들 알고 있는 신과 죄악에 대한 이야기 따위만 하셨을 뿐이었어. 그렇지만 내 생각으로는 말이야." 그가 말을 끊고는 미소를 띠면서 물었다. "그런데 너, 이런 이야기에 관심이 있기는 하니?" 그리고 그는 계속해서 말을 이었다. "그래, 그러니까 내 생각엔 말이야. 카인에 관한 이야기를 완전히 다르게 해석할 수도 있다는 거야. 우리가 배우는 것들 중에서 대부분은 분명히 진실이고 올바른 것이기는 하지만 선생님들이 보는 것과 다르게 볼 수도 있다는 거야. 그러면 대체로 훨씬 나은 의미를 지니게 되지. 예를 들면 카인이나 그의 이마에 찍힌 표식에 대해 들었던 해석에 대해 전적으로 만족할 수는 없다는 거야. 너 역시 그렇지 않아? 어떤 사람이 싸움을 하다가 자기 형제를 때려죽이는 일도 분명 일어날 수 있는 일이야. 또 그가 다음부터는 겁을 집어먹고 굴복하게 된다는 것도 있을 수 있는 일이고. 그러나 그가 특별하게도, 비겁함의 대가로 자기 안전을 보장받고 다른 모든 사람들이 겁을 집어먹도록 만드는 훈장을 받는다면, 이것이야 말로 정말 이상한 일이지 않아?"

"물론 그럴 거야." 내가 흥미를 느끼며 말했다. 그 문제가 내 마음을 사로잡기 시작했던 것이다. "하지만 어떻게 우리가 그 이야기를 다르게 설명할 수 있을까?"

그가 내 어깨를 쳤다.

"아주 간단하지! 여기에서 처음으로 문제가 되고, 이야기의 실마리가 되었던 것은 표식이라는 점이야. 어떤 한 사람이 있다고 해보자. 그의 이마에는 다른 사람들이 겁을 집어먹도록 만드는 무엇인가가 있었지. 사람들은 감히 그를 건드릴 생각도 하지 못했어. 그의 자손들과 더불어 사람들을 압도했던 거야. 아마도, 아니 분명하게, 이마에 찍혀 있는 것이 우표에 찍는 소인과 같은 표식은 아니었을 거야. 세상에서 그렇게 단순한 일은 드무니까. 자각할 수는 없지만 사람들이 겁을 먹도록 만드는 무엇인가가 있었고, 사람들이 익숙하게 보아온 것보다 더 많은 지혜와 대범함이 깃든 눈을 가지고 있었을 거야. 그는 힘을 가지고 있었고, 그래서 사람들은 그를 두려워했던 거지. 그것이 그가 '표식'을 가지게 된 내력이야. 왜냐하면, 사람들은 그걸 자기 식대로 설명하기 마련이고, '사람들'은 언제나 자기가 편리해지기를 바라고 정당화하고 싶어 하거든. 사람들은 카인의 자손들을 두려워한 거야. 그들이 '표식'을 달고 있었기 때문이었지. 그러니까 사람들은 그 표식을, 있는 그대로 우월함에 대한 하나의 특성으로 설명하지 않고, 그 반대로 해석한 거야. 사람들은 말했지, 이런 표식을 달고 있는 녀석들은 무시무시하다고. 또 그들은 실제로 그렇기도 했어. 용기와 개성을 가진 사람들은 늘 다른 사람들에게 두려움을 주는 법이거든. 두려움을 모르는 무시무시한 족속들이 돌아다닌다는 것은 매우 불편한 일일 거야. 그래서 이제 이 족속들에게 하나의 별명과 하나의 전설을 덧붙여 놓은 거야. 왜냐하면 그 족속에 대해 보복을 하고, 감수할 수밖에 없었던 온갖 두려움에 대해 앙갚음을 하기 위해서 말이지. 이해가 되니?"

"응. 그러니까, 카인은 그럼 전혀 나쁜 사람이 아니었단 말인 거야? 성경에 있는 모든 이야기가 실제로는 전혀 사실이 아니라는 말이야?"

"그렇기도 하고, 그렇지 않기도 하지. 아주 오랜 옛날, 태곳적 이야기들은 늘 사실이야. 그러나 그게 언제나 사실대로 기록되지도 않고, 언제나 사실대로 해석되지도 않지. 간단히 말해서 나는 카인이 뛰어난 젊은이였다고 생각하는 거야. 단지 사람들이 그를 두려워했기 때문에 그런 이야기를 그에게 붙여준 거라는 거지. 이런 이야기는 그냥 단순한 소문, 사람들이 온 사방에 떠들고 다니는 허무맹랑한 말에 불과한 거야. 다만 카인과 그 자손들이 정말로 일종의 '표식'을 달고 다녔고, 다른 일반 사람들과는 달랐다는 것만은 완전한 사실이라고 생각해."

나는 몹시 놀랐다.

"그렇다면, 동생을 때려죽인 이야기도 전혀 사실이 아니라고 생각하는 거야?" 나는 충격을 받아 물었다.

"아니지! 죽인 건 분명 사실일 거야. 강한 사람이 약한 사람 하나를 쳐죽였던 거지. 그것이 정말 자기 형제였는지 아

47

닌지에 대해서는 의심할 여지가 있지만. 정말 형제였는지 아닌지는 중요하지 않아. 결국은 모든 인간이 형제잖니. 그러니까 어떤 강한 사람이 어떤 약한 사람 하나를 때려죽였다는 거지. 어쩌면 그건 영웅적 행위였을지도 모르고 어쩌면 아닐 수도 있지. 어쨌든 다른 약한 사람들이 이제 잔뜩 겁을 집어먹은 거야. 그들은 몹시 한탄했지. 그러나 누가 '왜 너희들도 그 사람을 그냥 쳐죽이지 않는 거지?'라고 물으면, '우린 겁쟁이기 때문이죠.' 라고 말하는 대신 '우린 그럴 수가 없습니다. 그 자는 하나님이 그려주신 표식을 달고 있거든요!'라고 말했던 거지. 대략 그런 식으로 그 이야기가 날조되었음이 틀림없어. 아, 내가 널 너무 오래 붙들고 있었구나. 그럼 안녕!"

그는 나를 혼자 남겨둔 채 알트 골목으로 꺾어져 들어갔다. 혼자 남은 나는 그 어느 때보다 혼란에 빠져 있었다. 그가 가버리자마자, 그가 했던 모든 말들이 터무니없다는 생각이 들었다! 카인이 고상한 인간이고, 아벨이 비겁자라니! 카인이 달고 있는 표식이 훈장이라니! 그건 어처구니없는 얘기였다. 신에 대한 불경이고 극악무도함이었다. 그렇다면 사랑하는 하나님은 어느 곳에 계셨단 말인가? 하나님은 아벨의 재물을 받아들이지 않으셨던가. 하나님은 아벨을 사랑하지 않으셨다는 말인가? 아니다. 어리석은 이야기다! 나는 데미안이 나를 놀리고 골탕 먹일 속셈이었을 것이라고 추측했다. 정말이지 빌어먹게도 영리한 녀석이었다. 말솜씨도 대단하고. 그렇지만 그렇게… 아니다….

어쨌든 나는 아직 한 번도 그 어떤 성경 이야기나 혹은 다른 이야기에 대해 그렇게 곱씹어 생각해본 적이 없었다. 그리고 오래전부터, 몇 시간 동안, 저녁 내내, 프란츠 크로머를 그렇게 완전히 잊어버린 적은 한 번도 없었다. 나는 집에서 그 성경 이야기를 다시 한 번 정독했다. 성경에 쓰여 있는 이야기는 간단명료했다. 그 이야기에서 남들이 생각하지 않는 특별한 해석을 찾아낸다는 건 완전히 미친 짓이었다. 데미안의 말대로라면 살인자들도 자신을 하나님이 사랑하시는 사람이라고 선언할 수도 있었다! 아니다, 그건 말도 안 되는 이야기였다. 데미안의 말솜씨와 태도가 세련되었을 뿐이었다. 마치 모든 것이 자명한 사실이나 되는 것처럼 쉽고 멋지게, 그리고 그런 매혹적인 눈빛으로 이야기하는 방법에 불과했다!

물론 나 자신도 아주 정상적인 상태는 아니었다. 심지어 몹시 혼란에 빠져 있었다. 나 자신이 일종의 아벨이었다. 그런데 이제 나는 이토록 깊숙이 '다른 것' 속에 끼어 있었으며, 굴러떨어진 채로 벗어나지 못하고 침몰한 것이었다. 그럼에도 나는 마음 저 깊은 곳에서 이런 것에 그렇게 수긍할 수 없다니! 어떻게 그럴 수 있었단 말인가? 그렇다. 그 순간 갑자기 마음속에서 기억 하나가 번쩍 떠올라, 한순간 거의 숨이 막힐 것 같았다. 현재의 내 불행이 시작되었던 저 불쾌했던 밤, 나는 잠시 아버지와 아버지가 속한 밝은 세계 그리고 지혜를 단번에 통찰한 듯 경멸했었다! 그렇다. 그때 나는 카인이었고, 카인의 표식을 달고 있었다. 나는 그 표식을 치욕이 아닌 훈장이라고, 악과 불행을 통해 나의 아버지보다도, 그 어떤 선하고 경건한 사람들보다도 우월하다고 상상했던 것이다.

물론 내가 당시 그 일을 체험했을 때에는 이런 생각이 이처럼 명확한 사고의 형태를 갖추고 있지 못했었다. 그러나 이 모든 것이 그 속에 포함되어 있었다. 그것은 나를 아프게 하지만 그럼에도 나로 하여금 자긍심으로 충만하게 만들었던 감정과 이상스런 흥분이 일시에 타올랐던 것이다.

돌이켜보자면 데미안은 그 얼마나 이상스럽게도 대담한 사람과 겁쟁이에 대해서 이야기했던가! 얼마나 기이하게 그는 카인의 이마에 찍힌 표식을 설명했던가! 그때 그의 눈이, 마치 어른과도 같은 기이한 눈빛이 얼마나 놀랍게 반짝였던가! 그러자 어렴풋하게 이런 생각이 나의 뇌리를 스쳐갔다. 데미안 자신이야말로 카인과 같은 존재가 아닐까? 자신이 카인과 닮았다고 느꼈기에 그를 옹호한 것은 아닐까? 어떻게 그는 그런 힘을 담은 눈빛을 가지고 있는 걸까? 왜 그는 본래 경건하고 하나님의 마음에 드는 사람들, 즉 그 겁쟁이들에 대해서 그처럼 비웃듯 말했던 것일까?

나는 아무런 결론도 끄집어낼 수 없는 생각 속에 빠져 있었다. 우물 속으로 돌 하나가 던져졌고, 그 우물이야말로 나의 어린 영혼이었다. 그리고 한동안, 매우 오랫동안, 카인과

살인 그리고 이마에 새겨진 표식에 관한 문제는 인식과 회의, 비평에 이르는 내 시도의 출발점이었다.

나는 다른 학생들 역시 데미안에게 관심이 많다는 걸 알아차렸다. 누구에게도 카인에 대한 이야기를 하지 않았음에도 다른 학생들 역시 그에게 흥미를 보였다. 이 '전학생'에 대한 많은 소문들도 퍼져 있었다. 내가 그 소문들에 대해 전부 알았더라면 데미안의 전모를 조금이나마 밝혀주었을 것이고, 또한 어느 소문이든 쉽사리 해명될 수 있었으리라. 그러나 내가 알고 있었던 소문은 데미안의 어머니가 매우 부자라는 것과 절대로 교회에 가지 않으며 그녀의 아들 역시 그러하다는 것뿐이었다. 어떤 사람은 데미안 모자가 유태인이라고 주장했고, 그들이 비밀에 싸인 이슬람이라는 소문도 있었다. 막스 데미안의 육체적 힘에 대해서는 더 전설 같은 소문이 떠돌았다. 그 반에서 가장 힘이 센 학생이 데미안에게 싸움을 걸었다가 거절당하자 비겁자라고 욕을 했고, 결국 무참하게 굴욕을 당했다는 이야기였다. 이것은 확실했다. 현장에 있던 아이들에 따르면, 데미안이 그냥 한 손만으로 싸움을 걸었던 학생의 팔목을 잡고 비틀자 낯빛이 새파랗게 질려 슬금슬금 달아났으며 며칠 동안 팔을 쓰지 못했다는 것이다. 비록 하루 저녁 동안이었지만 심지어 그 아이가 죽었다는 소문까지 돌았다. 이 모든 일들이 얼마 동안 주장되고 믿어지곤 하였다. 그리고 이 모든 것들은 경탄과 함께 흥분을 자아냈다. 얼마 동안은 잠잠했다. 그리고는 얼마 지나지 않아 새로운 소문들이 우리 학생들 사이에 떠돌았다. 데미안이 여자애와 사귀고 있으며 이미 '알만한 건 다 안다'는 소문이었다.

그러는 사이에도 프란츠 크로머와의 문제는 계속해서 불가피한 길을 가고 있었다. 나는 그로부터 벗어날 수가 없었다. 왜냐하면, 설사 그가 며칠이고 나를 가만히 내버려둔다고 하더라도 사실상 나는 그에게 얽매여 있었기 때문이다. 그는 꿈속에서도 그림자처럼 언제나 내게 붙어 있었다. 그리고 공상으로 말미암아 실제로 그가 내게 저지르지 않았던 일까지도 꿈속에서 당하곤 했다. 꿈속에서 나는 완전히 그의 노예였다. 본래 꿈을 많이 꾸는 편이었던 나는 현실에서보다 이런 꿈속에서 더 많이 살았으며, 이런 굴종의 그림자로 인해 힘과 활기를 잃었다. 다른 꿈도 꾸기는 했지만 크로머는 더욱 자주 꿈속에서 나를 학대하고, 침을 뱉고, 내 몸에 올라타 무릎으로 짓눌렀다. 더 지독스러운 것은 크로머가 나로 하여금 무서운 범죄를 저지르도록 유혹하는 꿈이었다. 유혹했다기보다는 강력한 영향력으로 강요당했던 것이리라. 그 꿈들 중에서도 가장 무서운 꿈은 내가 반쯤 미쳐서 깨어나게 만드는, 아버지를 살해하는 꿈이었다. 크로머는 꿈속에서 시퍼렇게 갈린 칼을 내 손에 쥐어 주었고, 누군가를 노리며 어느 길가의 가로수 뒤에 서서 기다렸다. 누구를 노리고 있는지 나는 몰랐지만 그 누군가가 다가오고 크로머가 내 팔을 쿡 누르면서 내가 찔러 죽여야 하는 자라는 것을 알려주었는데, 그건 바로 아버지였다. 그러다 잠에서 깼다.

이 일과 관련해 나는 카인과 아벨에 대해 다시 한 번 곰곰이 생각해보았다. 그러나 데미안에 대해서는 거의 생각하지 않았는데, 그가 다시 내게 나타난 것은 이상스럽게도 또 어느 꿈속에서였다. 나는 또다시 폭압과 괴롭힘으로 고통 받는 꿈을 꾸었는데, 이번에는 내 몸을 타고 누르는 것이 크로머가 아니라 데미안이었다. 그런데 그 꿈이 내게는 아주 새롭고 깊은 인상을 남겼다. 크로머로부터는 고통과 혐오를 불러왔다면 데미안에게서는 기꺼이 그리고 불안과 환희가 뒤섞인 감정을 느꼈던 것이다. 그 꿈을 나는 두 차례 꾸었다. 그러고 나서는 다시 크로머가 제자리로 돌아왔다.

이런 꿈속에서 겪은 일과 현실에서 겪은 일을 나는 이미 오래전부터 명확하게 분리해서 생각할 수가 없었다. 어쨌든 크로머와의 악연은 제 길을 따라 진행되고 있었다. 내가 좀도둑질을 해서 훔쳐낸 돈으로 애초의 빚진 돈을 갚았음에도 그 관계는 끝나지 않았다. 끝날 것 같지 않았다. 그는 이제 내가 돈을 훔쳐낸 것에 대해서까지 알게 된 것이다. 놈은 늘 내가 어디서 돈이 생겼는지를 물었고, 그리하여 나는 이제까지보다 훨씬 더 단단하게 놈의 손아귀에 잡히고 말았다. 번번이 놈은 아버지에게 모든 것을 말하겠다고 나를 위협했다. 그때 내가 느낀 두려움은 애당초 내가 그 짓을 저지르지 않았더라면 하는 깊은 후회만큼 크지는 않았다. 아무리 비참하기는 했어도 나는 모든 것을 다 후회만 하지는 않았다. 적어도 언제나 후회한 것은 아니어서 때로는 만사가 이렇게 될 수밖에 없었다는 믿음이 들기도 했다. 불길한 운명이 나를 덮치고 있어서 그것을 깨뜨리고자 하는 시도는 아무런 소용도 없는 일 같았다.

부모님도 이런 상황에서 적지 않게 고민을 하셨던 것 같다. 낯선 귀신에 씌어 나는 그토록 친밀했던 우리 가족의 단란함과는 더 이상 어울리지가 않았는데, 그래서 종종 그것에 대해서, 마치 잃어버린 낙원을 그리워하는 듯한 격렬한 향수가 엄습하기도 했다. 어머니는 나를 악동이라기보다는 환자로 취급하셨다. 그러나 상황이 진짜로 어땠는지는 두 누이들의 태도에서 가장 잘 엿볼 수 있다. 매우 너그럽게 대하면서도 나를 끝없이 비참하게 만들었던 그들의 태도를 보면 분명하게 드러난다. 그러니까 나의 상태에 대해 한탄을 하기보다 동정을 해야 하며, 그럼에도 불구하고 마음속에 악이 자리를 잡고 있는 일종의 신들린 사람이라는 것이다.

가족들은 나를 위해서 이제까지와는 다른 기도를 한다는 걸 나는 알고 있었다. 그리고 그런 기도가 부질없다는 것 또한 느꼈다. 나는 때때로 이런 고뇌로부터 벗어나고자 하는 간절한 열망과 진정한 회개에 대한 타는 듯한 갈증 또한 느꼈다. 그럼에도 아버지나 어머니에게 이 모든 비밀에 대해 솔직하게 털어놓을 수는 없을 거라는 것 또한 예감했다. 나는 알고 있었다. 가족들이 이 일에 대해 다정하게 받아들여 주고, 매우 따뜻한 위로와 동정을 주리라는 것과 그럼에도 불구하고 완전한 이해를 바랄 수는 없음을 또한 나는 알고 있었던 것이다. 그리고 이 모든 일이 진정 운명임에도 불구하고 탈선으로 간주되리라는 것도 알고 있었다.

아직 열한 살도 되지 않은 아이가 이렇게 느낄 수 있다는 것을 믿지 않을 사람들도 더러 있을 줄 안다. 하지만 나는 그들에게 내 처지를 이해해달라고 말하고 있는 게 아니다. 보다 더 인간에 대해 잘 아는 이들을 향해 이야기하고 있는 것이다. 자기 감정의 일부분을 생각으로 변화시킬 줄 아는 어른들은 어린아이가 이런 생각을 할 수 있다는 것을 알아차리지 못할 것이다. 그리고 이런 경험을 할 수조차 없을 거라고 여길 것이다. 그러나 내 인생에서 그때처럼 깊이 고민했던 적은 거의 없었다.

한 번은 비가 오는 날이었는데, 나의 박해자로부터 성 앞 광장으로 나오라는 명령을 받았다. 나는 광장에 서서 그를 기다리며, 흠뻑 젖은 검은 나무들에서 떨어지는 축축한 마로니에 이파리를 발로 휘적거리고 있었다. 돈은 없었다. 그러나 크로머에게 뭐라도 줘야 하겠기에 케이크 두 조각을 가져가 들고 있는 참이었다. 나는 벌써 오래전부터, 그렇게 어딘가

한구석에 서서 오래도록 그를 기다리는 데 익숙해져 있었다. 마치 사람들이 도저히 피할 도리가 없는 일을 감수하듯 나는 그런 사실을 받아들이고 있었다.

　마침내 크로머가 왔다. 그 날은 오래 머물러 있지는 않았다. 그는 주먹으로 내 가슴팍을 가볍게 몇 대 치고는 웃었고, 케이크를 받고, 심지어 축축한 담배를 권하기까지 했다. 나는 받지 않았지만 어쨌든 그날따라 유별나게 친절하게 굴었다.

　"아, 참." 그가 자리를 떠나면서 말했다. "잊어버리기 전에 말을 해 두는 데 말이야. 다음번엔 네 누나를 데려오도록 해. 나이 많은 누나 말이야. 이름이 뭐였더라?"

　나는 전혀 이해할 수가 없어서 아무런 대답도 하지 못했다. 나는 어리둥절한 표정으로 물끄러미 그를 바라보았다.

　"무슨 말인지 모르겠어? 네 누나를 데리고 나오라고."

　"알아들었어, 크로머. 하지만 그건 안 돼. 나는 할 수가 없어. 누나는 결코 나를 따라 오지 않을 거야."

　나는 그것 역시 늘 그랬던 것처럼 다만 농간일 뿐이고 구실에 지나지 않을 것이라고 생각했다. 그는 이따금 그런 짓을 잘했다. 무언가 불가능한 것을 요구해 나를 놀라게 하고, 굴욕을 주고 그다음에는 서서히 거래를 시작하는 것이다. 그러면 나는 약간의 돈이나 혹은 다른 선물로 자유를 되찾지 않으면 안 되었다.

　그러나 이번에는 전혀 딴판이었다. 내가 거절을 했음에도 전혀 화가 난 기색이 없었다.

"글쎄." 그는 건성으로 말했다. "잘 생각을 해보라는 말이야. 네 누나와 사귀고 싶어서 그런 거니까. 언젠가 그런 기회가 있겠지. 넌 그냥 누나와 함께 산책을 하자고 데리고 나오기만 하면 돼. 그러면 거기에 내가 낄 테니까. 내일 휘파람으로 불 테니 그때 다시 한 번 그것에 대해 이야기하도록 하자고."

그가 가고 나서 나는 갑자기 그가 무엇을 원하는지 그 의미를 어렴풋이나마 깨달았다. 나는 아직 완전히 어린아이였다. 그러나 소년과 소녀들이, 조금 나이가 들면 그 어떤 비밀스러운, 상스럽고 금지된 수작을 벌일 수 있다는 것을 이미 들어서 알고 있었다. 그제야 갑자기 그것이 얼마나 해괴망측한 일인지 아주 뚜렷해졌다! 그따위 짓은 결코 하지 않겠다는 나의 결심은 아주 확고해졌다. 그다음에 무슨 일이 일어날지, 또 크로머가 어떻게 내게 보복을 할지에 대해서는 생각할 엄두조차 나지 않았다. 새로운 고문이 시작된 것이다. 아직도 충분치 않았던 모양이었다.

절망적인 심정으로 나는 두 손을 주머니에 넣은 채 텅 빈 광장을 건너갔다. 새로운 고민, 새로운 노예 상태였다!

그때 나지막하면서도 청량한 목소리가 나를 불렀다. 나는 깜짝 놀라서 걸음을 빨리했다. 누군가가 나를 쫓아와서는 뒤에서 한 손으로 나를 살며시 붙잡았다. 막스 데미안이었다.

나는 붙잡힌 대로 내버려둔 채 말했다.

"난 또 누구라고." 나는 불안감을 감추지 못한 채로 말했다. "깜짝 놀랐잖아."

그가 나를 바라보았다. 그 어느 때보다도 어른스럽고, 상대를 압도하며 모든 것을 꿰뚫어보는 눈빛이었다. 우리는 오랫동안 함께 이야기하지는 않았었다.

"이런, 미안하군." 그는 특유의 점잖으면서도 아주 단호한 태도로 말했다. "하지만 들어봐, 누가 놀라게 했다고 해서 그렇게 놀랄 것까지는 없지 않아?"

"그래, 하지만 그런 일도 있을 수 있는 거지 뭐."

"그렇기는 하지만 생각해봐. 네가 아무 이유도 없이 누군가의 앞에서 그렇게 깜짝깜짝 놀란다면, 그런 너를 이상하게 생각하고 호기심을 갖게 되지 않을까? 그 사람은 생각하게 돼, 네가 이상할 정도로 잘 놀란다고. 그러고는 계속 생각하지, 사람이란 겁에 질렸을 때만 그런 거라고. 겁쟁이들은 언제나 두려워하니까 말이야. 하지만 나는 네가 원래부터 겁쟁이는 아니라고 생각하거든. 아, 물론 너는 영웅도 아닐 거야. 그러니까 네가 지금 겁을 집어먹은 이유가 있는 게 틀림없단 말이지. 넌 지금 누군가를 무서워하고 있는 거야. 하지만 그런 일은 결코 있어서는 안 되는 일이야. 사람을 무서워해서는 결코 안 되는 거야. 나를 무서워하는 건 아니지? 아니면 무섭니?"

"오, 아니야. 전혀 무섭지 않아."

"그럴 테지. 하지만 누군가 네가 무서워하는 사람이 있는 거지?"

"난 모르겠어.…. 제발 날 내버려 뒀으면 좋겠어. 내게 바라는 게 뭐야?"

그는 나와 보조를 맞추며 걸었다. ─나는 그로부터 벗어나기 위해 더 빨리 걷고 있었다.─ 그리고 나는 곁에서 걷고 있는 그의 시선이 느꼈다.

"가령 말이야." 그가 다시 말을 시작했다. "내가 네게 호의를 가지고 있다고 생각해봐. 아무튼 내게 겁을 낼 필요는 없는 거지. 나는 너에 대해서 한 가지 실험을 해보고 싶어. 재미도 있고 네가 거기서 꽤 쓸모 있는 걸 배울 수도 있을 거야. 자, 잘 들어봐! 나는 이따금씩 독심술이라고 부르는 기술을 써보곤 하는데, 무슨 나쁜 마법 같은 건 아니야. 하지만 어떻게 하는 건지 모르면 아주 신기하게 보이지. 그걸로 사람들을 아주 깜짝 놀라게 할 수 있지. 자, 우리 한번 실험을 해보자. 그러니까 내가 너를 좋아하거나, 혹은 네게 흥미를 가지고 있다고 가정을 해보자. 그래서 이제 네 마음속에서 어떤 생각을 하는지 알아내고 싶은 거야. 그렇게 하기 위해 나는 이미 첫걸음을 뗐어. 내가 널 놀라게 했다는 거지. 넌 그러니까 잘 놀라. 그건 네게 두려워하는 물건이나 사람이 있다는 거거든. 그게 어디서 비롯되었을까? 사람은 누구 앞에서든 두려워할 필요가 없어. 누군가를 두려워한다면, 그건 누군가에게 자신을 지배할 힘을 내주었다는 걸 의미해. 예를 들어 누가 나쁜 짓을 했다고 치자. 그런데 다른 사람이 그것을 알고 있단 말이야. 그럴 때 그가 너를 지배하는 힘을 가지게 되는 거지. 알아들었어? 그래, 내 말이 틀렸니?"

나는 어찌할 바를 모르고 그의 얼굴을 빤히 들여다보고만 있었다. 그의 얼굴은 여느 때처럼 진지하고 영리해 보였고 또 너그러움에 가득 차 있었다. 그러나 정다움이라기보다는 오히려 엄격함이었다. 정의나 혹은 그 비슷한 것이 그 속에 깃들어 있었다. 나는 무슨 일이 벌어지고 있는 건지도 몰랐다. 그는 마치 마법사처럼 내 앞에 서 있었다.

"이해했니?" 그가 다시 한 번 물었다.

고개를 끄덕였다. 아무 말도 할 수 없었던 것이다.

"네게 독심술이 이상하게 보일 거라고 말하기는 했지만 이건 아주 자연스럽게 이루어지는 거야. 예를 들면 언젠가 내가 카인과 아벨 이야기를 했을 때, 네가 나를 어떻게 생각했을지에 대해서도 꽤 정확하게 말해 줄 수 있지. 이 일과는 상관없는 이야기지만 말이야. 나는 네가 한 번쯤은 내 꿈을 꾸었으리라고 생각해. 하지만 그런 이야기는 그만두자! 넌 영리한 아이야, 대부분의 아이들은 아주 바보들인데 말이지! 나는 종종 내가 신뢰하는, 영리한 소년과는 어디서든 이야기하는 걸 즐기지. 너도 물론 괜찮지?"

"그럼, 괜찮아. 다만 난 무슨 말인지 알아들을 수가 없어."

"그럼 다시 그 재미있는 실험을 계속해볼까! 그러니까 우리는 찾아낸 거야. S라는 소년이 잘 놀란다. 그 애는 누군가를 무서워한다. 필시 그 애와 누군가의 사이에는 몹시 불편한 비밀이 하나 있다. 대강 들어맞지?"

꿈속에서처럼 나는 그의 음성에, 그의 영향력에 압도되었다. 나는 그저 머리를 끄덕일 뿐이었다. 그 음성은 오로지 나 자신에게서만 나올 수 있는 그런 목소리가 아니었던가? 모든 것을 알고 있는 목소리가 아니었던가? 나 자신보다 모든 것을 더 잘, 더 명확하게 알고 있는 목소리가 아니었던가?

데미안이 내 어깨를 힘차게 두드렸다.

"그럼 맞는 거지. 그럴 줄 알았어. 이제 딱 한 가지 질문만 더 할게. 아까 조금 전에 간 그놈의 이름이 뭔지 너는 알고 있지?"

나는 소스라치게 놀랐다. 침해받은 나의 비밀이 나의 내부에서 고통스럽게 움츠러들었다. 그것은 밝은 곳으로 나오기를 원치 않았던 것이다.

"누구? 나밖에 다른 애는 없었어."

"그냥 말해." 그가 웃었다. "그 애 이름이 뭐지?"

나는 속삭이듯이 말했다. "프란츠 크로머 말이야?"

흡족한 듯이 그는 내게 고개를 끄덕였다.

"브라보! 넌 똑똑한 녀석이로구나. 우린 친구가 되겠어. 그런데 네게 해 줄 말이 있어. 그 크로머는 말이야, 아니 이름이 뭐든 간에, 나쁜 녀석일 거야. 그 녀석 얼굴에 악당이라고 씌어 있었어! 넌 어떻게 생각하니?"

"응 그래." 내가 한숨을 푹 내쉬었다. "그는 나빠, 악마 같
은 놈이야! 하지만 그놈에게 아무것도 알리지 말아 줘! 맙소
사, 제발, 그가 알아서는 안 돼! 그 애를 알아? 그 애도 너를
알아?"

"진정해! 그 녀석은 갔어. 그리고 그 녀석은 아직 나를 몰
라. 하지만 그 녀석에 대해서는 알고 싶군. 공립학교에 다니
는 녀석이니?"

"응."

"몇 학년인데?"

"5학년. 하지만 그 애한테 아무 말도 하지 말아줘! 제발, 제
발 그 애한테 아무 말 하지 말아줘!"

"걱정하지 마. 네겐 아무 일도 일어나지 않을 거야. 그런
데 그 크로머란 녀석에 대해 조금 더 이야기를 들려줄 마음
은 없니?"

"그럴 수 없어! 안 돼, 나를 내버려둬!"

그는 한동안 말이 없었다.

그러더니 그가 말했다. "유감인걸. 우린 이 실험을 좀 더
해볼 수도 있었을 텐데. 하지만 널 괴롭히지는 않을게. 그 애
를 두려워하는 것이 올바르지 않다는 것 정도는 너도 알고 있
어, 안 그래? 그런 두려움이 우리를 완전히 엉망진창으로 만
드는 법이야. 그래서 거기에서 벗어나야 하는 거지. 만약 네

가 진정 사내대장부가 되겠다면 그 따위 것에서 벗어나야 된 단 말이야. 이해하겠니?"

"물론 네 말이 맞아…. 하지만 그렇게 잘 안 되는 걸. 너 는 몰라…."

"어떤 면에서는 네가 생각했던 것보다 내가 더 많은 것을 알고 있다는 걸 보았을 거야. 너 그 녀석에게 혹시 돈이라도 빚을 지고 있는 거니?"

"그래, 그렇기도 해. 그렇지만 그게 제일 큰 문제는 아니 야. 난 말할 수 없어, 그건 말할 수 없다고!"

"네가 빚지고 있는 돈은 내가 갚아주어도 아무 소용이 없다 는 거니? 내가 네게 줄 수도 있는데."

"아냐, 아니야. 그게 아니라니까. 부탁이야, 아무에게도 그 이야기에 대해서는 말하지 말아줘! 한 마디도! 나를 불행하 게 만들 거야!"

"날 믿어, 싱클레어. 넌 언젠가는 네 비밀을 내게 털어놓 을 거야."

"결코 그러지 않을 거야, 결코!" 내가 격렬하게 소리쳤다.

"네가 좋을 대로 하렴. 다만 네가 나중에라도 내게 더 자세 히 말해 주리라고 생각할 뿐이야. 물론 자발적으로 말이야, 당연하지! 내가 크로머라는 녀석처럼 굴 거라고 생각하는 건 아니겠지?"

"오, 아니야. 하지만 너는 거기에 대해서 아무것도 모르고 있어!"

"물론 그렇지. 나는 그저 그것에 대해 곰곰이 생각하고 있을 뿐이야. 그리고 나는 결코 크로머가 한 것과 같은 그런 짓은 하지 않아. 그건 믿어줘. 또 넌 내게 아무것도 빚진 게 없잖아."

우리는 한참동안 말이 없었다. 그리고 나는 점차 안정을 되찾았다. 그러나 데미안이 사실에 대해 알고 있다는 것이 점점 더 수수께끼처럼 느껴졌다.

"이젠 집에 가봐야겠다."라고 말하고는 그가 빗속에서 외투를 더 단단히 여몄다. "한 가지만은 다시 말해 주고 싶어. 기왕에 여기까지 이야기를 했으니까 말이야. 넌 그 녀석으로부터 벗어나야 해! 달리 다른 도리가 없거든 그 녀석을 때려죽여! 만약 네가 그렇게 한다면 나도 좋겠다. 내가 널 돕기도 할 거고."

나는 새로운 불안에 사로잡혔다. 카인의 이야기가 갑자기 다시 떠올랐다. 나는 몸서리가 쳐졌다. 그래서 훌쩍훌쩍 울기 시작했다. 너무나도 소름끼치는 일들이 내 주변에서 나를 에워싸고 있었기 때문이었다.

"그럼 좋아."막스 데미안이 미소를 지었다. "집으로 가도록 해! 우린 벌써 그 일을 하고 있어. 때려죽이는 것이 가장 간단한 일이겠지만 말이야. 그런 일들에서는 가장 단순한 것이 늘 최선의 방법이거든. 네 친구 크로머의 손아귀에서 놀아

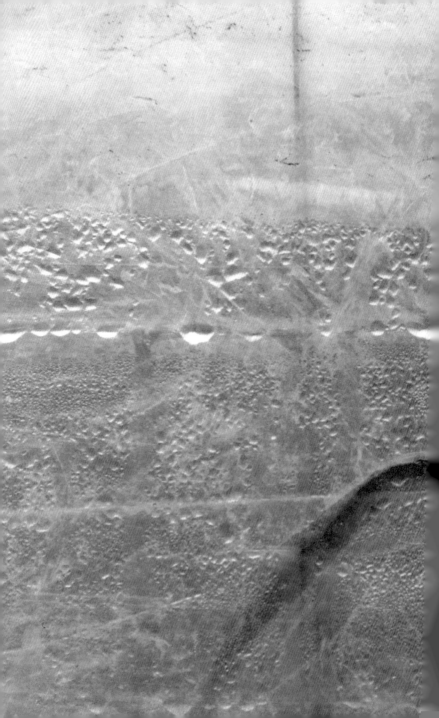

봐야 좋을 게 없단 말이지."

나는 집으로 왔다. 마치 1년 동안이나 나가 있었던 것 같았다. 모든 것이 달라져 보였다. 나와 크로머 사이에는 미래와도 같은 무엇, 희망과도 같은, 그 무엇이 들어와 있었다. 나는 더 이상 혼자가 아니었다! 그리고 얼마나 무섭도록 혼자 몇 주일 동안이나 내 비밀과 더불어 외롭게 고립되어 있었던 가를 비로소 알게 되었다. 내가 여러 번 곰곰이 생각한 적이 있었던 일들이 떠올랐다. 부모님 앞에서 고해를 하는 것이 후련하기는 하겠지만 완전히 나를 구원할 수는 없으리라는 것. 그러나 이제 나는 고해를 한 것이나 마찬가지였다. 다른 사람, 낯선 사람에게. 그리고 구원의 예감이 짙은 향기처럼 내게로 풍겨왔다.

그 후에도 오랫동안 내 두려움은 극복되지 않았다. 나는 길고도 무서운 적과의 싸움을 각오하고 있었다. 그랬던 만큼, 모든 것이 그렇게 고요하고, 그렇게 완전히 비밀스럽고 조용히 흘러가는 것이 더 이상했다.

우리 집 앞에서 들리곤 하던 크로머의 휘파람 소리는 들리지 않았다. 하루, 이틀, 사흘, 일주일이 지나도록. 나는 감히 그걸 믿을 수 없었다. 그래서 그가 전혀 예기치 않은 순간 돌연히 다시 나타나지 않을까 하고 내심 긴장하고 있었다. 그러나 그는 나타나지 않았다. 새롭게 찾아온 자유가 나는 믿어지지 않았다. 마침내 프란츠 크로머와 마주치게 되었을 때까지도 나는 믿을 수가 없었다. 그는 자일러 골목에서 똑바로 나를 향해 걸어내려 오다가, 나를 보자 흠칫하고 놀라더니 얼굴을 험상궂게 찌푸리고는 나를 피해 그냥 홱 되돌아섰다.

그것은 내게 놀라운 순간이었다! 나의 원수가 나를 피해 달아나다니! 나의 악마가 내 앞에서 겁을 집어먹다니! 기쁨과 놀람이 나의 온몸을 관통해 지나갔다.

그 무렵 어느 날 데미안이 다시 나타났다. 그는 학교 앞에서 나를 기다리고 있었다.

"안녕." 하고 내가 말했다.

"안녕, 싱클레어. 어떻게 지내는지 좀 들어보고 싶었지. 크로머란 녀석이 이제 더 이상 널 괴롭히지는 않지? 안 그래?"

"네가 그렇게 한 거야? 하지만 대체 어떻게 한 거야? 난 뭐가 뭔지 알 수가 없어. 이제는 아예 코빼기도 보이지 않아."

"그거 잘됐군. 언젠가 놈이 다시 나타나기라도 하면, 그러지 않겠지만 뻔뻔한 녀석이니까 말이야, 그냥 그 녀석에게 데미안을 기억하라고만 해."

"그게 무슨 말이지? 그 애랑 싸운 거야? 때려주기라도 한 거야?"

"아니, 난 그런 짓은 별로 좋아하지 않아. 그 녀석과 그냥 이야기를 했을 뿐이야. 너하고 이야기했듯이 말이야. 그러면서 너를 가만히 내버려두는 것이 그 녀석에게도 이로울 거라는 사실을 똑똑히 알게 해 주었을 뿐이지."

"오, 설마 그에게 돈을 준 건 아니겠지?"

"아니야. 그런 방법이라면 네가 벌써 시험해 봤잖아."

나는 자꾸 캐물으려 했지만 그는 떠났다. 그리고 나는 그에 대하여 전에 느꼈던 느낌, 감사와 수줍음, 찬탄과 두려움, 헌신과 내면의 거부가 기이하게 뒤섞인 답답한 느낌으로 그 자리에 남아 있었다.

나는 가까운 시일 안에 그를 다시 만나야겠다고 마음을 먹었다. 그때는 그와 그 모든 것에 대하여, 또 카인의 일에 대해서도 더 이야기를 해볼 생각이었다.

하지만 그렇게 되지는 않았다. 감사는 결코 내가 믿는 미덕이 아니었다. 그리고 어린아이에게 그것을 요구하는 것은 잘못인 것처럼 느꼈다. 그래서 내가 막스 데미안에게 전혀 감사해하지 않았다는 것이 지금도 별로 놀랍지 않다. 데미안이 나를 크로머의 손아귀로부터 구해 주지 않았더라면 평생 병들고 상했을지도 모른다고 지금도 나는 확신한다. 당시에도 이 구원을 나는 내 짧은 인생의 가장 큰 경험으로 느꼈다. 그러나 구원해 준 사람을, 그가 기적을 완수하기가 무섭게, 나는 무시해버렸던 것이다.

감사를 표시하지 않았다는 것은 이미 말했듯, 내게는 이상하지 않았다. 내게 특이하게 느껴지는 것은 오로지 내가 보인 호기심의 결핍이었다. 데미안과 나를 연결시켜준 비밀에 대해서 더 접근하지 않은 채 어떻게 단 하루라도 평온하게 살아갈 수 있었을까? 카인에 대하여, 크로머에 대하여, 독심술에 대하여 좀 더 듣고 싶은 욕망을 나는 어떻게 누를 수 있었을까?

거의 이해가 되지 않는 일이지만 실제로 그랬다. 내가 갑자기 악마가 씌웠던 그물로부터 풀려났음을 보았고, 밝음과 기쁨의 세계가 다시 내 앞에 놓여 있음을 나는 보았다. 더 이상 두려움의 발작과 숨이 막힐 듯한 심장의 격한 고동에 시달리지 않았다. 저주의 주문은 풀렸다. 나는 더 이상 괴롭힘을 당하는 죄수가 아니었다. 나는 예전과 마찬가지인 학생이 된 것이다. 내 본성은 될 수 있는 대로 빨리 균형과 평온 속으로 되돌아오려고 애썼다. 그리하여 무엇보다 온갖 진저리나고 위협적인 것을 떨쳐버리고, 잊어버리려고 노력했다. 내 죄와 불안의 긴 역사 전체가, 눈에 띄는 그 어떤 흉터나 인상 하나 남기지 않은 채 놀랍도록 빠르게 내 기억에서 미끄러져 나갔다. 뿐만 아니라 나의 조력자이자 구원자에 대해서도 똑같이 빨리 잊어버리려 했다는 것도 이제는 이해할 수 있다. 내 상처 입은 영혼의 모든 충동과 힘을 쏟아 나는 내게 내려졌던 저주받은 비탄의 계곡에서, 몸서리쳐지는 크로머의 압제로부터 도망쳐 돌아왔던 것이다. 내가 일찍이 행복했고 만족감을 누렸던 곳으로, 다시 문이 열린 잃어버렸던 낙원으로, 아버지 어머니의 밝은 세계로, 누이들에게로, 정결함의 향기로, 아벨이 누렸던 신의 호의로.

데미안과의 짧은 대화를 나누고 난 다음 날, 내가 다시 얻게 된 자유를 완전히 확신하고 이제는 재발을 두려워하지 않게 되었을 때, 나는 그렇듯 자주 열렬하게 소망했던 일을 실행했다. 고해를 한 것이다. 나는 어머니에게로 가서, 자물쇠가 망가지고 돈 대신 장난감 돈으로 채워진 저금통을 보여드리고, 얼마나 오랫동안 내가 저지른 죄로 인해 사악한 적에게 묶여 있었던가를 이야기해 드렸다. 어머니는 전부 이해하시지는 못했지만 그 저금통을 보고, 달라진 나의 눈빛을 보고, 달라진 나의 목소리를 듣고, 내가 회복되었으며 다시 어머니에게로 되돌아왔음을 느끼셨던 것 같다.

그리고 나는 한껏 흥분된 감정으로 내 복귀의 축제를 열고, 돌아온 탕아의 귀향 의식을 행했다. 어머니는 나를 아버지께 데려가셨으며, 이야기가 되풀이되었고, 질문과 놀람의 탄성이 터져 나왔다. 부모님은 내 머리를 쓰다듬으시며 오랫동안의 마음고생에서 벗어나 비로소 안도의 숨을 내쉬셨다. 모든 것이 근사했다. 모든 것이 동화와 같았다. 모든 것이 놀랍도록 순조롭게 풀렸다.

이제 나는 정말 열정적으로 이 안정 속으로 도피해 들어갔다. 다시 평화를 되찾고 부모님의 신뢰를 되찾았다는 것은 아무리 해도 싫증나지 않았다. 나는 집안의 모범적인 아들이 되었다. 그 어느 때보다 누나들과 더 잘 어울려 놀았고, 기도 시간에는 구원을 얻은 자와 회개한 자로서의 환희에 찬 감정으로 내가 좋아하는 옛날 노래를 함께 불렀다. 그런 일은 진심에서 우러난 것이었으며 어떤 거짓도 없었다.

그럼에도 완전히 안정을 찾은 것은 전혀 아니었다! 그리고 거기서부터 내가 데미안을 잊게 된 진정한 이유가 해명될 수 있다. 나는 그에게 고해를 했어야 했다! 그랬었더라면 그 고해가 집에서 그랬던 것처럼 화려하고 감동적이진 않았을 테지만 보다 유익한 결과를 내게 가져왔을 것이다.

이제 나는 모든 뿌리를 뻗어 예전의 낙원 같은 세계에 매달렸다. 집으로 돌아왔으며 관대하게 받아들여졌던 것이다. 그러나 데미안은 결코 이 세계에 속하지 않았다. 이 세계에 맞질 않았다. 그 역시, 크로머와는 다르지만 바로 또 하나의 유혹자였다. 그런데 나는 그것에 대해서는 이제 영원히 조금도 더 알고 싶지 않았다. 막 아벨로 돌아온 지금, 다시 아벨을 버리고 카인을 찬양하는 일을 도울 수는 없었다. 또 그러고 싶지도 않았다.

이것이 외부로 드러난 사정이다. 그러나 내면적 사정은 이랬다. 나는 크로머라는 악마의 손아귀에서 해방되었다. 그러나 그것은 내 자신의 힘과 노력에 의한 것이 아니었다. 나는 세상의 오솔길들을 똑바로 서서 걸어가고자 했지만 그 길들이 내게는 너무 미끄러웠고, 친절한 손 하나가 나를 붙들어 구해낸 지금 나는 한눈 한 번 팔지 않고 곧장 어머니의 품속으로, 포근한 울타리로 에워싸인 경건하고 온화함 속으로 달려 들어갔던 것이다. 나는 자신을 실제보다 더 어리고, 더 순종적이고, 더 어린애처럼 행동했다. 나는 크로머에 대한 굴종에서 벗어나는 대신 새로운 예속을 받아들였던 것이다. 혼자는 걸어갈 수 없었기 때문이다. 그래서 나는 맹목적인 마음으로 아버지 어머니에의 의존, 이미 유일한 세계가 아니라는 것을 알아버린 '밝은 세계'에의 예속을 택했던 것이다. 그렇게 하지 않았더라면, 분명 나는 데미안에게 의지하고 그에게 모든 것을 맡기지 않으면 안 되었을 것이다. 그렇게 하지 않았던 것은 그 당시 내가 그의 수상쩍은 사상을 불신했기 때문이었다. 그러나 사실은 두려움 이외에는 아무것도 아니었다. 왜냐하면 데미안은 부모님보다 더 많은 것을, 훨씬 더 많은 것을, 나로부터 요구했을 테니까. 그는 채찍질과 경고로, 조롱과 풍자로 나를 보다 자주적이 되도록 만들려고 했을 테니까. 아, 오늘에서야 나는 알게 되었다. 인간에게는 이 세상에서 자기 자신에게로 인도하는 길을 가는 것보다 더 어려운 일은 아무것도 없다는 것을!

그럼에도, 반년쯤 뒤 산책을 하러 나갔을 때, 나는 이런 유혹을 이기지 못하고 아버지께 여쭈어보았다. 누군가 카인이 아벨보다 더 훌륭한 사람이라고 설명하는 사람이 있는데, 여기에 대해 어떻게 생각하시느냐고. 아버지는 몹시 놀라시더니, 그것은 전혀 새로울 게 없는 견해라고 나에게 설명해 주셨다. 그것은 이미 원시 기독교 시대에도 있었고 여러 종파들에서 전도되기도 했는데, 그 중 하나는 자신들을 '카인 교도'라고 불렀다는 것이다. 그러나 물론 이 미치광이 교의는 우리의 신앙을 깨뜨리려는 악마의 시험 이외엔 아무것도 아니다. 왜냐하면 카인이 옳고 아벨이 옳지 않다고 믿는다면 신이 오류를 범했다는 것이고, 따라서 성경의 신이 올바른 신, 유일한 신이 아니라는 것이다.

실제에 있어 카인 교도들은 그와 유사한 교리를 가르치고 설교했을 것이다. 그러나 이 이교도 짓거리는 이미 오래 전에 인간 세계에서 사라졌다. 아버지께서는 내 학교 친구가 그것에 대한 이야기를 들을 수 있었다는 사실이 놀라울 뿐이며, 아무튼 그런 생각은 단연코 버려야 한다고 진지하게 경고하셨다.

예수 옆에 매달린 도둑

내 어린 시절, 아버지 어머니 곁에서 누렸던 안전한 생활에 대하여, 그리고 어린아이가 사랑과 온화하고 사랑스런 밝은 환경 속에서 만족스러운 유희를 즐기며 살아가는 생활에 대해서는 아름다운 것, 정답고 사랑스러운 이야기 등을 들어 이야기할 수 있을 것이다. 그러나 그런 이야기들은 이미 충분할 정도로 다른 사람들이 이야기를 했다. 내 흥미를 끄는 것은 오직 나의 본질에 다가가기 위해 내디뎠던 그동안의 발걸음뿐이다. 그것들이 가진 매력을 나 또한 모르지는 않는다. 그러나 온갖 아름다운 휴식처와 행복으로 가득한 섬과 낙원들은 아득히 먼 광명에 싸인 채 남겨두고자 한다. 나는 다시는 그곳에 단 한 걸음도 디뎌 보고자 하는 욕심이 없다.

그러므로 내 이야기가 아직 유년시절 속에 머무는 한, 나는 단지 내게 새롭게 일어난 일, 나를 앞으로 내몰고 나를 앗아간 일에 관해서만 언급하려 한다.

그러한 충격들은 늘 '다른 세계'로부터 왔고, 동시에 늘 불안과 강압과 양심의 가책을 가져왔다. 그것들은 늘 혁명적이었고, 나로 하여금 흔쾌히 그 속에서 살고싶어 하는 평화를 위협하는 것이었다.

용인된 밝은 세계에 살고 있으면서, 나의 내부에 숨을 구멍을 찾는 원시적인 충동이 서식하고 있다는 사실을 새롭게 발견해야 할 나이가 내게도 찾아왔다. 누구나 그렇듯이 내게도 성에 대한 감정 또한 천천히 눈을 떴고, 하나의 적이자 파괴자로, 금기이자 유혹과 죄악으로 들이닥쳤다. 내 유년시절의 평화와 아늑한 행복이라는 면에서, 나의 호기심이 쫓아다닌 것들, 꿈과 기쁨과 두려움이 내게 가져다 준 것들, 사춘기의 비밀 같은 것들은 전혀 어울리지 않았다. 나는 다른 사람들과 똑같이 행동했다. 더 이상 어린아이가 아니면서 아이로서의 이중생활을 영위했다. 내 의식은 우리 집과 용인된 밝은 세계에서 살았으며, 어렴풋이 솟아오르는 새로운 세계를 부정했다. 그러나 나는 동시에 꿈과 충동과 은밀한 욕망들 속에서 살았다. 그와 동시에 밝은 세계에 머물고자 하는 저 의식적인 생활이 만들어낸 다리는 점점 더 위태로워졌다. 왜냐하면 어린아이의 세계가 나의 내부에서 붕괴하고 있었기 때문이다.

대개의 부모들이 그러하듯 우리 부모님들도 사춘기에 눈 뜨는 생명의 충동에 대해 모른 척 눈을 감아 주셨다. 다만 끝없이 세심한 배려로, 현실을 거부하고 점점 더 비현실적 허위에 매달리는, 어린아이의 세계에 머물고자 하는 나의 속절없는 노력을 도와주셨을 뿐이었다. 부모라는 존재가 얼마나 중대한지 잘 알지 못하는 나로서는 이런 점으로 부모님을 비난할 생각이 없다. 나의 일을 처리하고, 나의 길을 찾아내는 것은 오로지 나 자신의 문제이기 때문이다. 그런데 나는, 유복하게 자란 대부분의 사람들이 그러하듯이 내 문제를 제대로 해내지 못했다.

사람이라면 누구나 이런 어려움을 속속들이 맛보기 마련이다. 평범한 인간에게는 이것이야말로 인생의 분기점이다. 즉 자기 삶의 요구가 주위 세계와의 극심한 갈등에 빠지게 되고, 가장 혹독한 투쟁을 통해 앞으로 나아가는 길을 개척해야만 하는 중요한 시점이다. 많은 사람들은 바로 이 지점에서 인간 숙명이라고 할 수 있는 죽음과 새로운 탄생을 경험한다. 즉 모든 사랑하는 것들이 우리를 떠나가고 갑작스레 고독과 죽음과도 같은 한기를 느낄 때, 유년시절이 삭아가며 서서히 허물어져가는 것을 볼 때 말이다. 그러나 그것은 평생에 단 한 번만 경험할 수 있을 뿐이다. 그리고 매우 많은 사람들이 이 절벽에 영원히 매달린 채로, 돌이킬 수 없는 과거에 집착하면서, 모든 꿈 중에서 가장 나쁘고 가장 고통스럽고 가장 살인적인 실낙원의 꿈에 한평생 집착한다.

내 이야기로 되돌아가도록 하자. 유년시절의 종말을 알려

주는 감정과 환상들은 이 이야기의 소재가 될 정도의 가치가 없다. 중요한 것은, 그 '어두운 세계', '다른 세계'가 다시 나타났다는 것이다. 한때 프란츠 크로머였던 그 세계는 이제 나 자신의 내부에 숨어 있었다. 그리고 그럼으로써 '다른 세계'가 외부로부터 나에 대한 지배력을 다시 얻게 되었던 것이다.

크로머 사건이 이후 몇 년이 지났을 무렵이었다. 내 삶에서 저 극적이고도 죄 많던 시절이 아득히 먼 곳으로 물러나고, 잠깐 꾸었던 악몽처럼 흔적도 없이 사라져버린 것 같았던 때였다. 프란츠 크로머는 이미 오래전에 내 삶에서 사라져 어쩌다 마주치는 일이 있어도 나는 거의 주의를 기울이지 않을 정도였다. 그러나 내 비극에서 또 하나 중요한 등장인물, 막스 데미안은 그때까지도 나의 주변에서 완전히 사라지지 않았다. 오히려 오랫동안 내 삶의 주변, 눈에 보이는 곳에 존재하고 있었지만 내게 영향을 미치려고 하지는 않았다. 그러던 그가 비로소 다시 서서히 내게 가까이 다가와 힘과 영향력을 발산하기 시작했다.

그 시절의 데미안에 대해 내가 무엇을 알고 있었는지를 돌이켜보려고 한다. 1년 혹은 더 오랫동안 나는 그와 단 한 번도 이야기를 나누지 않았던 것 같다. 나는 그를 피했고, 그 역시 집요하게 나와 접촉하려고 하지는 않았다. 언젠가 우연히 마주쳤을 때에도 그는 고개만 끄덕여 주었을 뿐이었다. 그 뒤로는 그의 친절한 태도에 냉소와 묘한 비난 같은 섬세한 울림이

섞여 있는 것처럼 여겨졌다. 그러나 아마도 그것은 나의 공연한 상상에 불과했을지도 모른다. 그와 더불어 겪었던 사건과 당시 내게 끼쳤던 그의 기이한 영향력은 그와 나 두 사람 모두에게 망각된 것처럼 보였다.

그의 모습을 더듬어본다. 그러니까 이제 그를 떠올려보니, 그럼에도 그는 거기 있었고 내가 그의 존재를 의식하고 있었음을 알겠다. 학교에 가는 그의 모습이 보인다. 혼자서, 아니면 덩치 큰 학생들 사이에 끼여 있는 모습이. 그만이 가진 색다르고 독특한 분위기에 에워싸여, 자신만의 법칙 아래 살면서, 외롭고 고요하게, 마치 별과도 같은 모습으로 그들 사이에서 걷는 모습이 보인다.

아무도 그를 사랑하지 않았다. 아무도 그와 가깝게 지내지 않았다. 오직 그의 어머니만은 예외였지만 말이다. 그의 어머니도 그를 어린아이가 아니라 마치 어른을 대하는 것처럼 보였다. 선생님들은 될 수 있는 한 그를 가만히 내버려두었다. 그는 좋은 학생이었지만 누구의 마음에 들려고 애를 쓰지도 않았다. 그리고 우리는 이따금 그가 선생님에게 표시하는, 날카로운 도전이나 조소로밖에는 볼 수 없는 이런저런 말이나 비평 혹은 항변에 관한 소문을 들었다.

나는 눈을 감고 생각해본다. 그의 모습이 떠올라오는 것을 본다. 그것은 어디였던가? 그렇다, 이제 그것도 다시 떠오른다. 우리 집 앞 골목이었다. 하루는 그가 손에 수첩을 들고 서서 그림을 그리고 있는 것을 보았다. 그는 우리 집 현관문 위에 붙어 있는 오래된 새 문장을 그리고 있었다. 그리고 나는 창가의 커튼 뒤에 몸을 숨긴 채 그를 바라보았다. 나는 경탄을 느끼면서, 주의 깊은 시선으로 문장을 바라보는 냉철하면서도 환하게 빛나는 얼굴을 바라보았다. 그것은 어른의 얼굴, 연구가 혹은 예술가의 얼굴이었다. 그것은 탁월함과 의지로 충만했으며, 이상하게도 밝고 차갑고 무엇이든 알고 있을 것 같은 총명한 눈을 가진 얼굴이었다.

그리고 나는 다시 그를 본다. 그보다 얼마 후 거리에서였다. 학교에서 돌아오는 길에 우리들은 쓰러져 있는 말 한 마리를 에워싼 채 서 있었다. 말은 여전히 수레의 끌채에 매인 채로 농사에 쓰는 마차 앞에 누워 있었는데, 무엇인가 애원하듯 간신히 열린 콧구멍으로 숨을 헐떡거리고 있었다. 보이지는 않았지만 어딘가에 상처를 입었는지 말 옆구리 쪽에서 피가 흘러나와 거리의 하얀 먼지가 서서히 검붉게 물들고 있었다. 그런 광경을 보고 메스꺼워져서 고개를 돌리다가 나는 데미안의 얼굴을 보았다. 그는 앞으로 밀치고 나오는 대신 편안하고 제법 맵시 있는 모습으로 뒤쪽에 멀찍이 서 있었다. 그의 시선은 말 머리로 향하고 있었는데, 여전히 깊고 고요하고 거의 열광적이면서도 냉철한 주의력을 잃지 않고 있었다. 나는 오랫동안 그를 바라보지 않고는 배길 수가 없었다. 그리고 의식 가운데 떠올랐던 것은 아니지만 매우 독특한 무언가를 느꼈다.

나는 데미안의 얼굴을 보고 있었다. 그가 소년다운 얼굴이 아니라 어른의 얼굴을 하고 있다는 것뿐만 아니라 더 많은 것이 그 얼굴에 있었다. 보았다고, 혹은 감지했다고 믿었다. 그것이 어른의 얼굴만이 아니라 또 다른 무엇이라는 것을. 마치 여자의 얼굴과도 같은 그 무엇인가가 그 안에 깃들어 있는 것 같았다. 그리고 특히 그 얼굴은 나에게 잠시, 어른 같거나 어린아이 같거나 늙었거나 젊었거나 한 것이 아니라 어쩌면 천 년이나 나이를 먹은 것도 같고, 시간을 초월한 것도 같은, 우리가 살고 있는 것과는 다른 시간의 표식이 찍혀 있는 것 같다는 생각을 했다. 짐승들이나 나무들 혹은 별들이 그렇게 보일는지 모른다. 지금 내가 어른이 되어 그것에 관해서 말하는 것을 그때는 알지 못했고, 정확하게 느끼지도 못했었다. 다만 뭔가 비슷한 느낌을 가졌을 뿐이다. 어쩌면 그는 잘생긴 남자였을 것이고, 아마도 내 마음에 들었을 것이다. 그리고 한편으로는 그를 싫어했던 것인지도 모른다. 그것조차도 확실하지 않다. 내가 보았던 것은 그저 그가 우리들과는 달랐다는 사실, 그는 한 마리 짐승이나 유령, 아니면 어떤 환영과 같았다고 느낄 뿐이다. 그의 모습이 어땠었는지는 잘 모르겠지만 아무튼 그는 우리 모두와는 상상할 수도 없을 만큼 달랐다. 그 이상은 기억이 나지 않는다. 어쩌면 이것조차도 일부분은 그 후의 인상으로부터 재구성해낸 기억인지도 모르겠다.

내가 몇 살 더 나이를 먹은 후에야 비로소, 나는 다시 그와 더 가까운 관계가 되었다. 데미안은 관례 대로 그 동급생과 함께 교회에서 견진성사를 받지 않았으며, 그것에 대해서도 곧 소문들이 꼬리를 물고 돌았다. 학교에서는 그가 본래 유태인이라거나 이교도라고 알려졌고, 어떤 사람들은 그가 그 어머니와 함께 무신론자이거나 혹은 어떤 터무니없는 사교邪教에 빠져 있다고 수군거렸다. 그것과 관련해서 그가 어머니와 연인처럼 살고 있다는 의심도 받았던 것 같다.

추측하건대 그 일은 이랬다. 그는 이제까지 아무런 신앙도 없이 키워졌지만 장래에 무슨 불이익을 초래할지도 모른다는 우려가 들었던 모양이었다. 어쨌든 그의 어머니는, 또래보다 2년 뒤늦게야 그가 견진성사를 받도록 할 결심을 했다. 그렇게 해서, 그는 몇 달 동안 우리 반에서 견진성사 수업을 듣게 되었다.

한동안 나는 그와 완전히 거리를 두었다. 그와 관계를 맺고 싶지 않았던 것이다. 그는 지나치게 소문과 비밀에 둘러싸여 있었다. 그러나 무엇보다 나를 거슬리게 한 것은 크로머 사건 이래로 내 마음속에 남아 있던 부채 의식이었다. 그리고 당시에는 나도 내 자신만의 비밀에 매어 있어 마음의 여유가 없었다.

견진성사 수업은 내가 성적인 문제에 눈을 뜨던 시기와 일치했다. 그리고 그로 말미암아 선량한 의지에도 불구하고 경

건한 교의에 대해 관심을 기울이는 것은 매우 힘들었다. 신
부님의 말씀은 나와 멀리 떨어진 고요하고 성스러운 비현실
속에 놓여 있었기 때문이다. 그것들은 대단히 아름답고 가치
가 있을지언정 결코 현실적이거나 자극적인 것은 아니었다.
반면 성에 관련된 일은 바로 목전에 놓인 현실이었고 지극히
자극적이었다.

　이러한 상태가 나로 하여금 수업에 무관심하도록 만들면
만들수록, 나의 관심은 막스 데미안에게 다가서게 되었다. 어
떤 끈이 우리들을 묶어주고 있는 것 같았다. 나는 그 끈을 될
수 있는 대로 정확하게 따라가야 했다. 내가 생각하기에 그것
은 어느 날인가 아직도 교실에 불이 켜져 있던 이른 아침 수
업시간에 시작되었다. 종교 담당 선생님이 카인과 아벨의 이
야기를 시작했는데, 나는 신부님의 이야기에 거의 주의를 기
울이지 않았다. 졸음이 몰려와서 듣고 있지도 않았던 것이다.
그때 신부님이 목소리를 높여 강도 높게 카인의 표식에 관해
이야기하기 시작했다. 바로 그 순간 나는 일종의 영감이나
경고를 받은 것 같은 느낌을 받았다. 그리고 내가 시선을 들
자, 줄지어 놓인 앞쪽 책상에 앉아 있던 데미안이 나를 향해
고개를 돌리고 있는 모습이 보였다. 뭐라고 말을 하는 것 같
은, 진지하면서 밝은, 그러면서 냉소가 담긴 듯한 눈으로 그
는 잠시 동안 나를 바라보았다. 그러자 갑자기 나는 한껏 긴
장감이 들면서 신부님의 말씀에 귀를 기울이게 되었고, 카인

과 그가 지닌 표식에 대한 이야기가 들렸다. 그리고 내 마음 깊은 곳에서, 신부님이 가르치고 있는 것은 사실과 다르며, 얼마든지 다르게 볼 수 있을 뿐 아니라 비판을 가할 수 있다는 느낌이 들었다.

그 순간, 나는 데미안과 다시 결합되었다. 그리고 이상한 일은, 우리 둘의 영혼이 서로 연결되어 있다고 느끼는 순간 그것이 마치 마술처럼 공간으로 전파되어 가는 것을 보았다는 것이다. 그가 자신의 힘으로 그렇게 할 수 있었는지 아니면 순전히 우연이었는지는 알 길이 없다. 물론 당시 나는 확고하게 우연이었을 뿐이라고 굳게 믿었다.

며칠 후 종교 시간에 데미안이 갑자기 자기 자리를 바꿔 바로 내 앞에 앉았다. (나는 지금도 기억하고 있다. 꽉 들어찬 교실이 뿜어내는 비참한 빈민 병원과 같은 공기 속에서 아침마다 그의 목덜미로부터 풍겨 나오는 감미롭고도 신선한 비누 냄새를 맡는 걸 내가 얼마나 좋아했던지.) 그리고 또다시 며칠 후, 그는 다시 자리를 바꿔 이제는 내 곁에 앉았다. 그리고 겨울 내내 그리고 봄이 다 지나가도록 그 자리를 지켰다.

아침 수업시간은 완전히 딴판이 되었다. 그 시간은 이제 졸리지도 지루하지도 않았다. 나는 그 시간을 고대했다. 우리 둘은 무서울 만큼 집중해 신부님 말씀에 귀를 기울였다. 내 옆에 앉은 그는 눈짓만으로도 주의해야 할 이야기나 이상한 말에 내 마음을 기울이도록 만들었다. 그리고 내 마음속에 비판

이나 의혹을 일깨우도록 경고하는 데는 그의 다른 시선, 아주 단호한 눈길 하나면 충분했다.

그러나 때때로 우리는 충실하지 못한 학생이었다. 수업에 전혀 귀를 기울이지 않았던 것이다. 데미안은 선생님들과 동급생에 대해 늘 예의바르게 행동했다. 나는 한 번도 그가 남자 아이들 특유의 어리석은 짓들을 저지르는 걸 보지 못했다. 그가 크게 웃거나 떠드는 것은 물론 선생님으로부터 책망 받는 것도 보지 못했다. 그러나 아주 나직한, 속삭이는 말이라기보다는 오히려 손짓이나 눈빛으로 나를 자신의 일에 가담시키는 방법을 그는 알고 있었다. 이것은 때로는 기묘한 성격의 일이었다.

예를 들자면, 그는 내게 학생들 중 누가 자기의 흥미를 끄는지, 그리고 자기가 어떤 식으로 그들을 연구하는지를 말해주었다. 그는 많은 학생들에 대해 매우 정확하게 알고 있었다. 그는 수업이 시작되기 전에 내게 말했다.

"내가 너에게 엄지손가락으로 신호를 하면, 저 애가 우리를 향해 돌아보거나 목덜미를 긁을 거야."

그러다가 수업 중에 내가 그 일에 대해 거의 잊고 있을 때쯤, 막스는 갑자기 눈에 띄는 몸짓으로 자기 엄지손가락을 내게 돌리는 것이었다. 내가 얼른 그가 지적했던 학생을 바라보면, 그 친구는 번번이, 철사 줄에 묶여 당겨지기라도 한 것처럼, 요구받은 몸짓을 했다. 나는 선생님에게도 그걸 한 번 시험해보라고 졸랐지만 막스도 그것은 하려고 하지 않았다. 그렇지만 한 번은 내가 예습을 하지 않고 수업에 들어가기 전에 신부님이 내게 아무것도 질문을 하지 않았으면 좋겠다고 말했을 때는 기꺼이 나를 도와주었다. 신부님이 교리문답의 한 구절을 암송시킬 학생을 찾고 있었을 때였다. 그의 시선이 이곳저곳을 헤매 다니다가 마치 죄라도 지은 듯한 표정을 짓고 있는 내 얼굴에 멈추었다. 그리고 천천히 내 곁으로 다가와 나를 향해 손가락을 내뻗고, 내 이름을 입 밖으로 내려는 순간, 신부님은 갑자기 무엇인가에 주의가 흐트러졌는지 혹은 불안해졌는지 옷깃을 만지작거리더니, 자기 얼굴을 똑바로 응시하고 있는 데미안에게 무엇인가를 물을 기색이었다가 다시 갑자기 몸을 돌려 잠시 기침을 하고는 다른 학생을 시켰다.

이런 장난이 나를 몹시 재미있게 해 주는 한편으로 나는 서서히 그가 내게도 번번이 똑같은 장난을 하고 있음을 눈치챘다. 내가 학교에 가는 길에 갑자기 데미안이 얼마간의 거리를 두고 뒤따라오는 것 같은 느낌을 받을 때가 있었는데, 그래서 돌아다보면 정말로 그가 거기에 있곤 했다.

"정말 다른 사람의 생각을 네가 원하는 대로 조종할 수 있는 거야?"

내가 그에게 물었다. 그는 침착하고 요령 있게, 특유의 어른 같은 태도로 선선히 알려주었다.

"아니야." 그가 말했다. "그건 불가능하지. 신부님이 아무리 그렇다고 말씀하시기는 하지만 사람에게 자유 의지 같은 것은 없어. 누군가 내게 그가 원하는 대로 생각하도록 할 수도 없고 나도 내가 원하는 대로 다른 사람에게 생각하도록 만들 수도 없는 거야. 그러나 확실히 누군가를 잘 관찰할 수는 있지. 그가 다음 순간에 무얼 하게 될지를 말이야. 그건 아주 간단해. 사람들이 그걸 알지 못할 뿐이지. 물론 연습이 필요해. 예를 들면 나비 종류 중에는 어떤 나방들이 있는데, 암놈이 수놈보다 훨씬 수가 적지. 나비란 다른 모든 동물과 똑같이 번식해. 수컷이 암컷을 수태시키고, 그러면 암컷이 알을 낳지. 그런데 연구자들이 자주 실험을 해본 바로는, 내가 암컷 나방 하나를 가지고 있다면 말이지, 밤에 이 암컷 나방을 찾아 수나방들이 날아오는 거야. 그것도 몇 시간 쯤 떨어진 곳에서 말이지. 몇 시간이나 멀리 떨어진 곳! 생각해 봐! 몇 킬로미터 밖에서부터 그 수컷들은 그 지역에 있는 단 하나의 암컷을 감지하고 추적해 오는 거야! 그것을 해명하기 위해서 사람들은 노력을 하지만 그건 어려운 문제야. 일종의 후각이나 혹은 그 비슷한 뭔가가 있는 것은 분명하지. 이를테면 좋은 사냥개가 눈에 보이지 않는 짐승 자취를 찾아내 따라갈 수 있는 것처럼 말이야. 이해하겠지? 이건 그런 일들이야. 자연계에는 이런 일들이 얼마든지 있어. 하지만 아무도 그걸 설명할 수는 없지. 그러나 나는 이렇게 말하고 싶어. 만일에 이 나방 무리에서 암컷이 수컷처럼 많다면, 수컷들의 후각이 그렇게 예민해지지는 못했을 거라고 말이야. 수컷들이 그런 예민한 후각을 가지고 있는 것은 다만, 스스로를 그렇게 조련했기 때문인 거야. 어떤 짐승이나 사람이 자신의 모든 주의력과 의지를 어떤 특정한 것을 향해 집중한다면, 그들도 또한 그것에 도달할 수 있는 거야. 그게 전부야. 네가 알고 싶어 했던 일도 정확하게 그렇단 말이지. 어떤 사람을 아주 정확하게 관찰해봐. 그럼 그 사람 자신보다 더 그에 대해 잘 알게 될 테니까."

하마터면 '독심술'이라는 단어를 입 밖에 내어 그로 인해 오랫동안 간직하고 있던 크로머와의 장면을 상기시켜줄까도 생각했다. 그러나 그 일은 이제 우리 둘 사이에서 미묘한 문제가 되어 있었다. 수 년 전에, 그가 그토록 진지하게 내 삶에 개입했던 그 일에 대해서는 그와 나 모두 슬쩍 암시하는 일조차 없었다. 그것은 마치 이전에는 우리들 사이에 아무 일도 없었던 것 같았거나 아니면 우리 각자가 서로 그 일을 잊었다고 굳게 믿고 있는 것 같았다. 한두 번은 우리가 함께 길을 걷다가 프란츠 크로머와 마주친 일도 있었다. 그러나 우리는 눈길 한 번 주고받지 않았으며, 그에 대해서는 한 마디도 하지 않았다.

내가 물었다. "하지만 의지는 어떻게 되는 거지? 자유 의지란 없다고 말했잖아. 그리고 너는 다시, 오직 자기 의지를 확고하게 어떤 일에 집중하면 된다고 말했어. 그러면 자기 목표에 도달할 수 있다고. 그건 말이 서로 맞지 않잖아! 내가 내 의지의 주인이 아니라면, 내 의지를 마음 대로 이곳저곳에 임의로 집중시킬 수도 없는 것 아니야."

그가 내 어깨를 툭 쳤다. 내가 그를 즐겁게 할 때면 언제나 그가 하는 행동이었다.

"네가 그걸 묻다니, 훌륭해!"그가 웃으며 말했다. "언제나 물어야 해. 언제나 의심해야 하고. 그러나 문제는 아주 간단해. 예를 들면 그러한 나방이 자신의 의지를 별이나 그밖에 어디에든 집중시키려고 한다 해도 그건 이룰 수 없는 일이겠지. 단지 나방은 그런 따위 시도는 하지 않는단 말이야. 나방은 자기를 위한 의미와 가치가 있는 것, 자기가 필요로 하는 것, 자기가 꼭 가져야만 하는 것만을 찾기 때문이지. 그리고 바로 그런 때 믿을 수 없는 일도 이루어지는 거야. 그것들은 자기들 말고는 다른 어떤 동물도 갖고 있지 않은 불가사의한 육감을 발전시키는 거지! 우리와 같은 사람은 동물보다 활동 여지가 더 많을 것이고, 더 큰 호기심도 갖고 있지. 그러나 우리도 비교적 정말 좁은 테두리에 갇혀 있어서 그 이상으로 나갈 수가 없는 거야. 상상 같은 건 해볼 수 있지. 이런 저런 공상의 날개를 펼 수는 있을 거야. 꼭 북극에 가고 싶다든지, 혹은 다른 무엇인가를. 그러나 그 소원이 나 자신의 내부에 깃들고 나의 본질이 완전히 그것에 의해 충만 되어 있을 때에만 나는 그걸 수행할 수 있고, 비로소 충분히 강력한 의지를 가질 수 있는 거야. 그런 경우, 너의 내면으로부터 네게 명령하는 무엇인가를 시험해보려고 하기가 무섭게 그것은 잘 될 것이고, 너의 의지를 좋은 말을 다루듯이 구사할 수 있단 말이지. 예를 들면 내가 지금, 우리 신부님이 장차 안경을 쓰지 않도록 해봐야겠다고 계획한다면, 그건 안 될 일이야. 그건 그냥 장난이야. 그러나 내가, 지난 가을처럼 저 앞에 놓인 내 의자에서 자리를 옮겨야겠다는 확고한 의지를 갖게 된다면, 그건 아주 잘 되었거든. 그때 알파벳 순서대로 나는 앞에 앉아야 했는데, 지금까지 아파서 학교에 오지 못했던 아이가 갑자기 등교한 거야. 누군가가 그에게 자리를 만들어줘야 했는데, 물론 내가 그렇게 했지. 내 의지가 기회를 잡을 만만의 준비를 갖추고 있었기 때문이야."

"그래." 내가 말했다. "나도 그때 그 일을 아주 이상하다고 느꼈었어. 우리가 서로 흥미를 느끼게 된 순간부터 넌 내게 점점 더 가깝게 다가왔거든. 그런데 그건 어떻게 된 거야? 처음에 바로 내 옆에 앉지 않고, 몇 번인가 내 앞자리에 앉았었잖아. 그렇지 않아? 그건 어떻게 된 거지?"

"그건 처음 자리를 옮겼으면 했을 때 어디로 가고 싶은지 나 자신도 제대로 몰랐기 때문이야. 나는 그저 멀리 뒤쪽 자리에 앉고 싶다는 생각만 했을 뿐이거든. 네 옆으로 가는 것이 내 의지였지만 그때만 해도 아직 그것이 제대로 의식되지 않았던 거지. 동시에 너의 의지도 나를 도와 함께 끌어주었던 거야. 그러다 내가 거기 네 앞자리에 앉게 되자, 나는 내 소망이 반쯤 이루어졌다는 것을 느꼈지. 비로소 나는 알아차린 거야. 내가 원래 원했던 것은 다름 아니라 네 옆에 앉는 것이었음을 말이야."

"하지만 그때는 새로 들어온 애들도 없었는데."

"그랬지. 하지만 그때는 그냥 내가 원하는 것을 행했을 뿐이고, 그저 재빨리 네 곁에 앉았던 거지. 나와 자리를 바꾼 아이는 다만 조금 의아하게 생각했지만 그러라고 그랬어. 그리고 신부님은 분명 한 번쯤은 변화가 일어났다는 것을 알아차렸을 거야. 요컨대 나와 관련된 일이 있을 때마다 무엇인가 은연중에 마음에 걸려 했거든. 즉 내 이름이 데미안이고, 이름이 D로 시작하는 내가 아주 뒤쪽인 S로 시작하는 이름을 가진 아이들 가운데 앉아 있다는 것이 맞지 않다는 걸 알고 있었어! 그러나 나의 의지가 그것을 거역하고 자꾸만 그것을 방해하는 바람에 그 사실이 의식 속으로까지 뚫고 들어가지 못하게 되는 거야. 그래서 그 선한 분은 언제나 되풀이하여 무엇인가 맞지 않는다는 것을 알아차리고, 나를 바라보면서 연구를 시작하시는 거야. 그러나 그럴 때 내게는 단순한 방법이 있지. 매번 아주, 아주 똑바로 상대의 눈을 뚫어져라 들여다보는 거야. 그러면 대부분의 사람들은 견디지 못해. 다들 불안감을 느끼는 거야. 만약 네가 누군가로부터 무엇인가를 얻고자 한다면 무조건 아주 지그시 그의 눈을 들여다보도록 해봐. 그런데도 상대가 전혀 불안감을 느끼지 않는다면 포기해야 해! 그런 사람에게서는 아무것도 얻을 수 없어, 결코! 하지만 그런 일은 아주 드물지. 이 수법이 통하지 않는 사람은 내가 알고 있는 사람 중에 사실 단 한 명뿐이었어."

"그게 누군데?" 내가 얼른 물었다.

그는 지긋이 뜬 눈으로 나를 바라보았다. 그는 생각에 잠길 때면 그런 눈을 하곤 했다. 그러고는 눈길을 다른 곳으로 돌리고 대답을 하지 않았다. 나는 몹시 궁금했지만, 다시 물을 수는 없었다.

그러나 나는 그때 그가 자기 어머니를 생각하고 있었다고 믿는다. 그와 그의 어머니는 몹시 친밀한 관계인 것처럼 보였지만 그는 내게 한 번도 어머니 이야기를 하지 않았고, 나를 집으로 데리고 간 적도 없었던 것이다. 그의 어머니가 어떻게 생겼는지도 나는 잘 몰랐다.

그 당시 나는 이따금씩 어떤 일을 성취하기 위해 그와 똑같이 나의 의지를 무엇인가에 집중해보려고 노력을 해보았다. 내게는 충분히 절실한 소망이 있었던 것이다. 그러나 그 방법은 아무런 소용이 없었다. 그 일에 대해서는 데미안과 이야기를 나누어볼 용기를 내지 못했다. 내가 소망하는 것을 그에게 고백할 수 없었던 것 같다. 그리고 그도 묻지 않았다.

그러는 사이에 나의 신앙에는 많은 균열이 생겼다. 그렇지만 전적으로 데미안으로부터 영향을 받은 나의 생각은, 굳이 명백하게 불신자임을 드러내 보이는 동급생들과 확연히 달랐다. 그렇게 굳이 불신자임을 내보이는 몇 명의 학생들이 있었는데, 그들이 이따금씩 흘리는 말은, 하나의 신을 믿는다는 건 가소롭고 인간으로서의 품위가 없는 일이고, 삼위일체나 동정녀로부터 탄생한 예수의 이야기는 그저 웃음거리에 지나지 않으며, 사람들이 오늘날까지 그런 고물단지를 팔기 위해 돌아다니고 있다는 것은 수치스러운 일이라는 등의 이야기였다. 나는 결코 그렇게는 생각하지 않았다. 때로 의혹을 품기는 했지만, 내 유년시절의 체험을 통해서 우리 부모님이 영위하고 계시는 것과 같은 경건한 생활이 실재하고 있음은 물론이고, 그것이 무가치한 일이 아니며, 또 위선적인 것도 아님을 충분히 알고 있었다. 오히려 나는 종교적인 것에 예나 지금이나 지극히 깊은 경외심을 가지고 있었다. 다만 데미안은 나로 하여금 성경 이야기와 교리들을 보다 자유롭고, 보다 개인적이며, 보다 유희적이고, 보다 더 공상적으로 보고 해석하는 데 길이 들도록 해 주었던 것이다. 나는 적어도 그가 내게 암시한 해석에 언제나 기꺼이 그리고 즐겁게 따랐다. 물론 많은 것들이 내게는 너무나 갑작스러운 것이었다. 카인에 대한 문제도 그러했던 것이다.

그리고 한 번은 견진성사 수업시간에 데미안은 훨씬 더 대담한 하나의 견해를 통해 나를 놀라게 했다. 선생님이 골고다 언덕에 대해 이야기를 막 끝낸 참이었다. 내게 있어 구세주의 고난과 죽음에 대한 성경 이야기는 아주 어린 시절부터 깊은 인상을 남겼었다. 어린 소년시절 수난의 금요일 같은 때면 이따금씩 우리 아버지는 예수의 수난에 대한 이야기를 읽어 주셨다. 나는 그 고난에 찬 아름답고 창백하고 섬뜩하지만 그럼에도 불구하고 무섭도록 생명력이 넘치는 세계에서, 즉 겟세마네와 골고다 언덕에서 열렬한 감동과 함께 살았었다. 그리고 바흐의 '마태수난곡'을 들었을 때는 그 신비에 가득 찬 세계의 음울하면서도 열정적인 고난의 광채가 온갖 신비로운 전율로 나를 휘감는 것을 느꼈다. 나는 오늘도 역시 이 음악 속에서, 그리고 '비장한 행위^{Actus tragicus}' 속에서 모든 시와 모든 예술적 표현의 본질을 발견하곤 한다.

그 수업이 끝날 무렵 데미안이 생각에 잠긴 채 내게 말했다.

"저기엔 뭔가 있어, 싱클레어. 내 마음에 들지 않는 무언가가. 그 이야기를 다시 한 번 읽어봐. 그리고 한 마디 한 마디 음미해봐. 무엇인가 껄끄러운 맛이 나거든. 다시 말하면 예수와 함께 십자가에 매달린 두 도둑에 대한 이야기 말이야! 그 언덕 위에 세 개의 십자가가 나란히 서 있는 모습은 굉장해! 하지만 우직스런 도둑들에 대한 감상적인 종교 이야기일 뿐이지! 그는 수치스러운 행위를 저지른 범죄자였어. 신은 처음부터 그 모든 것을 알고 있지. 그런데 이제 최후의 순간에 와서 마음이 누그러져 그런 죄를 뉘우치고 회개하는 눈물의 축제를 치르고 있단 말이야! 무덤에서 두 발자국 떨어진 곳에서 하는 그 따위 회개가 ―네게 묻겠는데― 도대체 무슨 의미가 있다고 생각해? 그것은 정말 엉터리 신부님의 설교일 뿐 더이상 아무것도 아니야. 달착지근하고, 부정직하고, 지극히 교화적인 배경에 측은지심의 엿기름을 곁들인 거지. 만약 네가오늘 그 두 도둑들 중 하나를 친구로 택해야 한다면, 혹은 둘중 누구에게 더 신뢰를 줄 수 있는지 생각해야 한다면, 눈물을 찔끔거리는 개종자가 아닐 거라는 건 아주 확실해. 단연코다른 쪽의 도둑을 고를 게 분명해. 회개하지 않은 그 도둑은그래도 사나이잖아, 개성이 있는 녀석이기 때문이지. 그는 자기 처지에서 단지 또 하나의 사탕발림에 불과한 개종 같은 것은 거들떠보지도 않은 거야. 그는 마지막까지 자신의 길을 갔어. 그리고 최후의 순간까지도 그때까지 자신을 도와준 악마에게서 비겁하게 발을 빼지는 않았거든. 그는 당당한 개성을가진 인물이란 말이야. 성경 이야기에서 개성이 있는 사람들은 자주 손해를 보지. 어쩌면 그 역시 카인의 후예일 거야. 그렇게 생각하지 않니?"

나는 몹시 당황했다. 나는 이 십자가 수난에 대한 이야기를우리 집처럼 확신할 수 있다고 믿었는데, 지금은 비로소 내가얼마나 개성 없이, 얼마나 상상력과 공상 없이 듣고 읽었는지깨달았다. 그럼에도 데미안의 이 새로운 생각은 내게 운명처럼 들렸고, 고수해야 한다고 믿었던 내면의 관념들을 뒤엎으려고 위협했다. 아니다. 그렇게 모든 것을, 가장 신성한 것까지도 농락해서는 안 된다.

그는 언제나 그렇듯이 내가 미처 말하기도 전에 나의 반감을 즉시 알아차렸다.

"나도 이미 알고 있어." 그가 단념하듯 말했다. "그건 옛날 이야기야. 그렇게 심각하게 생각할 거 없어! 하지만 네게 몇 마디만 하도록 하지. 여기에는, 이 종교의 결함을 아주 뚜렷하게 보여주는 게 있다는 거야. 중요한 건, 이 전능하신 하나님은 실로 훌륭한 모습을 하고 있지만, 그것이 본래 나타내야 할 모습이 아니라는 것이 문제거든. 신은 선, 고귀함, 아버지와 같은 것, 아름답고도 드높은 것, 다감한 것이지. 옳아! 그러나 세계는 다른 것으로도 이루어져 있어. 그런데 그 다른 것들은 전부 그냥 악마에게 미뤄버리는 거야. 세상을 이루는 그 다른 부분을 통째로, 그 절반의 세상이 통째로 은폐되고 묵살되고 있는 거야. 바로 신을 모든 생명의 아버지라고 찬양하면서도, 분명히 생명의 근원인 모든 성생활을 단적으로 묵살하고, 걸핏하면 악마의 짓이며 죄악이라고 선언하는 건 무슨 영문이냐는 거야! 나는 사람들이 이 여호와 신을 숭배하는 것을 반대할 이유가 없어. 조금도 반대하지 않아. 하지만 우리는 세상을 이루는 전체를 존중하고 성스럽게 간직해야 한다고 생각해. 인위적으로 분리시킨 이 공식화된 절반뿐만이 아니라 모든 세계를 말이야! 그러니까 우리는 신에게 예배를 드리는 것과 더불어 동시에 자기 내부에 존재하는 악마 또한 존중해야 하는 거야. 그게 올바른 일이 아닐까 생각해. 악마를 포함한, 지극히 자연스럽게 일어나는 세상의 일들 앞에서 눈을 감지 않아도 되는 그러한 신이어야 한다고 생각하는 거야."

그는 평소와는 달리 무척 흥분했다. 하지만 곧 다시 미소를 짓고는 더 이상은 내게 강요하지 않았다.

그의 말은 늘 내 마음속에 살아 있었으며, 누구에게든지 결코 한마디도 언급한 적이 없었던 내 유년시절 수수께끼의 답에 들어맞았다. 데미안이 그때 신과 악마에 대하여, 신적인 세계와 공식적인 세계, 그리고 묵살당하는 악마의 세계에 대해 이야기한 것은 사실 바로 나 자신의 생각, 나 자신의 신화였다. 두 개의 세계 혹은 세계의 두 절반, 즉 밝은 세계와 어두운 세계에 관한 나 자신의 생각이었던 것이다. 나의 문제가 모든 인간의 문제이며, 모든 생명과 사상의 문제라는 통찰이 마치 성스러운 그림자처럼 홀연히 나타나 나를 휩쌌다. 그리고 나의 개인적인 삶과 생각이 거대하고 영원한 사유의 강물에 깊이 관련되어 있음을 보고 느끼게 되자, 두려움과 경외심이 나를 엄습했다. 그러나 그런 깨달음이 어쩐지 무엇인가를 실증해 주고 또 행복하게 해 주기는 했지만 기꺼운 것만은 아니었다. 그것은 가혹했고 떫은맛이 났다. 왜냐하면 그 속에는 책임의 의미가 들어 있었기 때문이다. 이제는 더 이상 어린아이가 아니라는 사실과 세상 앞에 홀로 서야 한다는 의미가 들어 있었기 때문이다.

나는 난생 처음으로, 이렇듯 깊은 비밀을 드러내면서 내 친구에게 옛날 유년시절부터 품고 있던 '두 개의 세계'에 대한 생각을 이야기했다. 그리고 그는 곧, 나의 내면 가장 깊은 곳에 자리 잡고 있는 감정이 자신의 견해에 동의하고 또 정당성을 부여하고 있음을 알아차렸다. 그렇지만 그런 점을 이용하려고 드는 것은 그의 방식이 아니었다. 그는 그 어느 때보다도 더욱 깊은 관심을 가지고 내 눈을 들여다보며 귀를 기울였다. 나는 그의 시선을 견디지 못하고 눈을 돌려야 했다. 왜냐하면 나는 그의 시선 속에서 또 다시 기이하고도 동물적이고, 초시간적인, 상상할 수조차 없는 나이를 보았기 때문이다.

"그 이야기에 대해서는 다음에 더 하도록 하자." 그가 배려하듯 말했다. "네가 누군가에게 말할 수 있는 것보다 더 많이 생각한다는 걸 알았어. 그런데, 그것이 사실이라면, 너 또한 한 번도 네가 생각했던 것을 전부 경험해보지 못했다는 것도 알거야. 그건 좋지 않은 일이야. 우리가 살고 있다는 생각만이 가치가 있는 거야. 넌 너의 '허용된 세계'가 단지 세계의 절반에 불과하다는 것을 의식하고 있었어. 그리고 넌 마치 신부님과 선생님들이 그렇게 하는 것처럼 그 두 번째 절반을 은폐하려고 애썼지. 하지만 넌 이제 감출 수 없을 거야! 일단 생각하기를 시작했으니까 말이야."

그의 이야기는 가슴 깊이 와 닿았다.

"하지만." 내가 소리치다시피 말했다. "실제로 금지된 추악한 일들도 현실에는 존재한단 말이야. 너도 그건 부정할 수

없을 거야! 그런데 그런 일들은 일단 금지되어 있거든. 그러니 우리는 그것을 포기해야만 해. 난 살인과 온갖 악덕들이 존재하고 있다는 걸 알고 있어. 하지만 단순히 그것이 존재한다는 이유만으로, 자진해서 범죄자가 되어야 한다는 거야?"

"우리가 오늘 이 문제의 결론을 내릴 수는 없겠다."

막스가 나를 달랬다. "분명히 살인을 하거나 소녀를 강간해서는 안 되지. 그건 안 되는 일이야. 하지만 너는 '허용된 것'과 '금지된 것'이라고 불리는 것을 통찰할 수 있는 데까지는 아직 가보지 못했어. 넌 겨우 진리의 한 조각을 감지한 것뿐이야. 다른 조각들이 또 올 거고, 그것에 자신을 믿고 내맡겨봐! 예를 들면, 지금 넌 1년 전쯤부터 내면에서 다른 어떤 충동보다 강한 하나의 충동을 느끼고 있었던 거야. 그런데 그건 '금지된' 것으로 간주되지. 하지만 그리스인들을 비롯해서 다른 많은 민족들은 반대로 이 충동을 일종의 신성한 것으로 여기며 큰 축제를 벌이고 그것을 신봉했어. '금지되었다'는 것은 그러니까 영원한 것이 아니야, 바뀔 수 있는 거야. 오늘 당장이라도 여자와 함께 신부님에게 가서 결혼식을 올리면, 누구나 여자와 잘 수 있지. 하지만 그렇지 않은 민족들도 있어. 오늘날에 있어서도 말이야. 그러니까 우리 각자는 허용된 것과 금지된 것을 자기 스스로 찾아내야 하는 거야. 금지된 것을 한 번도 하지 않았음에도 대악당이 될 수 있거든. 마찬가지로 거꾸로 반대의 경우도 있지. 사실 그것은 그냥 편의상의 문제에 불과한 거야! 너무 안일해서 스스로 생각하고 스스로가 판단자로 서지 못하는 사람들은 결국 있는 그대로의 금칙에 당장 복종하는 법이지. 그것이 쉬우니까 말이야. 하지만 그 반대의 사람들은 자기 내면의 법을 따르거든. 그들에게는 모든 신사 나리들이 날마다 하는 일들이 금지되어 있기도 하고, 다른 경우에 있어서는 엄금되어 있는 일이 허용되기도 하지. 그러니 사람은 각자 독자적이 되어야 하는 법이야."

그는 갑자기 너무 많이 이야기한 것이 후회라도 된다는 듯, 말을 뚝 끊었다. 나는 그 당시 그가 무엇을 느끼고 있는가를 어느 정도 감정적으로는 이해할 수 있었다. 다시 말하자면, 그는 매우 쾌활하게, 겉보기로는 경솔한 것처럼 떠오르는 생각들을 닥치는 대로 말하는 것이 예사이긴 했어도, 그가 언젠가 말했던 것처럼, '오로지 말을 늘어놓기 위한' 대화는 참지 못했다. 그런데 그는 내가 진정한 흥미를 보이고 있다는 것과 더불어 과도한 유희와 재치 있는 농담을 즐기는 기분을 느끼고 있다는 것, 간단히 말해 '완전한 진지성'이 결여되어 있음을 감지했던 것이다.

방금 내가 써놓은 '완전한 진지함'이라는 문구를 다시 읽어 보니 갑자기 다른 장면 하나가 다시 떠오른다. 내가 데미안과 더불어 사춘기 시절에 경험했던 가장 강렬한 장면이었다.

우리의 견진성사가 다가오고 있었다. 종교 수업의 마지막 몇 시간 동안 우리는 최후의 만찬에 관해 배우게 되었다. 신

부님에게는 중대한 일이었으므로 그래서 매우 신경을 썼다. 수업시간은 신성한 느낌과 분위기였다. 그러나 마지막 두서너 시간밖에는 남지 않은 교리문답 수업시간에 내 생각은 다른 데 팔려 있었다. 그것도 내 친구라는 인물에게.

교회 공동체로 엄숙하게 받아들여지는 의미를 갖는 견진성사를 위해 받았던 대략 반년 동안의 종교 수업의 가치는 우리 교실에서 배운 것이 아니라 데미안의 곁에서, 그리고 그의 영향 속에서 지낸 일 가운데 있다는 생각을 버릴 수가 없었다. 이제 나는 교회가 아니라 아주 다른 것에, 즉 사상과 개성의 교단에 입회할 준비가 되어 있었다. 그 교단은 어쨌든 이 지상에 틀림없이 존재하고 있으며, 나는 내 친구가 대표자이자 사도라고 느꼈다.

나는 이런 생각을 밀쳐놓으려 애를 썼다. 온갖 일들에도 불구하고, 견진성사 의식만은 품위 있고 엄숙한 분위기로 경험하고 싶은 것이 내 생각이었다. 그런데 이것은 나의 새로운 생각들과는 별로 조화될 수 없는 것 같았다. 그럼에도 나는 원하는 것을 하고 싶었다. 그런 생각은 분명했다. 그리고 서서히 다가오는 교회의 의식에 대한 생각과 결부해서 나는 다른 사람들과는 다르게 의식을 치르기로 마음을 먹었다. 그것은 내가 데미안을 통해 알게 된 사색의 세계로 받아들여지는 의식이 되어야 했기 때문이다.

그 무렵이었다. 우리는 다시 한 번 활발한 토론을 벌였다.

그것은 바로 교리문답 수업 직전이었다.

내 친구는 입에 단추라도 채워진 듯 아무 말이 없었다. 제법 조숙하고 멋을 부리려 드는 것처럼 들리는 말을 그는 별로 기뻐하지 않았다.

"우린 얘기를 너무 많이 하고 있어."그는 정색을 하고 말했다. "똑똑한 척 하기 위해 이야기를 늘어놓는 건 전혀 가치가 없는 거야, 아무런 가치도 없어. 자기 자신으로부터 떨어져나갈 뿐이지. 자기 자신으로부터 멀어지는 건 죄악이야. 사람이란 자기 자신 속으로 완전히 기어들어야 해, 거북이처럼."

그리고 나서 우리는 교실로 들어갔다. 수업이 시작되었다. 나는 주의를 집중하려고 애썼고, 데미안도 그런 나를 방해하지 않았다. 한참 뒤에 그가 앉아 있는 내 옆쪽으로부터 뭔가 이상한 느낌이 왔다. 일종의 공허감이나 냉담함 혹은 자리가 텅 비어 있는 것 같은 기분이 들었다. 그런 느낌이 가슴을 조이기 시작하자 나는 옆쪽을 돌아보았다.

거기에는 내 친구가 여느 때처럼 꼿꼿하게 바른 태도로 앉아 있었다. 그럼에도 이제까지와는 아주 딴판으로 보였다. 그리고 그로부터 내가 알지 못하는 무엇인가가 나와 그를 휩싸고 있었다. 나는 그가 눈을 감고 있다고 생각했다. 그러나 그는 눈을 뜨고 있었다. 하지만 아무것도 바라보지 않는 눈이었다. 보고 있는 것이 아니라 물끄러미 뜨여 있을 뿐이었고, 내면의 세계 혹은 아득히 먼 세계를 향하고 있었다. 완전한 정지 상태로 꿈쩍도 않은 채 그는 거기에 앉아 있었다. 숨조차 쉬지 않는 것처럼 보였으며, 그의 입은 마치 나무나 돌에 새겨놓은 것 같았다. 핏기 없는 얼굴은 돌처럼, 완전히 창백했다. 겨우 갈색 머리카락만 생기가 있는 것 같았다. 그의 두 손은 돌이나 열매, 생명력 없는 물건처럼 고요히, 까딱도 하지 않고, 창백한 모습을 하고, 앞쪽의 긴 의자 위에 놓여 있었다. 그렇지만 맥없이 늘어진 것이 아니라 숨겨진 강력한 생명을 감싸고 있는 단단하고 질 좋은 깍지와 같았다.

그 광경이 나를 떨게 했다. 그가 죽었구나! 하고 나는 생각했다. 하마터면 큰소리로 그렇게 말할 뻔했다. 그러나 그가 죽지 않았음을 나는 알고 있었다. 나는 마법에 걸린 시선으로 핏기 없는, 돌처럼 굳어버린, 가면과도 같은 얼굴을 바라보았다. 그리고 나는 느꼈다. 저것이야 말로 데미안임을! 나와 함께 걷고 이야기하던 여느 때의 그는 다만 반쪽짜리 데미안이었다. 때때로 배역을 연기하고, 적응하고, 호의로써 협조해 주던 데미안의 절반에 불과했던 것이다.

진짜 데미안은 이와 같이 돌처럼 굳어 있고, 태고로부터 살아온 늙은이 같고, 짐승 같고, 아름답고, 싸늘하고, 죽어 있으면서도 이면에는 전대미문의 생명으로 가득 차 있는 모습이었다. 그리고 그의 주위를 둘러싸고 있는 고요한 이 공허, 이 정기와 별들의 공간, 그리고 고독한 이 죽음! 지금 그는 완전히 자기 내부로 침잠해 있음을 나는 전율로 느꼈다. 한 번도 나는 저토록 고독해진 적이 없었다. 나는 그와 아무런 관계가 없었고, 그는 내가 도달할 수 없는 존재였으며, 세상의 가장 먼 섬에 있는 것보다 더 먼 곳에 있었다.

나를 제외하고는 아무도 그것을 보지 않았다고는 생각할 수 없었다! 모두가 이곳을 바라보고, 모두가 전율을 느껴야만 했다. 그러나 아무도 그에게 주의를 기울이지 않았다. 그는 그림처럼, 석상처럼 꼿꼿하게 앉아 있었다. 파리 한 마리가 그의 이마에 내려앉아 천천히 코와 입술 위를 기어갔다. 그는 주름살 하나 움찔하지 않았다.

어디에, 그는 지금 어디에 가 있단 말인가? 무엇을 생각하고 있는가, 무엇을 느끼고 있는가? 그는 천국에 가 있는가, 지옥에 가 있는가?

그에게 그걸 물어본다는 것은 불가능했다. 수업이 끝나고 그가 다시 살아나 숨 쉬는 것을 보았을 때, 나와 그의 시선이 맞닥뜨렸을 때, 그는 전과 다름없는 모습이었다. 그는 어디에서 왔을까? 어디에 가 있던 것일까? 그는 피곤해 보였다. 그의 얼굴은 다시 혈색을 되찾았고, 두 손은 다시 움직였다. 그러나 그의 갈색 머리카락은 윤기를 잃고 지쳐 보였다.

그 후 며칠 동안 나는 침실에서 한 가지 새로운 연습을 하는 데 몰두했다. 나는 꼿꼿하게 허리를 펴고 의자에 앉았다. 눈을 뜬 채로 꼼짝하지 않고 앉아서 내가 얼마나 오래 견딜 수 있는지, 그리고 무언가를 느끼게 될 것인지 기다렸다. 하지만 그저 피곤해지기만 했고 눈꺼풀에 심한 경련이 일어났을 뿐이다.

얼마 지나지 않아 견진성사 날이 되었다. 하지만 그것에 대해 중요한 기억이라곤 하나도 남아 있지 않다.

이젠 모든 것이 달라졌다. 유년시절은 산산이 부서져 내 주위에 떨어졌다. 부모님은 당황스런 눈으로 나를 바라보셨고, 누이들은 내게 아주 낯설어졌다. 냉담함이 깃들어 익숙한 느낌들과 기쁨을 왜곡시키고 퇴색하게 했다. 정원은 향기를 잃었고, 숲은 마음을 끌지 못했고, 세계는 마치 떨이로 팔아치울 낡은 고물처럼 무미하고 매력 없이 나를 둘러싸고 있었다. 책은 종잇조각이었고 음악은 소음에 불과했다. 그렇게 가을 나무 주위에는 낙엽이 떨어지는 법이다. 나무는 그것을 느끼지 못하는 것이다. 비가 나무에서 흘러내리고, 혹은 태양이, 혹은 서리가 내린다. 그리고 나무의 내부에서는 생명이 서서히 위축되고 깊숙이 움츠려 들어간다. 그러나 나무는 죽는 것이 아니다. 기다리는 것이다.

나는 방학을 보낸 다음, 다른 학교로 가기 위해 난생 처음으로 집을 떠나도록 결정되었다. 어머니는 종종 내게 다가와 유난히도 다정하게 대하곤 하셨는데, 미리 이별을 고하시면서 내 가슴속에 사랑과 향수 그리고 잊을 수 없는 추억들을 불어넣으려고 애를 쓰셨던 것이다.

데미안은 여행을 떠났다. 나는 홀로 외로웠다.

베아트리체

내 친구를 다시 만나지도 못하고 나는 방학이 끝나자 성^聖
○○시를 향해 출발했다. 부모님 두 분이 함께 오셔서 세심하
게 온갖 염려를 다 해 주시면서 김나지움 선생님 댁인 학생 하
숙집에 나를 맡기셨다. 그때 만일 나를 어떤 것들 사이에 나를
몰아넣었는지를 알았더라면 부모님은 놀라 자빠졌을 것이다.

시간이 지나감에 따라 내가 착한 아들, 쓸모 있는 시민이
될 수 있을 것인지, 아니면 나의 본성에 따라 다른 길들로 밀
려가게 되는지 여전히 의문이었다. 아버지의 집과 정신의 그
늘 속에서 행복해지고자 했던 나의 마지막 시도는 오랫동안
계속되었고, 때로는 성공하는 듯도 했지만 결국은 완전한 실
패로 끝났다.

견진성사를 마치고 나서 방학 동안에 내가 처음으로 느꼈
던 이상한 공허감과 고독감(이후에도 나는 이런 공허감과 희

박한 공기를 얼마나 많이 맛보게 되었던가!)은 좀체 사라지지를 않았다. 고향과의 이별은 이상할 정도로 쉽게 이루어졌다. 슬프지 않다는 게 오히려 부끄러웠다. 누이들은 끝없이 울어댔는데, 나는 울 수가 없었다. 나는 내 자신에 대해서 스스로 놀랐다. 나는 언제나 감정이 풍부한 아이였고 제법 선량한 바탕을 가지고 있는 아이였는데, 지금 나는 완전히 달라져 있었다. 나는 외부 세계에 대해 아무런 관심도 보이지 않는 태도를 취했으며, 온종일 나 자신의 내면에만 귀를 기울이고, 내면의 밑바닥에서 출렁이는 금지된 어두운 강물 소리를 듣는 데만 열중했던 것이다. 지난 반년 동안에 나는 매우 빠르게 자랐다. 그리하여 키가 훌쩍 자라고, 야위고 불완전한 채로 나는 세상을 들여다보고 있었다. 소년다운 귀염성은 내게서 완전히 사라졌다. 나 자신도 이래서는 다른 사람들로부터 사랑받을 수 없다는 것을 느꼈다. 그리고 나 자신조차 자신을 조금도 사랑하지 않았다. 막스 데미안에 대해서 나는 종종 커다란 동경을 느꼈다. 그러나 어떤 때는 그를 미워하기도 했으며, 마치 몹쓸 병처럼 짊어진 빈곤해진 내 삶에 대한 책임을 그에게 돌리기도 하였다.

처음에 나는 하숙집에서 사랑을 받지도 존중을 받지도 못했다. 처음엔 놀림을 받고 그러고 나서 따돌림을 당했으며 음울하고 패기 없는 녀석, 기분 나쁜 괴짜로 여겨졌다. 나는 그 역할이 마음에 들었으므로 한층 더 과장해서 연기했다. 그리고 언제나 외견상으로는 가장 남자답게 세상을 멸시하고 있는 것처럼 견고한 고독 속으로 칩거했다. 하지만 그 반면에 때로는 남몰래 비애와 절망으로 좀 먹히는 발작에 짓눌리기도 했다. 학교는 집에서 쌓아두었던 지식을 파먹고 있으면 되었다. 지금 학급은 전에 다니던 학교에 비해 약간 뒤처져 있었다. 그리고 나는 같은 또래들을 어린애라고 다소 얕보는 습관이 생겼다.

1년여의 시간이 그렇게 흘러갔다. 방학이 되어 처음으로 집에 돌아갔을 때도 새로운 느낌이라곤 아무것도 없었다. 나는 기꺼이 다시 떠나왔다.

11월 초순의 일이었다. 나는 날씨가 어떻든 짧은 산책을 하며 생각에 잠기는 습관이 들었다. 산책을 하면서 나는 자주 일종의 희열을, 우울과 염세와 자기 멸시에 가득찬 기쁨을 맛보곤 했다. 그렇게 나는 어느 날 저녁 축축하고, 안개낀 어스름에 도시 주변을 어슬렁어슬렁 거닐었다. 시립공원의 넓은 가로수 길은 텅 빈 채로 나를 부르는 듯했다. 길에는 낙엽이 두텁게 깔려 있었고, 나는 어둠의 쾌감을 느끼며 낙엽들을 발로 헤집었다. 축축하고 매캐한 냄새가 났다. 멀리 있는 나무들이 커다랗고 희끄무레하게 안개를 뚫고 유령처럼 불쑥불쑥 나타났다.

가로수 길 끝에서 나는 어정쩡하게 멈추어 서서, 검은 나뭇잎을 응시하며 풍화와 사멸의 축축한 향기를 탐닉하듯 들이

마셨다. 나의 내면에서 무언가가 응답하듯 그 향기를 반겼다. 오, 삶의 맛은 얼마나 무미건조한지!

옆길에서 바람에 나부끼는 높은 깃이 달린 외투를 입은 한 사람이 내게로 다가왔다. 내가 가던 길을 그대로 가려고 했을 때, 그가 나를 불렀다.

"어이, 싱클레어!"

그가 다가왔다. 우리 하숙집에서 제일 나이 많은 학생, 알폰스 벡이었다. 나는 그를 만나는 게 싫지 않았고, 그가 다른 모든 후배들이나 내게 늘 비꼬는 듯한 말투로 아저씨 티를 낸다는 것 외에는 반감을 가지고 있지 않았다. 그는 곰처럼 힘이 세며, 우리 하숙집 주인까지도 꼼짝 못하게 한다는 둥 학생들 사이에서 떠도는 갖가지 소문의 주인공이었다.

"여기서 대체 무얼 하는 거지?" 그는 어른들이 종종 우리 또래를 대등하게 대할 때의 어투로 붙임성 있게 물었다. "자아, 어디 내기를 해볼까, 지금 시를 짓고 있는 거 맞지?"

"그런 생각 안했는데." 나는 무뚝뚝하게 잘랐다.

그는 웃음을 터뜨리더니 나를 따라 걸음을 옮기며 내게는 전혀 익숙하지 않은 태도로 이야기를 늘어놓았다.

"염려할 필요 없어, 싱클레어. 내가 모를 줄 알고? 이렇게 저녁에 안개가 자욱한 거리를 걷는다는 건 말이야, 이렇게 가을 생각에 잠겨서 말이지. 그럼 뭔가 사연이 있는 거야. 그럴 때는 흔히 시를 짓지. 그런 것쯤은 나도 벌써 알고 있다고. 물론 죽어가는 자연에 대하여, 그리고 자연과 닮은 잃어버린 청춘에 대하여 시를 짓지. 하인리히 하이네를 봐."

"난 그렇게 감상적이지 않아." 나는 항변했다.

"그럼, 좋도록 해! 하지만 이런 날씨에는, 포도주나 아니면 그 비슷한 것을 파는 조용한 장소를 찾는 게 낫다고 생각하는데, 같이 가지 않겠어? 나도 마침 혼자라서 말이야. 싫은 거야? 굳이 모범생이고 싶다면 굳이 너를 끌고 가고 싶지는 않고."

그러고 나서 우리는 어느 조그만 교외의 술집에 앉아, 질이 의심스러운 포도주를 마시며 두꺼운 유리잔을 부딪쳤다. 처음에는 별로 마음에 들지 않았지만 어쨌든 뭔가 새로운 것이기는 했다. 나는 술에 익숙지 않은 터라, 곧 몹시 말이 많아졌다. 내 속에서 창문 하나가 활짝 열린 듯했다. 세계가 그속에 비쳐 들었다. 얼마나 오래, 얼마나 끔찍하게 오래, 나는 영혼에서 우러나오는 말은 한 마디도 이야기한 적이 없었던 것이다. 나는 정신없이 지껄여댔고 그러는 와중에 카인과 아벨의 이야기를 꺼냈다.

벡은 즐겁게 내 말에 귀를 기울였다. 마침내 누군가가 내 말을 들어줄 사람을 얻은 것이었다! 그는 내 어깨를 두드리면서 나를 근사한 녀석, 재주꾼이라고 불렀다. 그리고 나는 이야기를 하고, 알리고 싶었던 고여 있는 욕구를 실컷 쏟아내는 기쁨에, 인정을 받는다는 기쁨에, 연장자에게서 제법이라는 평가를 받은 데 대한 기쁨으로 가슴이 부풀어 올랐다. 그가 나를 천재적인 멋진 녀석이라고 불렀을 때는, 그 말이 감미롭고 독한 포도주처럼 영혼 속으로 스며들었다. 세계는 새로운 빛으로 불타고 있었다. 생각들이 수백 개의 샘물에서 솟구치듯 흘러나왔으며 정신과 불이 나의 내부에서 활활 타올랐다.

우리는 선생님과 친구들에 대해 이야기를 나눴다. 우리는 서로 근사하게 의기투합하고 있는 것처럼 느꼈다. 그리스 사람과 이교에 대해서도 이야기를 나눴다. 그리고 벡은 나로 하여금 사랑의 유희에 대해 털어놓게 하려고 애썼다. 그 점에서는 내가 이야기할 게 없었다. 이야기할 만한 아무런 경험이 없었기 때문이다. 내가 마음속에서 느끼고, 구성하고, 상상의 날개를 펼쳐보았던 것은 분명히 나의 내부에서 불타고 있었다. 그러나 그건 술로도 풀리지 않았으며 이야기할 수도 없었다.

여자에 대해서는 벡이 훨씬 더 아는 게 많았다. 그리고 나는 열이 올라 그런 동화와도 같은 여자애들에 관한 이야기들에 귀를 기울였다. 그때 나는 도저히 믿어지지 않는 이야기를 들었다. 절대로 불가능하다고 생각되는 일이 평범한 현실 속으로 들어왔고 자명하게 보였다. 알폰스 벡은 아마 열여덟 살쯤일 텐데 벌써 경험이 많았다. 소녀들이란 자기들에게 아첨하고 예절 바르게 구는 것만 바라는데, 그거야 실로 근사하기는 하지만 진짜는 아니라는 것이었다. 그래서 더 큰 성과는 나이가 든 부인들에게서 기대할 수 있고, 부인네들은 훨씬 말귀를 잘 알아듣는다는 것이었다. 문구점을 하는 야겔트 부인을 예로 들자면, 그런 여자와는 말이 통하고, 그 가게의 계산대 뒤에서 이제까지 일어난 온갖 일들은 어떤 책에서도 볼 수 없다는 것이었다.

나는 완전히 매혹당해 멍하니 앉아 있었다. 물론 설마 내가 야겔트 부인을 사랑하게 될 수는 없었으리라. 하지만 어쨌든, 그것은 이제까지 들어본 적도 없는 이야기였다. 적어도 나이 먹은 사람들에게는 내가 한 번도 꿈꾸어 본 적 없는 샘이 흐르고 있는 모양이었다. 물론 거기엔 어쩐지 거짓말 같은 구석도 있기는 했다. 그리고 그 모든 것은 내가 생각했던 사랑의 맛보다는 한층 더 보잘것없고 평범한 맛이 났다. 그러나 어쨌든 그것은 현실이었고, 삶이며, 모험이었다. 내 곁에는 이미 그것을 경험하고, 그것을 자명한 일로 보는 사람이 하나 앉아 있는 것이다.

우리의 대화는 다소 수준이 떨어지고, 무엇인가가 빠져 있었다. 나도 이제 더 이상 천재적인 조그마한 녀석이 아니었다. 이제는 단지 어른의 말에 귀를 기울이는 하나의 꼬마에 불과했던 것이다. 그러나 몇 달 전부터 겪은 내 생활에 비한다면 그것은 근사했고 낙원 같았다. 더욱이 술집에 앉아 있는 것에서부터 우리가 나누는 이야기까지 모든 것이 엄격하게 금지되어 있는 것이었다. 그것을 비로소 나는 차츰 느끼기 시작했던 것이다. 아무튼 나는 그 가운데서 뜨거운 감정을 맛보고 혁명적 파격을 맛보았다.

그날 밤을 나는 지금도 똑똑하게 기억하고 있다. 느지막이 우리 둘이 희미하게 타고 있는 가스등 옆을 지나 싸늘하고 축축한 밤공기 속에서 집으로 돌아가는 길에 나는 난생 처음으로 취해 있었다. 썩 좋은 기분은 아니었다. 몹시 괴로웠다. 그럼에도 불구하고 거기에는 다른 무엇, 매력적이고 감미로움 같은 것이 있었다. 그것은 반란이며 방탕이었다. 생명이자 정신이었다.

벡은 나를 보고 새파란 풋내기라고 호되게 욕을 하면서도 나를 과감하게 떠맡았다. 그는 나를 절반쯤은 떠메다시피 집으로 데리고 와서 열려 있는 복도 창문으로 살짝 집어넣고는 자기도 그렇게 숨어 들어가는 데 성공했다. 그러나 잠깐 죽은 듯이 잠을 자고 난 다음 잠에서 깨어났을 때 참을 수 없는 고통이 나를 엄습했다. 나는 침대에 앉아 있었다. 아직도 낮에 입었던 셔츠를 입고 있는 채였다. 내 옷가지며 신발은 바닥에 널려 있었고 담배와 토사물 냄새가 났다. 두통과 메스꺼움과 심한 갈증 사이에서 내 마음의 거울 앞에는 오랫동안 직시하지 않았던 영상 하나가 떠올랐다.

고향과 부모님 집, 아버지, 어머니, 누이들과 정원이 떠올랐고, 조용하고 아늑한 내 침실이 보였다. 학교와 시장을 보았고, 데미안과 견진성사가 보였다. 그리고 그 모든 것 환하게 빛났다. 모든 것이 흐르는 광채로 에워싸여 있었고, 근사하고, 신성하고, 순결했다. 그리고 이 모든 것, 이제야 비로소 알게 되었지만 어제까지만 해도, 몇 시간 전만 해도 나의 것이었고, 나를 기다리고 있었다. 그런데 지금은, 지금은, 이 시간에는, 타락하고 저주받았다는 것을 알게 되었다.

　더 이상 내 것이 아니었다. 나를 내쫓고 증오에 찬 눈으로 나를 노려보고 있는 것이다! 황금시절이었던 멀고 먼 유년시절의 정원으로 되돌아가 부모님으로부터 받았던 온갖 사랑과 친밀감, 어머니의 입맞춤과, 매번의 성탄절, 그리고 우리 집의 경건하고 밝은 일요일 아침과, 정원에 피어 있는 온갖 꽃들, 이 모든 것들이 황폐해지고 말았다. 이 모든 것을 내 두 발로 짓밟아버린 것이다! 만일 지금 경찰이 와서 나를 체포해 쓸모없는 인간이며 신성 모독자라며 교수대로 끌고 간다고 하더라도 나는 납득했을 것이고 기꺼이 따라갔으리라. 그렇게 하는 것이 바르고 합당한 처사라고 느꼈을 것이다.

　나의 내면은 이런 상태였다! 사방을 헤매다니고 이 세상을 얕잡아 보던 나! 자만으로 가득찬 정신으로 데미안의 생각에 공명하던 나! 쓸모없는 인간이며 추잡한 놈이고 술에 취해 더럽혀지고, 구역질이 나고 저열하며, 거친 짐승 같은 놈이며, 추악한 충동의 노예가 된 내가 그렇게 보일 수밖에 더 있으랴! 온갖 청순함과 광명과 사랑스러운 마음씨의 정원에서 온 나, 바흐의 음악과 아름다운 시를 사랑했던 내가 그렇게 보이게 될 줄이야! 나 자신의 웃음을, 술에 취해 자제할 수 없으며 충동적이고 바보처럼 터져 나오는 웃음을, 구역질과 분노를 느끼면서 나는 아직 듣고 있는 것 같았다. 그것이 바로 나였다!

그러나 이 모든 것에도 불구하고, 이 고통들을 견디는 것은 제법 쾌감이 있었다. 너무나 오랫동안 맹목적이며 미련스럽게 기어다니고, 너무나 오랫동안 내 마음은 침묵을 지키며 몰락해 구석에 웅크리고 있었으므로, 이러한 자책감, 전율, 이 영혼의 모든 추악한 감정도 환영받을 수가 있었던 것이다. 거기에도 분명히 감정이 있었고, 불꽃이 타오르고 있었으며, 그 속에서 심장은 분명히 고동치고 있지 않았던가! 비참함 한가운데에서 혼란스러우나마 해방이나 봄과 같은 그 무엇을 느꼈던 것이다.

그러는 동안에 밖에서 보면 나는 몹시 타락의 길을 걷고 있었다. 최초의 주정은 머지않아 최초의 것으로 끝나지 않았다. 우리 학교 학생들은 술집 출입이 성행했고 난행이 속출했다. 나는 그들 사이에서 최연소자 중 하나였다. 그러나 곧 나는 겨우 한몫 '끼워주는' 애송이가 아니라 주모자요 샛별이었고, 유명하고도 대담무쌍한 술집 단골손님이 되었던 것이다. 나는 다시 한 번 완전히 어둠의 세계, 악마에 속해 있었다. 그리고 나는 그 세계에서 멋진 녀석이라고 인정받았다.

반면에 내 마음은 비참한 느낌에서 벗어나지 못했다. 나 스스로를 파멸시키는 방탕함 속에서 살고 있다고 자각하고 있었기 때문이었다. 친구들이 리더이자, 비상한 능력과 과감함 그리고 재치 있는 녀석으로 인정했던 반면 내 마음속 깊은 곳에서는 불안과 두려움에 떨고 있는 영혼이 있었다. 지금도 기억한다. 언젠가 일요일 오전 술집에서 나왔을 때 거리에서 명랑하고 즐겁게 놀고 있는 아이들을 보면서 눈물을 흘렸는데, 아이들은 머리를 단정하게 빗고 말쑥한 나들이옷을 차려 입고 있었다. 보잘 것 없는 술집의 더러운 탁자 앞에 앉아 맥주를 마시며 얼큰하게 취해 터무니없는 방탕한 풍자로 친구들을 즐겁게 하고, 종종 깜짝 놀라게 하고, 웃기기는 했지만 나는 내가 조롱하던 모든 것들에 대해 남모르게 경외심을 품고 있었으며, 나의 내부에서는 나의 영혼 앞에, 나의 과거 앞에, 나의 어머니 앞에, 신 앞에서 울면서 무릎을 꿇고 있었던 것이다.

나는 한 번도 나를 추종하는 친구들과 일체가 될 수 없었다. 나는 그들과 함께 있는 동안에도 고독했고, 그로 인해 그렇듯 고통스러워했다. 여기에는 그럴듯한 근거가 있었다. 술집의 나는 호걸이자 독설가였지만 본질적으로 난폭함에 대해서는 경멸하는 사람이었다. 나는 총기가 있었다. 선생님들, 학교, 부모, 교회에 대해 이야기할 때는 재치와 용기를 떨쳤다. 음란한 대화에서도 친구들에게 처지지 않으려 애썼으며, 나도 한 가지쯤은 이야기할 수 있었다. 그러나 술친구들이 여자들에게 갈 때는 한 번도 거기에 끼지 않았다. 내 이야기대로라면 나는 철면피한 탕아임에 틀림없어야 했다. 하지만 사실 나는 외로웠다. 사랑에 대한 이글이글 타는 동경과 가망 없는 그리움으로 북받쳐 있었던 것이다. 그 누구도 나만큼이나 상처를 잘 받고 부끄러움을 많이 타는 사람은 없었다. 때때로 양가집 소녀들이 말쑥하고 아름답게, 명랑하고 우아하게 내 앞을 지나가는 모습을 볼 때면 그녀들은 근사하고 순결한 꿈이었고, 나보다 천 배나 더 선량하고 청순해 보였다. 얼마동안 나는 야겔트 부인의 문구점에도 가지 못했다. 그 여자를 보면, 알폰소 벡이 그녀에 관해 들려준 이야기가 생각나서 얼굴이 화끈거렸기 때문이다.

이제 나는 새로운 친구들 사이에서도 끊임없이 고독을 느꼈고 자신을 이방인이라고 느끼게 되면 될수록 더욱 더 그들로부터 떨어질 수가 없었다. 술을 퍼마시고 허풍을 치는 것이 정말로 내게 단 한 번이라도 즐거움을 주었는지조차 이젠 알 수가 없었다. 술을 마시는 것조차 번번이 숙취에 따른 고통을 느끼지 않을 정도로 결코 익숙해지지 않았다. 모든 것이 다 일종의 억지와 같았다. 그것 말고는 무얼 해야 할지 알지 못했기에 그저 내가 해야 할 바를 했을 뿐이었다. 나는 오랫동안 혼자 있는 것을 두려워했고, 늘 마음이 기울어지는 온화하고 수줍은 은밀한 감정의 내습이 두려웠다. 번번이 엄습하는 사랑에 대한 상념이 두려웠던 것이다.

내게 가장 결핍되어 있던 한 가지는 바로 친구였다. 즐겨 만나던 동급생이 두세 명 있었으나 그들은 착실한 축에 속했

고, 오래전부터 그 누구에게도 나의 악덕은 이미 비밀이 아니었다. 그들은 나를 피했다. 모든 학우들에게 나는 두 발을 딛고 선 땅이 흔들리는, 희망 없는 악동이라고 여겨지고 있었던 것이다. 선생님들도 나에 대해 많은 사실을 알고 있었다. 나는 몇 차례 엄한 처벌을 받았고, 마침내는 다들 학교에서 쫓겨나는 일만 남았다고 예상하고 있었다. 그건 나도 잘 알고 있었다. 나는 벌써 오래전부터 좋은 학생이 아니었고, 퇴학을 당하기까지 그리 오랜 시간이 걸리지 않으리라는 느낌을 가지고 있으면서도 애써 그런 생활을 지탱하면서 스스로를 속이고 있었던 것이다.

신이 우리를 고독 속에 빠뜨림으로써 우리 자신에게로 인도할 수 있는 길은 아주 많다. 바로 그때 신은 이러한 길을 나와 함께 갔으며, 그것은 마치 악몽과도 같은 것이었다. 더러운 것, 끈적거리는 것, 깨진 맥주잔과 되지도 않는 잡담으로 지껄여대던 밤 너머로 몽유병자처럼 끊임없이 괴로워하면서 구역질이 나고 더럽기 그지없는 길을 쉬지 않고 기어가는 나의 모습이 보인다. 공주를 향해 가는 길에 악취와 오물로 가득한 뒷골목으로 처박히는 꿈. 내 처지가 그러했다. 이런 형편없는 짓을 하면서 고독해지도록, 그리고 냉혹한 눈빛을 번뜩이는 문지기들이 지키고 있는 닫혀진 낙원의 문이 나와 유년시절 사이를 막고 있도록 태어난 것이다. 이것이야말로 나 자신에 대한 향수의 시초였으며 그 각성이었다.

우리 아버지가 하숙집 주인이 보낸 경고 편지를 받고 처음 성 ○○시로 달려와 느닷없이 내 앞에 나타났을 때만 해도, 나는 깜짝 놀라서 온몸에 경련이 일어났다. 하지만 겨울 끝 무렵 아버지가 두 번째로 오셨을 때는 벌써 냉담하고 무관심해졌다. 아버지께서 꾸중을 하시다가, 애원을 하시다가 어머니를 상기시키셨을 때도 나는 모른 척했다. 아버지는 결국 몹시 격분해서, 내가 만일 생활태도를 바꾸지 않는다면, 불명예스럽고 모욕적인 퇴학을 시켜서 감화원에서 처넣겠다고 하셨다. 그렇게 하시라지! 아버지가 떠나신 다음, 나는 미안한 마음이 들었다. 그렇지만 아버지는 아무 성과도 얻지 못했으며, 나에게로 통하는 어떤 길도 찾아내지 못하셨다. 그리고 잠시 동안이나마 나는 그것을 당연한 것으로 느끼기도 했다.

내가 무엇이 되든지 나로서는 아무래도 좋았다. 술집에 앉아 의기양양한 척하는 따위의 기묘하고 그다지 아름답지 못한 방식으로 나는 세상과 싸움을 벌이고 있었다. 이것이 내 나름 반항의 방식이었다. 그러면서 나는 자신을 엉망으로 만들었다. 나는 종종 대략 다음과 같은 모습을 보이곤 했다. 만약 세상이 나와 같은 사람을 필요로 하지 않는다면, 나 같은 사람에게 줄 좀 더 나은 자리, 좀 더 높은 과업을 부과해 주지 않는다면, 이제 나 같은 사람은 분명 파멸할 것이고, 그 손해는 세상이 져야 할 것이라고.

그 해의 성탄절 휴가는 즐겁지 않았다. 나를 다시 보았을

때 어머니는 깜짝 놀라셨다. 더 키가 커졌고, 야윈 얼굴은 축
처진 표정이었으며 눈언저리에는 염증까지 생겨 잿빛을 띠고
추레해 보였다. 콧수염이 돋기 시작한 데다 얼마 전부터 안
경을 쓰기 시작한 터여서 그들에게 더욱 낯설어 보이도록 만
들었다. 누이들은 뒤로 물러나 킬킬거렸다. 모든 게 유쾌하
지 않았다. 서재에서 아버지와 나눈 대화도 불쾌하고 씁쓸했
으며, 몇몇 친척들과 나눈 인사도 유쾌하지 않았다. 무엇보다
성탄절 전날 밤이 유쾌하지 않았다.

　우리 집에서 성탄절이란 내가 태어난 이래, 가장 중요한 날
이었다. 축제와 사랑과 감사의 저녁, 부모님과 나의 유대를
새롭게 해 주는 저녁이었다. 그러나 이번에는 만사가 답답하
고 낭패스러울 뿐이었다. 여느 때처럼 아버지는 들판의 양치
기에 관한 복음서를 읽으셨다. '그들은 바로 그곳에서 양떼를
지키고 있었노라.' 여느 때처럼 누이들은 환히 웃으면서 선물
을 늘어놓은 탁자 앞에 서 있었다. 그러나 아버지의 음성은 즐
겁게 울리지 않았고, 얼굴은 늙고 오그라든 것처럼 보였으며,
어머니는 슬픈 표정이었다. 그리고 나에게는 모든 것, 선물과
덕담, 복음서와 크리스마스 트리 그 모두가 거북하고 또 원하
지 않은 것이었다. 후추와 꿀이 든 랩 케이크에서는 달콤한
냄새가 났고, 그보다 더 감미로운 추억의 뭉게구름을 피워 올
렸다. 참나무는 향기를 풍기며 감미로운 추억의 연기를 내뿜
고 있었다. 나는 이 밤과 축제일이 어서 끝나기만을 바랐다.

온 겨울이 그렇게 지나갔다. 바로 얼마 전에 나는 교무회의로부터 심각한 경고를 받았고, 퇴학을 당할 위험에 처해 있었다. 오래는 걸리지 않을 것이었다. 그럼, 좋으실 대로. 나야 별로 이의가 없었다.

막스 데미안에게는 특별한 유감이 있었다. 그동안 나는 그를 한 번도 보지 못했다. 나는 그에게, 성 ○○시에서 학창 시절 초기에 두 번 편지를 썼지만 답장은 받지 못했다. 그래서 방학 때도 찾아가지 않았다.

지난 가을 알폰소 벡과 만났던 그 공원에서 한 소녀가 내 주의를 끌었다. 가시나무 울타리가 막 초록빛으로 물들기 시작했을 무렵인 초봄이었다. 불쾌한 생각과 근심으로 가득찬 채 나는 홀로 산책을 하는 중이었다. 건강이 나빠진 데다 끊임없이 돈에 쪼들리고 있었기 때문이다. 친구들에게 빚을 지고 있었으므로 집에서 돈을 받아내자면 부득이한 지출 명목을 꾸며내야만 했고, 여러 가게에 담뱃값이나 뭐 그 비슷한 물건들을 사느라 외상도 불어나고 있었다. 이런 근심걱정이 몹시 심각한 지경에 이르렀다는 것은 아니었다. 머지않아 이곳 생활을 접게 돼 내가 물속으로 뛰어들든지 감화소로 끌려가게 된다면, 이러한 몇 가지 소소한 일들 쯤이야 결코 문제되지 않을 테니 말이다. 그러나 나는 내내 그런 아름답지 못한 일들과 항상 대면하고 살았고 그것들에 억눌려 지내고 있었다.

그런 봄날, 공원에서 몹시도 내 마음을 끄는 소녀를 만났다. 키가 크고 날씬했으며 멋진 옷차림을 하고 있는 영리한 소년과도 같은 얼굴의 여자였다. 그녀는 첫눈에 곧바로 내 마음을 흔들었다. 내가 좋아하는 타입이었기 때문이다. 그녀는 나의 공상을 자극했다. 틀림없이 그녀는 나보다 나이를 그리 많이 먹지는 않았을 것이다. 그러나 훨씬 성숙하고 우아하고 윤곽이 뚜렷했으며, 완전한 숙녀나 마찬가지였다. 그러면서도 내가 무엇보다도 좋아하던 오만함과 소년과도 같은 분위기가 얼굴에 깃들어 있었다.

나는 지금까지 한 번도 내가 반했던 여자에게 접근하는 데 성공한 적이 없었다. 그녀도 마찬가지였다. 그러나 이전에 보았던 어떤 여자들보다도 깊은 인상을 받았다. 그리하여 이 짝사랑은 내 삶에 깊은 영향을 끼쳤다.

갑자기 다시금 내 앞에 나타난 고귀하고 숭고한 영상을 보았다. 아, 어떠한 갈망이나 충동도 나의 내면에 있는 외경과 숭배만큼 깊고 격렬하지는 않았다! 나는 그녀에게 베이트리체라는 이름을 붙였다. 단테는 읽지 않았지만 영국판 그림을 보고 베아트리체에 대해서는 알고 있었기 때문이다. 나는 그 그림의 복제품을 가지고 있었다. 거기에는 영국 라파엘 전파前派의 소녀상이 그려져 있었는데, 소녀는 작고 긴 얼굴에 영혼이 서린 듯한 손과 표정을 지녔고 팔다리가 길고 날씬한 몸매를 하고 있었다. 그녀는 겉모습은 내가 사랑하는 날씬한 자태와 소년과도 같은 분위기를 하고 있었으며, 얼굴에도 영혼이 깃들어 있는 듯한 기운이 엿보이기는 했지만 그림의 소녀상과 아주 똑같지는 않았다.

나는 베아트리체와 단 한 마디도 말을 나눈 적이 없었다. 그럼에도 그녀는 당시 내게 지극히 깊은 영향을 끼쳤다. 그녀는 내 앞에 자신의 영상을 세워놓고 내게 신성의 전당을 열어 주었으며 나를 사원의 기도자로 만들었던 것이다. 이후 날이 갈수록 나는 술집 순례와 밤에 나돌아 다니는 일로부터 멀어졌다. 나는 다시 나를 홀로 두었으며, 다시 독서를 즐기고, 산책을 즐겼다.

나는 갑작스러운 전향으로 한껏 조소를 받았다. 그러나 이제 나는 무엇인가를 사랑하고 숭배할 대상을 갖게 된 것이다. 나는 다시 이상을 가지게 되었으며 삶은 다시 예감과 신비스러운 여명으로 가득 차 있었다. 그 점이 나를 주변의 조소에 대해 무관심해지도록 만들었다. 나는 다시금 나 자신 속에 편안히 깃들었던 것이다. 비록 숭배하는 영상의 노예이며 하인일 뿐일망정.

그 시절을 감동 없이 회상할 수는 없다. 나는 다시 열렬한 노력으로, 무너져버린 삶의 폐허에서 '밝은 세계'를 다시 건설하기 위해 노력했으며, 내 속의 어둠과 악을 떨치고 완전히 밝은 것 속에 머물고자 하는 유일한 열망 속에서 신들 앞에 무릎을 꿇고 살았다. 하여튼 지금의 이 '밝은 세계'는 어느 정도 내 자신의 창조물이었다. 그것은 어머니에게로, 그리고 아무런 책임도 지지 않는 안전한 곳으로 다시 도망치거나 기어들어가는 것과는 달랐다. 그것은 책임감과 자기 절제를 지닌, 순전히 나 자신에 의해 새롭게 발견되고 요구된 예배였던 것이다. 그로 인해 내가 괴로워하고 그 앞에서 늘 도망치려 했던 성욕은 이제 이 성스러운 불 속에서 정신과 예배로 정화되지 않을 수 없었다. 더 이상 음침한 것, 흉측한 것이 존재해서는 안 되었다. 신음하며 지샌 밤들도, 음란한 환상 앞에서 뛰던 심장의 고동도, 금지된 문 앞에서 엿듣는 일도, 음탕한 짓도, 모두 존재해서는 안 되는 것이다. 나는 이 모든 것들 대신에 베아트리체의 초상을 모신 나의 제단을 마련했다. 그리고 그녀에게 나를 바치는 동시에 나 자신, 정신을 신들에게 봉헌했다. 어둠의 힘들로부터 탈취해온 삶의 몫을 나는 밝은 생에게 제물로 바쳤다. 나의 목적은 향락이 아니라 정결함이었다. 행복이 아니라 아름다움과 정신성이었다.

이 베아트리체 숭배는 나의 삶을 송두리째 변화시켰다. 어제만 해도 조숙한 냉소꾼이었던 나는 이제 성자가 되겠다는 목표를 지닌 사원의 하인이었다. 나는 몸에 젖어버린 못된 생활을 청산했을 뿐만 아니라 모든 것을 변화시키려고 노력했고, 모든 것 속에 정결함, 고귀함, 품위를 깃들게 하고자 노력했다. 먹고 마시면서도, 말을 하고 옷을 차려입으면서도 나는 그 생각을 했고, 냉수욕으로 아침을 시작했다. 처음에는 뼈를

깎는 노력으로 자신을 다스리지 않으면 안 되었다. 나는 진지하고 품위 있게 행동했으며, 몸을 꼿꼿하게 세우고 천천히 그리고 위엄 있게 걸었다. 구경꾼들에게는 그것이 우스꽝스럽게 보였을지도 모른다. 하지만 내 마음은 온통 신을 향한 예배로 충만해 있었다.

나에게는 온갖 새로운 연습들 중에 시도했던 새로운 신념에 대한 한 가지 표현만이 중요해졌다. 그림을 그리기 시작한 것이다. 내가 가지고 있던 영국제 베아트리체 상이 그 소녀와 정확하게 닮지 않았다는 데서 시작된 일이었다. 나는 나 자신을 위해 그녀를 그리고 싶었다. 아주 새로운 기쁨과 희망을 가지고 나는 얼마 전부터 갖게 된 내 방에 아름다운 종이, 물감과 붓을 모아들였고 팔레트, 유리잔, 도자기 접시, 연필을 가지런히 준비해 놓았다. 작은 튜브에 들어 있는 고운 수성 물감이 나를 황홀하게 했다. 그 중에는 크롬 옥시드 그린이 있었다. 그 불타는 듯한 초록 물감이 처음 하얀 작은 접시 위에서 빛나던 모습이 아직도 눈에 선하다.

나는 조심스럽게 시작했다. 얼굴을 그리는 것은 어려웠다. 그래서 우선 다른 것부터 그려보려고 마음먹었다. 장식품, 꽃 그리고 작은 상상 속의 풍경, 예배당 곁에 선 나무 한 그루, 사이프러스 나무들, 로마의 다리 따위를 그렸다. 때로는 이런 장난과도 같은 짓에 완전히 넋을 잃기도 하고 그림물감을 선물 받은 어린아이처럼 행복했다. 그러다 마침내 나는 베아트리체를 그리기 시작했다.

그러나 몇 장을 완전히 실패하고는 그만 내던져버렸다. 때때로 거리에서 마주쳤던 그 소녀의 얼굴을 마음속에 그려보려고 하면 할수록, 더 잘 되지 않았다. 마침내 나는 소녀를 그리는 것을 포기하고 그냥 얼굴 하나를 그리기 시작했다. 환상에 따라, 시작만 해놓고는 붓이 가는 대로, 물감과 붓에서 저절로 이끌려 나오는 대로 그렸다. 그렇게 해서 그려진 것은 꿈에서 본 바로 그 얼굴이었다. 그럭저럭 만족스럽기는 했지만 나는 계속해서 더 그렸다. 한 장 한 장 새로운 종이에 그려질 때마다 그림은 한층 더 뚜렷해졌고, 비록 결코 실물과 똑같지는 않았으나 그녀의 타입과 점점 더 닮아갔다.

나는 점점 더 몽환적인 붓놀림으로 선을 긋고 화면을 채우는 데 익숙해졌다. 그것들은 아무런 모델도 없었으며, 장난삼아 더듬어보는 사이에, 또는 무의식적으로 우러나왔던 것이다. 마침내 어느 날 거의 무심결에 이제까지 것들보다 한층 더 강하게 나에게 말을 건네는 얼굴 하나를 완성했다. 그것은 그 소녀의 얼굴이 아니었다. 처음부터 나는 그녀를 그리고 있지 않았다. 그것은 좀 더 다른 것, 좀 더 비현실적인 모습이었지만 그렇다고 해서 가치가 덜한 것은 아니었다. 그것은 소녀라기보다는 오히려 소년의 얼굴처럼 보였다. 머리칼도 나의 아름다운 소녀처럼 밝은 금발이 아니라 붉은 기를 띤 갈색이었다. 턱은 야무지고 윤곽이 뚜렷했으며, 붉게 타는 입술에 전체적으로 딱딱하고 가면 같은 얼굴이었다. 하지만 인상적이었고 신비스러운 생명으로 가득 차 있었다.

완성된 그림 앞에 앉아 있자니, 그 그림이 내게 기이한 인상을 주었다. 그것은 내게 일종의 신의 초상이거나 신성한 가면처럼 보였고, 절반은 남성이고 절반은 여성이며, 나이도 없고, 꿈을 꾸고 있는 것 같으면서도 강한 의지를 지니고 있었다. 그리고 남모르는 생명으로 충만해 있으면서도 딱딱하게 굳어져 있는 것처럼 보였다. 그 얼굴은 내게 무언가 할 말이 있는 것 같았고 내게 속해 있어서 내게 무엇인가를 요구하고 있었다. 그리고 누군지는 알 수 없었지만 그 누군가와 닮아 있었다.

그때부터 그 초상은 한동안 나의 모든 생각을 따라다녔고 나의 삶을 함께 했다. 나는 그것을 서랍에 숨겨 두었다. 누군가 그것을 훔쳐보고 나를 조롱하도록 해서는 안 되었던 것이다. 그러나 혼자 내 작은 방 안에 있게 되기가 무섭게 그 그림을 꺼내 들여다보곤 했다. 저녁에는 그것을 침대 맞은편 벽에 핀으로 붙여놓고, 잠들 때까지 바라보았으며, 아침이 되면 나의 첫 눈길은 늘 그 그림으로 향했다.

바로 그 시절에 나는 어린아이였을 때 언제나 그랬듯이 다시 많은 꿈을 꾸기 시작했다. 몇 년 동안 한 번도 꿈을 꾸지 않았던 것 같았다. 이제야 꿈이, 새로운 종류의 영상이 다시 찾아왔던 것이다. 그리고 자주 꿈속에서 내가 그린 초상이 생기를 띠고 이야기를 하면서 내게 친밀감을 드러내고, 혹은 적

대적으로, 때로는 얼굴을 찌푸렸고, 때로는 무한히 아름답고, 조화롭고, 고귀하게 나타나곤 했다.

그리고 어느 아침 역시 그런 꿈들을 꾸다 깨어났을 때, 나는 갑자기 그 그림의 정체를 알아차렸다. 그림은 도저히 믿을 수 없을 만큼 다정스럽게 나를 바라보고 있었다. 내 이름이라도 부르는 것 같았다. 어머니만큼이나 나를 잘 아는 것 같았다. 그리고 그것은 옛날부터 언제나 나를 바라보고 있었던 것 같았다. 두근거리는 가슴으로 나는 그 그림을, 숱 많은 갈색 머리칼과 반은 여성적인 입술을, 기이하게 밝게 빛나는 억센 이마를 바라보았다. (그 그림은 저절로 그렇게 말라 있었다.) 그러자 차츰차츰 내 마음속에서 그 모습이 눈에 익고 다시 떠올라와, 누구인지 알 것 같았다.

나는 침대에서 벌떡 일어나 그 얼굴 앞으로 아주 가까이 다가가서 그것을 바라보았다. 초록빛이 도는 크게 뜬, 내 눈을 물끄러미 바라보고 있는 그 눈을 들여다보았다. 오른쪽 눈이 다른 쪽보다 약간 더 높이 올라가 있었다. 그러자 갑자기 그 오른쪽 눈이 찡긋하고 움직였다. 가볍고 섬세하게, 그러나 분명하게 움직였다. 그리고 이 찡긋거림을 통해 나는 그림의 주인공을 알아보았다. 어떻게 내가 그걸 이렇게 늦게야 비로소 알아차릴 수 있었단 말인가! 그것은 데미안의 얼굴이었다.

후에 나는 그 그림을 내 기억 속에서 찾아낸 데미안의 진짜 표정과 자주 비교해보았다. 닮기는 했어도 똑같은 건 전혀 아니었다. 하지만 그래도 데미안임에는 틀림이 없었다.

어느 초여름 날 저녁, 서향인 내 방 창문을 통해 태양이 기울어져 붉게 비쳐들고 있었다. 방 안은 어둑했다. 그때 나는 베이트리체, 혹은 데미안인 이 초상을 핀으로 창틀 가운데 고정시켜 놓고, 석양 속에서 그림이 어떤 모습을 보여줄 것인지 보고 싶다는 생각이 퍼뜩 떠올랐다. 얼굴은 윤곽이 흐릿해졌지만, 불그스름한 눈, 밝은 이마, 유난스럽게 붉은 입술은 종이 위에서 깊고 맹렬하게 타오르는 것이었다. 햇빛이 사라지고 나서도 나는 오랫동안 그것을 마주보고 앉아 있었다. 그러자 점차로 그것은 베아트리체도 데미안도 아니라 나 자신이라는 느낌이 들었다. 그 그림은 나와 닮지도 않았고, 그럴 리도 없다고 느꼈다. 그러나 그것은 나의 생명을 이루고 있는 것이었고, 나의 내면, 나의 운명 혹은 내 안에 존재하는 수호신이었다. 만약 내가 언젠가 다시 한 친구를 찾아낸다면, 내 친구의 모습이 저러하리라. 언제 하나의 사랑을 얻게 된다면 내 애인의 모습이 저러하리라. 나의 삶이 저럴 것이며, 나의 죽음이 저러하리라. 이것은 내 운명의 울림이자 리듬이었다.

그 몇 주 동안 나는 책을 한 권 읽기 시작했는데, 전에 읽은 모든 것보다 더 깊은 인상을 받았다. 훗날에도 니체를 제외하고 책에서 그런 경험을 한 적은 거의 없었다. 그것은 서신과 잠언들이 수록된 노발리스의 책이었다. 책의 대부분을 이해할 수는 없었지만 그것들은 하나같이 말할 수 없이 마음을 끌어주고 나를 매혹했다. 잠언 중 하나가 불현듯 떠올라 나는 그것을 펜으로 초상화 아래에 적었다.

'운명과 심성은 하나의 개념에 붙여진 두 개의 이름이다.'

그제야 나는 그것을 이해했던 것이다.

내가 베아트리체라고 이름을 지은 그 소녀와 나는 여전히 자주 마주쳤다. 그때는 이미 아무런 감동도 느끼지 못했으나 늘 한 가닥 부드러운 일체감, 한 가닥 감정적인 예감을 느꼈다. 넌 나와 연결되어 있어. 그러나 너 자체가 아니라, 네 영상만 말이야. 넌 내 운명의 일부거든.

나는 새롭게 막스 데미안에 대한 강렬한 그리움을 느꼈다. 나는 몇 년 동안 그에 대한 소식을 전혀 모르고 있었다. 방학 동안 단 한 번 그를 만난 적이 있었을 뿐이었다. 지금에야 나는 내가 잠시 동안의 그 해후에 대한 이야기를 이 기록에서 일부러 빠뜨렸다는 것을 깨닫는다. 그리고 그것이 부끄러움과 허영에서 비롯된 일이라는 것도 안다. 나는 그것을 만회하지 않으면 안 되겠다.

한 번은 방학 중에 권태롭고 늘 조금은 피곤한 얼굴을 하고, 다시 말해서 술집을 드나들던 시절의 얼굴로, 고향 도시를 어슬렁거리며, 산책용 지팡이를 빙빙 돌리며, 변함없이 속물과 같은 늙은 얼굴들을 경멸하듯 들여다보고 있을 때 내 옛 친구가 맞은편에서 다가오는 것을 보았다. 나는 그를 보고는 흠칫 놀랐다. 그리고 섬광처럼 프란츠 크로머를 떠올렸다. 데 미안이 그 이야기를 정말로 잊어버렸기를! 그에 대해 지고 있 는 의무감이 나를 무척 불쾌하게 만들었다. 사실 정말이지 어 리석은 아이들 이야기에 불과했지만 그래도 빚을 지고 있는 것만은 분명했다.

그는 내가 자신을 아는 척 하려는 것인지 아닌지를 기다리 는 것 같았다. 내가 될 수 있는 대로 태연함을 가장해 인사 를 건네자, 그가 손을 내밀었다. 그것은 그답게 한결같은 악 수였다! 그렇게 꽉 움켜잡는, 따뜻하면서도 차가운 남성다 운 악수!

그가 주의 깊게 내 얼굴을 들여다보며 말했다.

"너 많이 컸구나, 싱클레어." 그는 전혀 변하지 않은 것처 럼 보였다. 언제나 그렇듯이 똑같이 나이가 들어 보였고, 똑 같이 어려 보였다.

우리는 함께 산책을 하며 순전히 다른 이야기들만 나누었 다. 그 당시의 일에 대해서는 아무 말도 하지 않았다. 내가 전 에 몇 번이나 답장도 받지 못한 편지를 보냈던 것이 생각났다. 아, 제발 그 일을 잊어버렸으면 좋을 텐데, 그 멍청한, 멍청한 편지들을! 그는 거기에 대해서도 아무 말이 없었다.

당시에는 베아트리체도, 초상도 없었다. 나는 아직 내 황 량한 시절 한복판에 머물고 있었던 것이다. 교외에서 그에게 함께 술집에 가자고 하자, 그는 순순히 따라왔다. 나는 떠벌이면서 포도주 한 병을 주문해 술을 따르고 그와 잔을 부딪치고서는 학생 식 주법에 익숙하다는 것을 과시하면서 첫잔을 단숨에 비웠다.

"술집에 자주 가는 모양이구나?" 그가 나에게 물었다.

"아, 물론." 내가 덤덤하게 대답했다. "달리 무슨 할 일이 있겠어? 이게 그래도 제일 재미있는 일이잖아."

"그렇게 생각하니? 아마 그럴지도 모르지. 정말 제법 근사한 점도 있으니 말이야. 도취경과 바커스적인 것이라니! 하지만 내가 보기에 술집에 늘상 앉아 있는 대부분의 사람들에게서 그러한 재미는 이제 찾아보기 힘든 것 같은데 말이지. 술집을 들락거리는 것이야말로 이젠 속물들이나 하는 일처럼 여겨진단 말이야. 그래, 하루 저녁 내내 훨훨 타는 관솔불 곁에서 진짜 멋진 도취경과 흥분에 잠기는 것도 물론 좋겠지. 하지만 언제나 그 모양으로 연신 술잔을 비워대는 것이 과연 잘하는 일일까? 이를테면 밤이면 밤마다 단골 술집 테이블 앞에 앉아 있는 파우스트를 상상할 수 있겠어?"

나는 술을 마시며 적의에 찬 눈으로 그를 쳐다보았다.

"그래, 그렇지만 누구나 파우스트는 아니니까 말이야." 나는 짤막하게 말했다.

그는 약간 놀란 표정으로 나를 바라보았다.

그러고 나서 옛날처럼 싱싱하고 우월감에 찬 웃음을 터뜨렸다.

"자, 우리가 무엇 때문에 그 따위 것을 가지고 다투어야 하지? 아무튼 술꾼이나 탕아의 삶이, 나무랄 데 없는 시민의 삶보다는 한결 더 생기를 띠고 있는 건 사실일 거야. 그런데 언젠가 읽었는데 말이야, 신비주의자가 되기 위해서는 탕아의 삶이 최고의 준비 과정 중의 하나라는 거야. 예언자가 되는 사람은 언제나 성 아우구스틴 같은 그런 인물이라는 거지. 그 역시 한때는 향락가에 탕아였거든."

나는 미심쩍어 하면서 되도록 그로부터 훈계를 받고 싶지 않았다. 그래서 권태롭다는 듯 말했다. "그래, 누구든 제멋에 사니까! 툭 까놓고 말해서 나는 예언자나 그 비슷한 것에 대해서는 전혀 관심이 없어."

데미안은 눈을 지그시 감았다 뜨고는 알아들었다는 나를 쏘아 보았다.

"이봐, 싱클레어." 그가 천천히 말했다. "네게 불쾌한 소리를 하려는 의도는 없었어. 그런데 말이야, 무슨 목적으로 네가 지금 네 잔을 들이키고 있는지는 우리 둘 다 모른단 말이야. 하지만 네 내부에 있는, 너의 생명을 형성하고 있는 것은 이미 그것을 벌써 알고 있거든. 이걸 알아야 할 것 같아. 우리들 속에는 모든 것을 알고, 모든 것을 원하고, 우리 자신보다 모든 것을 잘 해내는 누군가가 있다는 사실을 안다는 것은 지극히 유익한 일이야. 미안하지만, 난 집에 가봐야겠다."

우리는 짧은 작별을 했다. 나는 몹시 기분이 언짢아서 그대로 앉아 남은 술을 다 마셨다. 술집을 나설 때 데미안이 벌써 계산을 했다는 것을 알았다. 그것이 나를 더욱 화나게 했다.

지금 내 생각은 이 사소한 사건에 다시 매달려 있다. 내 생각은 데미안으로 가득 찼다. 그가 저 교외 술집에서 했던 말들이 기이하게도 생생하게, 고스란히 다시 내 기억 속에 떠올랐다. '이걸 알아야 할 것 같아. 우리 내부에 모든 것을 아는 누군가가 들어 있다는 사실을 안다는 것은 유익한 일이야!'

나는 창문에 걸려 있는, 이제는 완전히 퇴색한 그림을 쳐다보았다. 빛이 사라졌음에도 두 눈만은 아직도 활활 타고 있었다. 그것은 데미안의 눈빛이었다. 혹은 내 속에 있는 사람, 모든 것을 알고 있는 존재의 눈빛이었다.

나는 데미안에 대해 얼마나 동경을 품고 있었던가? 그에 대해서는 아무것도 알고 있지 못했다. 나에게 그는 도달할 수 없는 존재였다. 내가 아는 건, 아마도 그가 지금은 어디에선가 대학을 다니고 있다는 것, 김나지움을 졸업하고는 그의 어머니도 우리 도시를 떠났다는 사실뿐이었다.

크로머와의 이야기에까지 소급해서 나는 막스 데미안에 대한 온갖 기억들을 내 마음속에서 들춰냈다. 그가 일찍이 내게 했던 말 중에서 얼마나 많은 것들이 다시 울려오기 시작했던지. 그리고 그 모든 것이 오늘에 있어서까지도 의미를 지니고 있으며, 생생하게 나와 관련을 맺고 있었던 것이다! 그다지 달갑지만은 않았던 우리들의 마지막 만남에서 그가 탕자와 성인에 대해 했던 말 역시 내 영혼 앞에 분명하게 되살아났다. 나에게도 그와 똑같은 일이 일어나지 않았던가? 새로운 생에 대한 욕구와 성스러운 것들을 향한 동경이 나의 내부에서 싹트기까지 나 역시 취기와 더러움 속에서, 마비와 방탕 속에서 살지 않았던가?

그렇게 나는 계속 기억을 더듬어갔다. 벌써 오래전에 밤이 되었고 밖에는 비가 내리고 있었다. 내 기억 속에서도 빗소리가 들렸다. 그것은 마로니에 나무 아래에서, 그가 내게 프란츠 크로머 사이에 있는 일을 캐묻고 나의 첫 비밀들을 알아맞혔던 때였다. 학교 가는 길에서 나눴던 대화들, 견진성사 수업시간, 이렇게 한 가지가 떠오르면 또 다른 기억이 되살아나는 것이었다. 그리고 마지막으로 막스 데미안과의 맨 처음 만났던 일이 떠올랐다. 그때엔 무엇이 문제가 되었던가? 얼른 대답이 떠오르지 않았다. 나는 시간을 두고 완벽하게 떠올리기 위해 생각에 골몰했다. 그러자 이제 그것도 다시 떠올랐다. 우리들은 우리 집 앞에 서 있었다. 그가 내게 카인에 대한 자신의 생각을 알려준 뒤였다. 거기서 그는 우리 집 현관문 위에 붙어 있는, 밑에서부터 위쪽으로 퍼져 있는 마감석에 박혀 있는, 마모될 만큼 오래된 문장에 대해서 이야기했다. 그는 말했었다. 그 문장이 흥미롭다고, 그런 것들에 유의해야 한다고.

그날 밤 나는 데미안과 그 문장에 관한 꿈을 꾸었다. 문장은 쉴 새 없이 모습이 바뀌었다. 데미안이 그것을 두 손에 들고 있었는데, 작고 회색인가 하면 때로는 굉장히 커져서 여러 색깔을 띠곤 했다. 그런데도 데미안은 그것이 언제나 똑같은 것이라고 설명했다. 마지막으로 그는 내게 그것을 먹도록 강요했다. 내가 그것을 삼키자, 삼킨 문장이 새가 되어 나의 내부에서 살아나 내 배를 채우고 나를 쪼아 먹기 시작하는 것처럼 느껴졌다. 나는 질겁했으며, 죽음의 공포로 화들짝 놀라 잠에서 깼다.

잠이 완전히 달아났다. 한밤중이었다. 방 안으로 비가 들이치는 소리가 들렸다. 나는 창문을 닫으려고 일어났다. 그러다가 방바닥에 떨어져 있는 무언가 환하게 빛나는 것을 밟았다. 아침에 보니 그것은 내가 그린 그림이었다. 그림은 축축하게 젖어서 방바닥에 놓여 있었고 볼록하게 부풀어 있었다. 나는 그림을 말리기 위해 흡수지 사이에 끼워 무거운 책 속에 펴 넣었다. 다음날 다시 찾아보니, 말라 있었다. 그러나 그림이 바뀌어 있었다. 붉은 입술은 창백하게 변했고 얼마간 얇아져 있었는데, 이제 정말 완전히 데미안의 입술이었다.

나는 현관 위 문장의 새를 새로운 종이에 그리기 시작했다. 본래 그 새가 어떤 모습이었는지 나는 똑똑히 알지 못했다. 내가 아는 바로는, 문장이 낡아 있었던 데다가 자주 페인트를 덧칠했기 때문에 어느 부분은 가까이에서도 잘 분간할 수가 없었다. 그 새는 서 있거나 무엇인가의 위에 앉아 있었는데,

어쩌면 한 송이 꽃이거나 또는 바구니든가 둥우리, 혹은 나무 꼭대기였을지도 모른다. 아무튼 그건 상관하지 않고 나는 내 마음속에 지니고 있는 분명한 영상에서부터 시작했다. 어떤 몽롱한 욕구에 따라 나는 강한 색채를 사용해 그림을 그리기 시작했다. 나는 새의 머리를 황금빛으로 그렸고, 기분 내키는 대로 그려나가 며칠만에 완성했다.

마침내 그려진 것은 사납고 용맹한 매의 머리를 가진 한 마리 맹금이었다. 새의 반신은 푸른 하늘을 배경으로 어두운 지구의 대지 속에 박혀 있는데, 그것은 마치 지구라는 거대한 알을 깨고 나오려 몸부림을 치고 있는 것 같았다. 그림을 오랫동안 물끄러미 바라볼수록, 점점 더, 마치 내 꿈속에서 나타났던 온갖 색깔의 문장을 보는 것 같았다.

데미안에게 편지를 쓴다는 일은 나로서는 불가능했던 것 같았다. 설령 어디로 보내야 할지를 알았더라도 말이다. 그러나 그 당시 매사를 처리했던 것과 마찬가지로 꿈과 같은 예감에 사로잡혀 나는 그에게 가 닿든 그렇지 못하든 간에 매를 그린 그림을 보내기로 결정했다. 겉봉에는 아무것도 쓰지 않았다. 내 이름도 쓰지 않았다. 가장자리를 조심스럽게 자른 다음 커다란 종이봉투를 사서 넣고 그 위에 내 친구의 예전 주소를 적었다. 그리고는 그것을 발송했다.

시험이 다가오고 있었다. 나는 여느 때보다 더 열심히 학교 공부를 해야만 했다. 내가 갑자기 못된 행실을 고치고 방황을

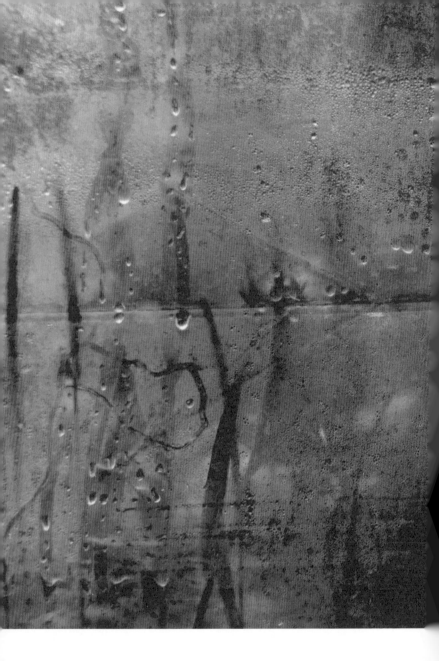

청산하고부터 선생님들은 다시 나를 너그럽게 받아들이셨다. 그때 역시 나는 선량한 학생이라고는 할 수 없었겠지만, 어느 누구도, 내가 반년 전에 퇴학 처분을 기다리고 있었다는 사실은 기억하지 않게 되었다.

아버지도 이제는 꾸중이나 위협 없이 다시 전과 같은 어조로 편지를 쓰셨다. 그렇지만 나는, 아버지에게든 그 누구에게든 어떻게 해서 나에게 그런 변화가 일어났는지 설명하고 싶지 않았다. 나에게 일어난 변화가 부모님과 선생님들의 소망과 일치한 것은 순전히 우연일 뿐이었다. 이 변화는 나로 하여금 다른 사람들과 가까워지도록 만들지 않았으며, 누구도 내게로 접근시키지 않았다. 나를 한층 더 고독 속에 있도록 만들었을 뿐이었다. 그것은 그 어느 곳인가를, 데미안을, 멀고 먼 운명을 목표로 삼고 있었다. 나는 사실상 나 스스로도 그것에 대해 알지 못하면서 그 한 가운데 서 있었던 것이다. 그것은 베아트리체로부터 비롯되었지만 얼마 후부터는 그림이 그려진 종이들과 데미안에 대한 나의 생각들과 더불어 비현실적인 세계 속에서 살고 있었기 때문에 베아트리체조차도 나의 눈과 생각으로부터 까마득히 사라지고 말았다. 누구에게도 나는 내 꿈들, 내 기대들, 내 내면의 극심한 변화에 대해 한마디도 말할 수 없었다. 설사 말하고자 했어도 하지 못했을 것이다.

내가 어떻게 그것을 원할 수 있었겠는가?

새는 알에서 나오기 위해 투쟁한다

내가 그린 꿈속의 새는 내 친구를 찾아 날아가고 있었다. 그리고 너무나 놀라운 방식으로 나에게 답장이 왔다.

어느 날 휴식 시간이 끝난 다음, 교실 내 자리에서 쪽지 하나가 내 책에 꽂혀 있는 걸 발견했다. 그것은 때때로 학급 친구들이 흔히 수업시간 중에 몰래 서로 쪽지 편지를 보낼 때처럼 접혀 있었다. 다만, 내가 의아했던 건 누가 내게 그런 쪽지를 보냈을까, 하는 생각에서였다. 나는 어떤 친구와도 그런 식으로 연락을 한 적이 없었기 때문이다. 나는 그것이 학교에서 흔히 있는 장난이려니 생각했다. 그리고 그런 일엔 관여하지 않을 생각이었으므로 그 종이쪽지를 읽지도 않은 채 책 앞쪽에 끼워 넣었다. 그러다 수업 중에 우연히 그 쪽지를 손에 쥐게 되었는데, 쪽지를 만지작거리다 아무 생각 없이 펼쳐 보니 그 속에 몇 개의 문장이 적혀 있었다. 무심코 훑어보던 나는 그 중 한 문장에 시선을 빼앗겼다. 나는 깜짝 놀라 그 문장을 읽었다. 그리고 읽는 동안에 내 가슴은 혹독한 추위를 만난 것처럼 운명 앞에서 떨었다.

'새는 알에서 나오기 위해 투쟁한다. 알은 새의 세계이다. 태어나려고 하는 자는 하나의 세계를 깨뜨리지 않으면 안 된다. 새는 신을 향해 날아간다. 그 신의 이름은 아프락사스Abraxas다.'

나는 몇 번이나 그 문장을 읽은 다음 깊은 생각에 빠졌다. 의심의 여지가 없었다. 데미안이 보낸 답장이었다. 나와 그 외에 그 새에 대해 알고 있는 사람은 없었다. 그가 내 그림을 받았던 것이다. 그는 곧 이해를 했고 내가 해석하는 것을 도와주고 있는 것이다.

하지만 이 모든 일은 어떻게 관련이 되는 것일까? 그리고 무엇보다 나를 괴롭히고 의문이 들었던 것은 아프락사스라고 불리는 존재의 정체였다. 나는 한 번도 들어본 적도 읽어본 적도 없는 말이었다. '그 신의 이름은 아프락사스다!'

수업은 조금도 귀를 기울이지 못한 채 끝났다. 다음 시간이 시작되었다. 오전의 마지막 수업이었다. 그 시간은 젊은 보조 선생님 담당이었다. 그는 대학을 갓 졸업한 사람으로 매우 젊고, 권위를 내세우지 않아 우리들에게 호감을 사고 있었다.

우리는 그 폴렌스 선생의 지도를 받으며 헤로도토스Herodotos를 읽고 있었다. 이 강독은 내가 흥미를 가지고 있는 몇 되지 않는 과목 중 하나였다. 그러나 이번에는 내 정신이 다른 데

팔려 있었다. 나는 기계적으로 책을 펼쳤으나 그 해석을 따라가는 대신 나만의 생각에 빠져 있었다.

당시 나는 데미안이 예전 종교수업 시간에 했던 말이 얼마나 옳았는지를 이미 몇 차례 경험을 통해 알고 있었다. 사람이 아주 간절하게 소망하면, 정말로 그것이 이루어진다. 수업시간에 아주 강렬하게 나 자신의 생각에 열중하고 있기만 하다면, 선생님도 나를 그냥 내버려두리라고 안심할 수 있던 것이다. 그렇다, 산만해지거나 졸고 있을 때는 선생님이 갑자기 옆에 와 서 있곤 하는 곤란을 당하게 된다. 나도 여러 번 겪었던 일이다. 그러나 정말 깊게 생각하고, 정말로 몰입해 있다면 안전했다. 나는 이미 뚫어질 듯 응시하는 실험도 해보았고, 또 그것이 믿을 만한 것이라는 것도 알고 있었다. 데미안과 만나던 시절에는 성공하지 못했던 일이었다. 하지만 지금은 강렬한 시선과 생각으로 매우 많은 일을 이룰 수 있다는 것을 종종 느꼈던 것이다.

지금도 역시 나는 그렇게 앉아 헤로도토스와 학교로부터 멀리 떨어져 있었다. 그러나 그때 뜻밖에도 선생님의 목소리가 번개처럼 내 의식으로 치고 들어와 화들짝 놀라 정신을 차렸다. 선생님의 목소리가 들려왔다. 그는 바로 내 곁에 바싹 다가와 서 있었다. 그가 내 이름을 불렀다고 생각했다. 그러나 그는 나를 쳐다보지도 않았다. 나는 안도의 한숨을 내쉬었다.

그때 선생님의 목소리가 다시 들렸다. 큰 소리로 '아프락사스'라고 말했던 것이다. 처음 부분은 듣지 못했으나 폴렌스 선생은 계속해서 설명하고 있었다.

"우리는 저 종파의 세계관과 고대의 신비적인 단체의 견해를 합리주의적인 관찰의 입장에서, 그렇게 단순하고 소박한 것으로 상상해서는 안 됩니다. 오늘날 우리가 말하는 의미의 과학은 고대에 존재하지도 않았습니다. 그 대신 매우 높은 수준으로 발달되었던 철학적이고 신비적 진리를 밝히는 활동이 있었습니다. 때로는 그것으로부터 사기와 범죄로 이어지기도 했을 주술과 유희도 나왔습니다. 주술이라는 것도 고귀한 유래와 깊은 사상을 지니고 있었던 것입니다. 내가 앞에서 예로 들었던 아프락사스의 교의도 그렇습니다. 오늘날에도 사람들은 이 이름을 그리스의 주문과 연관시켜 말합니다. 미개한 민족들이 믿고 있는 마술을 부리는 악마의 이름 정도로 생각하는 것입니다. 그러나 아프락사스는 훨씬 더 많은 의미를 가지고 있는 것 같습니다. 우리는 이 이름을 대략 신적인 것과 악마적인 것을 결합하는 상징적 과업을 지닌 일종의 어떤 신으로 생각할 수가 있는 것입니다."

작은 몸집의 젊은 학자는 섬세하고도 열정적으로 계속해서 말을 이어나갔다. 크게 주의를 기울이고 있는 사람은 아무도 없었다. 그리고 아프락사스라는 이름이 더 이상 나오지 않게 되면서, 나의 주의력도 곧 다시 내 자신 속으로 가라앉았다.

150 · 데미안

‘신적인 것과 악마적인 것을 결합한다.’는 말의 여운은 여전히 귀에 남아 있었다. 그리고 나는 그것을 옛날 일과 결부시킬 수 있었다. 그것은 우리 우정의 마지막 시절 데미안과 대화를 나눴던 이후로 내게 친근한 주제였다. 데미안은 당시 이렇게 말했다.

우리는 대부분 아마도 숭배하는 하나의 신을 가지고 있겠지만, 그 신은 단지 임의대로 갈라놓은 세계의 절반만 나타내고 있을 뿐이다. (그것은 공식적이고, 허용된 ‘밝은’ 세계였다.) 그러나 우리는 세계 전체를 존중할 수 있어야 한다. 그러니까 악마까지도 겸한 하나의 신을 갖든지, 아니면 신에게 예배하는 동시에 악마에게도 예배를 하지 않으면 안 된다. 그렇다면 아프락사스는 신인 동시에 악마이기도 한 신이었던 것이다.

한동안 나는 아주 열성적으로 그 자취를 찾아보았다. 소득이라고는 아무것도 없었다. 아프락사스를 찾으려고 온 도서관을 뒤졌지만 성과는 없었다. 그렇지만 나의 천성은 기껏해야 손에 쥐고 보면 돌멩이에 불과한 진리를 찾아내는 따위의 직접적이고 의식적인 탐구에 있어서는 한 번도 제대로 열중을 해본 적이 없었다.

한때 그토록 열렬하게 몰두했던 베아트리체의 모습도 이제 서서히 가라앉고 있었다. 그 모습이 내게서 서서히 떠나갈수록 더욱 지평선에 가까워지고, 그림자처럼 아스라해지고 희미해지는 것이었다. 그것은 이제 내 영혼을 만족시켜주지 못했다.

그리고 이제 이상하게도 나 자신의 내부에 틀어박혀서 마치 몽유병자처럼 영위해온 내 삶에서 새로운 형태가 형성되기 시작했다. 삶에 대한 동경이, 아니 그보다는 사랑을 향한 동경이 내면에서 꽃을 피웠다. 그리고 한동안 베아트리체를 숭배하며 해소할 수 있었던 성적 충동이 새로운 영상과 목표를 요구하고 있었다. 여전히 그 어떤 충족도 아직은 내게 찾아오지 않았다. 나로서는 동경을 속이거나, 내 친구들이 행복을 구하는 그러한 소녀들로부터 무엇인가를 기대한다는 것이 그 어느 때보다 더 불가능해졌다. 나는 다시 자주 꿈을 꾸었다. 그것도 밤보다 낮에 더 많은 꿈을 꾸었다. 상상들이, 영상들 혹은 소망들이, 나의 내부에서 끓어올라 외부 세계와 갈라놓음으로 인해 오히려 나는 내 마음속의 이러한 영상들과 더불어, 이러한 꿈들이나 그림자들과 더불어 현실적인 주변의 일들에서보다 한층 더 현실적으로 생생하게 접촉하며 살았던 것이다.

어떤 특정한 꿈, 혹은 늘 되풀이되는 어떤 환상의 장난이 내게는 극히 중요한 의미를 띠게 되었다. 이 꿈, 내 인생의 가장 중요하고 또 가장 불길한 꿈은 대략 이런 것이었다.

나는 부모님 집으로 돌아간다. 현관문 위에는 푸른 배경을 두고 새 문장이 황금빛으로 찬란하게 빛나고 있다. 집 안에서는 어머니가 나를 맞으러 나오신다. 그러나 내가 막상 집 안에 들어서며 어머니를 포옹하려 하면, 그것은 어머니가 아니라 한 번도 본적 없는 사람이다. 키가 크고 힘이 센 인물, 막스 데미안이나 내가 그렸던 그림과 비슷하면서도 그와는 또 다른 사람이다. 그리고 힘으로 충만해 보이면서도 지극히 여성적인 부인이다. 그 부인이 전율을 일으키는 깊은 사랑을 담아 나를 끌어안는다. 희열과 오싹함이 뒤섞인다. 왜냐하면 그녀의 포옹은 신에 대한 예배이면서 동시에 죄악이었기 때문이다. 나를 포옹한 인물 속에는 어머니에 대한 너무나도 많은 추억, 내 친구 데미안에 대한 너무 많은 추억이 유령처럼 서려 있다. 그녀의 포옹은 온갖 경건성과는 모순되었으나 희열임에는 틀림이 없다. 나는 자주 깊은 행복감을 느끼며, 죽음에 대한 공포와 격심한 양심의 가책을 느끼며, 무서운 죄악에서 벗어나듯 이 꿈에서 깨어난다.

아주 내면적인 이 영상과 외부로부터 내게로 찾아드는, 탐구해야 할 신에 대한 암시 사이에 점차 무의식적인 결합이 이루어졌다. 그리고 이 결합은 점점 더 긴밀해지고 친밀하게 결합되었으며, 바로 이 예감의 꿈속에서 아프락사스를 부르고 있다는 것을 느끼기 시작했다. 희열과 공포, 남성과 여성의 혼합, 성스러움과 추악함의 뒤엉킴, 다감한 천진성을 뚫고 충격을 주며 지나가는 깊은 죄악. 내 사랑의 꿈의 영상은 그러했다. 그리고 아프락사스 역시 그러했다. 사랑은 이제 더 이상,

처음에 불안스레 느꼈던 것처럼 동물적인 음습한 충동이 아니었다. 그리고 그것은 또한 더 이상 내가 베아트리체의 초상을 향해 바쳤던 것처럼 경건하고 정신적인 숭배도 아니었다. 사랑은 그 양쪽 다였다. 양쪽 다였을 뿐 아니라 그 이상이었다. 사랑은 천사의 모습인 동시에 악마였고, 남성과 여성이 하나가 된 것이며, 인간과 동물, 지고의 선이자 극단적 악이었다. 이렇게 양 극단을 살아가는 것이 내게는 숙명인 것처럼 여겨졌다. 나는 그런 운명에 대해 동경을 품고 또한 두려워했다. 나는 그것을 꿈꾸고 그것에서 도망쳤지만 그것은 언제나 실재하고 있어서 늘 내 머리 위에 있었다.

이듬해 봄에 나는 김나지움을 졸업하고 대학에 진학하게 되었다. 하지만 아직 어디서 무엇을 공부해야 할지는 몰랐다. 내 입술 위에서는 조그만 코밑수염이 자랐다. 나는 어른이 되었다. 그럼에도 나는 무엇을 해야 할지 전혀 몰랐으며 아무런 목표도 없었다. 확실한 것은 단지 내면에서 울려오는 목소리, 즉 꿈의 영상 하나뿐이었다. 나는 그것이 인도하는 대로 맹목적으로 따라가야 한다는 사명을 느꼈다. 그러나 그것은 내게 어려운 일이었다. 그리고 나는 날마다 반항을 했다. 때때로 나는 내가 미친 것이 아닐까 하고 생각했다. 나는 다른 사람들과 같지 않은 걸까? 그러나 다른 학생들이 할 수 있는 일은 나 역시 모두 할 수 있었다. 조금만 공을 들이면 플라톤도 읽을 수 있었고, 삼각법 과제를 풀거나 화학적인 분석도 따라

갈 수 있었다. 단 한 가지만 나는 할 수 없었다. 바로 내 안에 숨어 있는 목표를 끌어내 내 앞에 그려내는 일이었다. 교수나 판사, 의사나 예술가가 될 수도 있을 것이고, 그러자면 또 얼마의 시간이 필요하고, 어떤 이점들이 있는지 정확하게 알고 있었다. 하지만 나는 다른 사람들처럼 그것들을 그려내는 일만은 할 수가 없었다. 아마도 언젠가는 나도 그런 직업을 갖게 될지도 모르지만, 도대체 내가 그것을 어떻게 알 수 있단 말인가. 나 역시 몇 년이고 그 길을 찾고 또 찾지 않을 수 없겠지만, 어쩌면 아무것도 되는 일 없이 어떠한 목표에도 이르지 못할지도 모른다. 아니, 나 역시 하나의 목표를 이룰 수도 있겠지만 악하고, 위험하고, 무서운 목표일지도 모른다.

나는 나의 내부에서 스스로 나오려는 것대로 살아보려고 노력했다. 그것이 왜 그다지도 어려웠던 것일까?

나는 때때로 내 꿈에 나타나는 강렬한 사랑의 영상을 그림으로 그려보려 했다. 그러나 한 번도 성공하지 못했다. 만약 성공을 했더라면, 그 그림을 데미안에게 보냈을 텐데. 그는 어디에 있는 것일까? 나는 알지 못했다. 내가 아는 건 오직, 내가 그와 결합되어 있다는 것뿐. 언제 그를 다시 만날 수 있을까?

베아트리체 시절의 그 몇 주간, 아니 몇 달 동안의 다정한 안정감은 오래전에 사라졌다. 당시 나는 하나의 섬에 도착했고 평화를 발견했다고 생각했다. 그러나 그것은 언제나 그 모양 그 꼴이었다. 어떤 상태가 마음에 들기 무섭게 그것은 어느새 시들해지고 희미해졌다. 그것을 탄식해봐야 부질없는 짓이었다! 나는 이제 난폭한, 미치광이처럼 만드는 채워지지 않는 욕망과 긴장된 기대의 불꽃 속에서 살고 있었다. 꿈속에서 보는 연인의 모습을 나는 때로 너무나도 생생하게, 내 손보다도 훨씬 더 똑똑히 눈앞에서 보았다. 나는 그와 더불어 이야기하고, 그 앞에서 울고, 그를 저주했다. 나는 그것을 어머니라고 부르고, 그 앞에서 눈물 흘리며 무릎을 꿇었다. 그것을 연인이라고 부르고, 모든 것을 충족시켜주는 성숙한 입맞춤을 어슴푸레하게 느꼈다. 그리고 그것을 악마, 창녀, 흡혈귀, 살인귀라고 부르면, 그것은 너무나도 다정한 사랑의 꿈으로, 파렴치한 황음으로 나를 유혹했다. 그것에게는 지나친 선함과 귀중함도 없었고, 지나치게 나쁘고 비천한 것도 없었다.

그해 겨울 내내 나는 묘사하기 어려운 내면에 몰아치는 폭풍 속에서 지냈다. 고독은 습관이 된지 이미 오래였으므로, 외로움이 나를 짓누르지는 못했다. 나는 데미안과 더불어 살았고, 새와 함께 나의 숙명인 동시에 연인이었던 위대한 꿈의 영상과 더불어 살았다. 내가 사는 데는 그것들로 충분했다. 왜냐하면 모든 것이 위대함과 광활함을 향하고 있었고, 또 모든 것이 아프락사스를 가리키고 있었기 때문이다. 그러나 그 꿈들 중 어느 것도, 내 생각들 중 어느 것도 나에게 복종하지는 않았다. 어느 것도 나는 불러들일 수가 없었다. 어느것에도 마음내키는 대로 채색을 할 수 없었다. 그것들이 와서 나를 사로잡았으며, 나는 그것들에 의해 지배를 받고 그것들에 의해 살았던 것이다.

분명히 나는 외부의 것들로부터는 안전했을 것이다. 사람을 두려워하지도 않았고, 그것은 친구들도 알고 있었다. 그들은 나에 대해 남몰래 경의를 표하며, 종종 나로 하여금 미소를 짓게 했다. 내가 원하기만 한다면 그들에 대한 통찰을 통해 그들을 깜짝 놀라게 할 수 있었다. 다만, 그러고 싶은 마음이 거의 들지 않거나 혹은 전혀 하고자 하지 않았을 뿐이다. 나는 늘 나의 일에, 나 자신에 몰입해 있었기 때문이다. 그리고 이제는 마침내 삶의 단편이나마 살아보고 내게서 무엇인가를 끌어내어 세상에 주고, 세상과 관계하고, 싸움을 시작하기를 열렬히 갈망했다. 저녁에 거리를 쏘다녀도 진정이 되지 않아서 한밤중까지 집에 돌아오지 못할 때면 때때로 나는 이제는 틀림없이 나의 연인이 내게로 오고 있을 거라고, 다음 골목 모퉁이를 지나고 있을 거라고, 저 다음 창문에서 나를 부를 거라고 생각했다. 때로는 이 모든 것이 견딜 수 없이 고통스러워서 한 번은 스스로 목숨을 끊을까, 생각하기도 했다.

나는 당시 흔히들 말하는 대로 '우연'에 의해서 독특한 도피처를 찾아냈다. 그러나 그런 우연 따위는 애초에 존재하지 않는 것이다. 만일 무엇인가를 절실하게 필요로 하는 사람이 자신에게 정말로 필요한 것을 발견한다면, 그것은 그에게 우연한 것이 아니라 자기 자신이, 자신의 소망과 필연이 그곳으로 자기를 인도한 것이기 때문이다.

나는 두 번인가 세 번 시내를 지나는 길에 교외의 작은 교회에서 들려오는 오르간 소리를 들었다. 하지만 걸음을 멈췄던 적은 없었다. 그 뒤 다시 그곳을 지나가고 있을 때, 오르간 연주 소리가 들려왔다. 바흐였다. 문으로 가봤지만 잠겨 있었다. 그리고 골목에는 사람이라곤 거의 없었으므로 나는 외투의 깃을 올리고 교회 옆 방충석^{防衝石} 위에 앉아 연주에 귀를 기울였다. 크지는 않지만 그래도 좋은 오르간인 것 같았다. 그것은 묘하게, 즉 독특하고 매우 개성이 넘치는 의지와 인내의 표현을 실어서 놀라운 솜씨로, 마치 대가인 것처럼 연주하고 있었다. 연주는 마치 기도인 것처럼 울렸다. 이런 생각이 들었다. 저기에서 연주하고 있는 사람은 이 음악 속에 보물이 숨겨져 있음을 알고 있어서 마치 자신의 생명을 얻으려는 것처럼 이 보물을 얻고자 노력하고, 두드리고, 애쓰고 있는 것이라고. 기교적인 면에서라면, 나는 음악에 대해 별로 알고 있는 게 없다. 하지만 이러한 영혼의 표현에 대해서는 어렸을 때부터 본능적으로 이해했고, 음악이 품고 있는 것을 무슨 자명한 것이라도 되는 양 내 마음속에 느껴왔었다.

그 음악가는 이어서 현대 음악을 연주했다. 레거의 곡인 것 같았다. 교회는 거의 완전히 어두워졌다. 단지 아주 희미한 빛줄기 하나가 바로 옆 창문을 뚫고 흘러나오고 있을 뿐이었다. 나는 연주가 그칠 때까지 기다렸다. 그리고는 이리저리 거닐면서 오르간 연주자가 밖으로 나올 때까지 기다렸다. 마침내 오르간 연주자가 나오는 것이 보였다. 나보다 나이가 들기는 했지만 아직 젊은 사람이었다. 다부지고 땅딸막한 체구인 그는 힘차면서도 마치 불쾌한 듯한 걸음걸이로 성급하게 그 자리를 떠났다.

그 후 나는 때때로 저녁 시간에 그 교회 앞에서 앉아 있거나 이리저리 거닐거나 했다. 한 번은 문이 열려 있는 것을 발견하고 오르간 연주자가 위층 높은 곳에 매달린 가물거리는 가스등 불빛 아래에서 연주를 하는 동안, 반시간 동안을 추위에 떨면서도 행복한 느낌으로 교회 회중석에 앉아 있었다. 그가 연주하는 음악에서 나는 그 사람에 대해서만 들었던 것은 아니었다. 그가 연주하는 모든 곡들은 서로 밀접하게 관계를 맺고 있는 것처럼 생각되었고, 남모르게 관련되어 있는 것 같았다. 그가 연주하는 모든 곡은 종교적이고 헌신적이며 경건했다. 그러나 교회에 다니는 신도들이나 목사들이 아니라 중세의 순례자나 탁발승처럼 경건했고, 모든 종파를 초월한 세계의 감정에 물불을 가리지 않는 헌신으로 경건했던 것이다.

바흐 이전의 대가들과 옛 이탈리아 작곡가들의 곡이 노련하게 연주되었다. 그리고 모든 연주곡들은 한결같이 같은 것을 말하고 있었고, 모든 것이 연주자의 영혼을 드러내고 있었다. 동경과 더없이 열렬한 세계의 포착, 세계와의 가장 난폭한 재결별, 자신의 어두운 영혼에 대한 절실한 귀 기울임, 헌신에의 도취와 경이로움에 대한 깊은 호기심을.

한 번은 교회에서 나와 돌아가는 오르간 연주자를 몰래 따라간 적이 있었다. 그는 시내에서 멀리 떨어진 도시 외곽의 작은 선술집으로 들어갔다. 나는 스스로를 억제하지 못하고 이끌리 듯 그를 따라 들어갔다. 그리고 거기서 처음으로 그의 모습을 똑똑히 보았다. 그는 검정 펠트 모자를 머리에 쓰고 작은 술집 한 모퉁이에 있는 주인 맞은편 테이블에 포도주 한 병을 앞에 두고 앉아 있었다. 그는 내가 상상하던 그대로였다. 못생겼고, 다소 거칠어 보였고, 탐구적이고, 고집스럽고, 집요해 보이고, 의지에 차 있었다. 그러면서도 입매가 부드러워 마치 어린아이 같았다. 남성적이고 강렬한 것은 모두 눈과 이마에 모여 있었고, 얼굴의 아래쪽은 섬세하고 미숙하고 안정감이 없었으며, 부분적으로 연약해 보였다. 우유부단함을 여실히 드러내 보이는 턱은 이마와 눈빛과는 대조적으로 소년처럼 보였다. 내 마음에 든 것은 자부심과 적의로 가득 찬 암갈색 두 눈이었다.

나는 말없이 그의 맞은편에 앉았다. 술집에는 다른 사람이라곤 아무도 없었다. 마치 쫓아버리려는 듯이 그는 나를 쏘아보았다. 그럼에도 나는 버티고 앉아 그가 성질이 나서 툴툴거릴 때까지 뚫어지게 그를 쳐다보았다. "제기랄, 대체 무엇 때문에 그리 기분 나쁘게 뚫어지게 보고 있는 거요? 내게 뭐 원하는 거라도 있소?"

"원하는 건 아무것도 없습니다." 내가 말했다. "벌써 선생에 대해 이미 많은 것을 알고 있거든요."

그는 이맛살을 찌푸렸다.

"그럼, 음악 팬이오? 음악에 미친다는 것은 내가 보기엔 구역질나는 일인데."

나는 까딱도 하지 않았다.

"벌써 여러 차례 그 교회 밖에서 선생의 연주를 들었지요." 내가 말했다. "아무튼 선생을 귀찮게 해드릴 생각은 없습니다. 어쩌면 선생에게서 뭔가 특별한 것을 발견할 수도 있지 않을까 하고 생각했을 뿐이지요. 그게 뭔지는 잘 모르겠습니다만. 그러니 선생께서는 제가 하는 소릴랑 차라리 귀담아 듣지 마십시오. 저는 물론 교회에서 선생의 연주에 귀를 기울일 테지만요."

"하지만 난 언제나 문을 잠가두는데."

"최근 그걸 잊으신 적이 있지요. 그래서 안으로 들어가 앉을 수 있었고요. 보통 때는 바깥에 서 있거나 방충석 위에 걸터앉아 있습니다."

"그래요? 다음번에는 들어와도 좋소. 안은 한결 따뜻하니 말이오. 그럴 때는 그냥 문만 두드리시오, 힘껏 말이오. 내가 연주하고 있지 않는 동안에 두드려야 하오. 자, 시작합시다. 무슨 말을 하려 했소? 아주 젊은 사람이로군. 아마 학생이거나 대학생이겠군. 음악가요?"

"아닙니다. 저는 그저 음악 듣는 걸 좋아할 뿐입니다. 선생이 천국과 지옥을 잡아 흔드는 것을 느끼게 해 주는 그러한 것 말입니다. 저는 음악을 몹시 좋아하지요. 그건 음악이 그다지 도덕적이지 않기 때문이라고 생각합니다. 다른 모든 것은 도덕적이지요. 저는 그렇지 않은 무엇인가를 찾고 있습니다. 도덕적인 것에 억눌려 늘 시달려왔거든요. 잘 표현할 수가 없습니다만, 신인 동시에 악마이기도 한 신이 존재해야 함을 선생은 아시는지요? 그러한 신이 있었다는 이야기를 들었습니다."

음악가는 널따란 모자를 약간 뒤로 젖히고 넓은 이마를 덮고 있던 검은 머리카락을 쓸어 넘겼다. 그러면서 나를 뚫어져라 쳐다보며 테이블 너머에 앉은 나를 향해 자신의 얼굴을 들이밀었다.

그가 나직하고 호기심 어린 목소리로 말했다. "조금 전에 말했던 신의 이름이 대체 뭐요?"

"유감스럽게도 그 신에 대해서는 거의 모릅니다. 사실 이름만 알고 있을 뿐이지요. 그 이름은 아프락사스라고 합니다."

음악가는 누가 엿듣기라도 할까봐 불안한 듯 주위를 둘러보았다. 그러더니 나에게 가깝게 다가앉으며 속삭이듯 말했다. "나도 그럴 줄 알고 있었소. 그런데 당신은 누구요?"

"저는 김나지움 학생입니다."

"아프락사스는 어디에서 알았소?"

"우연이지요."

그러자 그가 갑자기 테이블을 쳤다. 포도주가 잔에서 넘쳐흘렀다.

"우연이라고! 이 사람아, 멍청한 소릴랑 하지마! 아프락사스에 대해 우연히 아는 법은 없어. 새겨들으라고, 내가 이야기해 줄 테니 말이야. 그에 관해서 조금은 알고 있으니까."

그는 입을 다물고, 자기가 앉은 의자를 뒤로 밀었다. 내가 잔뜩 기대에 차서 그를 바라보자, 그는 얼굴을 찌푸렸다.

"여기서는 아니고! 다음번에. 자, 이거나 드시오."

그러면서 그는 벗어놓은 자기 외투 주머니를 뒤져, 군밤 몇 개를 꺼내 내게 던졌다.

나는 아무 말도 하지 않고 그걸 집어서 먹었다. 나는 매우 만족스러웠다.

"그러니까!" 그가 한참 뒤에 속삭이듯 말했다. "어디서 그것에 대해 알게 되었소?" 나는 망설이지 않고 말했다.

"저는 고독에 빠져 있었고, 어쩔 줄 모르고 있었지요." 나는 이야기를 시작했다. "그때 옛 친구 하나가 떠올랐어요. 저는 그가 매우 많은 것을 알고 있다고 생각하고 있지요. 무언가를, 그러니까 마치 제가 지구라는 알에서 태어나는 것처럼 보이는 새 한 마리를 그렸는데, 그 그림을 그에게 보냈지요. 얼마 후에, 답장을 받을 거라는 기대를 접었을 무렵, 쪽지 하나를 받게 되었는데, 그 쪽지에 이렇게 적혀 있었습니다. '새는 알을 깨고 나오려고 투쟁한다. 알은 새의 세계이다. 태어나려는 자는 한 세계를 깨뜨려야 한다. 새는 신을 향해 날아간다. 그 신의 이름은 아프락사스다.'라고요."

그는 아무런 대꾸가 없었다. 우리는 밤을 까서 술안주로 먹었다.

"한 병 더 할까?"그가 물었다.

"괜찮습니다. 술을 좋아하지 않아요."

그는 다소 실망한 듯 웃었다.

"좋으실 대로! 난 술을 좋아하지. 난 여기 좀 더 있을 테니 이제 그만 가보시오!"

그 다음번에 그의 연주를 들은 후 그와 함께 걸었을 때, 그는 어쩐지 말이 없었다. 그는 나를 오래된 골목에 있는 낡기는 했지만 거창한 집의 위층에 있는 큰 방으로 데리고 갔다. 방에는 다소 음산하며 황량한 분위기가 흐르고 있었다. 피아노 한 대 이외에 음악과 상관이 있어 보이는 것은 아무것도 없었으며, 대신 커다란 책장과 책상이 자리를 잡고 있어서 무언가 학구적인 느낌을 불어넣고 있었다.

"참 많은 책을 갖고 계시는군요!"나는 감탄하며 말했다.

"일부는 우리 아버지 서재에서 가져온 거요. 난 아버지 집에 살고 있거든. 그래요, 젊은이. 난 부모님 집에서 살고 있지만 당신을 부모님께 소개할 수는 없소. 여기 이 집에서는 나의 교우관계가 큰 존중을 받지 못하거든. 아시겠지만 나는 탈선한 자식이니까. 우리 아버지는 빌어먹게도 존경할 만한 분이시지, 이 도시의 유명한 목사이자 설교가시니까. 당신이 알아듣기 쉽게 말하자면, 나는 재능 있고 장래가 촉망되는 아드님이셨소. 궤도를 벗어나 얼마간 정신이 돌아버린 아들. 나는 신학생이었소. 하지만 국가시험 직전에 그놈의 답답한 대학을 그만둬버렸지. 사실, 개인적인 공부에 관해서 얘기한다면, 나는 여전히 신학도라는 말이오. 때에 따라 사람들이 어떤 신들을 생각해냈는가 하는 것이 여전히 나에게는 최고로 중요하고 흥미 있는 일이니까 말이지. 그건 그렇고 나는 지금 음악가인데 머지않아 조그마한 교회의 오르간 연주자 자리를 얻게될 것 같소. 그러면 나도 다시 교회에서 일하게 되는 거지."

나는 서가에 꽂힌 책들을 작은 스탠드의 희미한 불빛이 밝혀주는 데까지 죽 살펴보았다. 그리스어, 라틴어, 히브리어 책 제목들이 보였다. 그동안 그는 벽 옆의 어두운 바닥에 엎드려 무언가를 하고 있었다.

"이리로 와보시오." 그가 한참 뒤에 말했다. "우리 지금 철학을 조금만 해봅시다. 이 철학을 한다는 건 '아가리 닥치고 배를 깔고 엎드려 생각하기'라고 하오."

그는 성냥을 켜서 그의 앞에 있는 벽난로의 종이와 장작에 불을 붙였다. 불꽃이 높이 솟았다. 그는 아주 조심스럽게 불을 쑤석여 불꽃을 일으키고 장작을 집어넣곤 했다. 나는 그

의 옆으로 가서 너덜너덜한 양탄자 위에 엎드렸다. 그는 물끄러미 불꽃을 들여다보고 있었다. 나 또한 그 불꽃에 마음이 끌렸다. 우리는 거의 한 시간 동안이나 말없이 배를 깔고 엎드려 타닥거리며 타는 장작불을 바라보았다. 불길은 활활 타오르고 바지직거리고 가라앉고 휘어지고 한들한들 꺼지며 경련하고, 마침내는 조용하게 사그라져 밑바닥에서 부화하고 있었다.

"배화拜火도 인간이 창안해 낸 것 중에서 가장 멍청한 것만은 아닌걸."그가 혼자서 한 번 중얼거린 것 이외에는 누구도 말이 없었다. 응시하는 눈으로 나는 불을 바라보았고, 꿈과 정적에 잠기고, 연기와 숯불 속에서 어떤 형상을 보았다. 갑자기 나는 깜짝 놀랐다. 그가 관솔을 불 속에 던지자 조그맣고 가느다란 불꽃이 솟구쳐 올라왔는데, 그 속에서 황금빛 매의 머리를 가진 그 새를 보았기 때문이다. 사그라져가는 난로의 불 속에서 황금빛으로 달구어진 실이 그물모양으로 모이고, 문자와 여러 형상들이 나타났다. 얼굴들, 동물들, 식물들, 벌레와 뱀들에 대한 기억들이 거기에 나타나는 것이었다. 문득 정신을 차리고 곁에 있는 그를 바라보니 그는 두 주먹으로 턱을 고인 채, 정신없이, 그리고 꿈을 꾸는 듯이 숯불을 뚫어지게 들여다보고 있었다.

"이제 가야겠어요."나는 나직하게 말했다.

"그럼, 가보시오. 또 봅시다!"

그는 일어나지 않았다. 램프 등의 불이 꺼져 있었으므로 어두운 방과 컴컴한 복도와 계단을 가까스로 지나, 저주받은 그 낡은 집에서 더듬거리며 나와야만 했다. 나는 거리에 멈추어 서서 그 낡은 집을 올려다보았다. 어떤 창에도 불빛이 없었다. 놋쇠로 된 작은 문패가 문 앞 가스등 불빛을 받아 번득이고 있었다.

거기에는 '수석 목사 피스토리우스'라고 적혀 있었다.

겨우 집에 와서 저녁을 먹고 혼자서 내 작은 방에 앉아 있게 되자 비로소 피스토리우스에게 아프락사스에 대해 아무것도 듣지 못했으며, 우리가 주고받은 말이라곤 열 마디도 되지 않았다는 사실이 불현듯 떠올랐다. 그러나 나는 그 집을 찾아갔던 것에 아주 만족했다. 게다가 그가 다음번에는 아주 오래된 오르간 음악 중에서도 가장 뛰어난 곡인 북스테후데의 '파사칼리아'를 들려주기로 약속했던 것이다.

나는 알지 못했지만, 내가 그와 함께 벽난로 앞 그의 음산한 은둔자의 방바닥에 엎드려 있던 그때 오르간 연주자 피스토리우스는 내게 최초의 가르침을 주었다. 불꽃을 들여다보았던 일은 나에게 유익했다. 그것은 언제나 나의 내부에 잠재되어 있었으나 한 번도 보살피지 않았던 내면의 성향을 뚜렷하게 각인하고 확인시켜 주었던 것이다. 부분적으로나마 점차 그것들이 명확해졌다.

어린아이였을 때부터 나는 때때로 기괴한 형태를 가진 자연을 바라보는 버릇이 있었다. 그것은 그냥 그 모양을 관찰하는 것이 아니라 그것이 가진 독특한 매력과 그것에 얽히고 설킨 언어에 몰입하는 것이었다. 툭 불거져 나온 기다란 나무뿌리, 암석의 광맥 무늬, 물 위에 뜬 기름의 얼룩, 유리의 균열…, 이런 비슷한 온갖 것들이 종종 나에게 커다란 매력을 주었다. 무엇보다도 물과 불, 연기, 구름, 먼지, 그리고 눈을 감으면 맴도는 빛깔의 무늬가 그러했다. 피스토리우스를 처음 찾아간 뒤 며칠 동안 그런 것들이 내 마음에 다시 떠올랐다. 왜냐하면 그 이후 내가 느낀 활기와 기쁨, 내가 느낀 감정의 고양이 오랫동안 훨훨 타오르는 불꽃을 오랫동안 응시한 덕분이라는 것을 알아차렸기 때문이다. 불꽃을 응시하는 것은 이상스러울 정도로 유익하고 풍요로워지는 느낌을 주는 일이었던 것이다!

　그때까지의 내 본래 삶의 목표를 향해 가는 길에서 발견했던 사소한 경험들에 이 새로운 경험이 덧붙여졌다. 그러한 형상의 관찰, 불합리하고 얽히고설킨 괴이한 자연의 형상들에 대한 몰입은 우리 내면에서 이 형상을 만들게 한 우리의 의지와 조화를 이루었다는 느낌을 일으켜준다. ―우리는 곧 그것들이 우리 자신의 기분이며, 우리 자신의 창조물이라고 생각하고 싶은 유혹을 느낀다.― 우리는 우리와 자연 사이에 놓인 경계가 흔들리고, 녹아버리는 것을 보고, 우리의 망막에 비치는 형상이 외부에서 받은 인상들로부터 비롯된 것인지 내면의 인상으로부터 비롯된 것인지를 구분할 수 없게 된다. 이런 연습에서처럼 우리가 대단한 창조자이며, 우리의 영혼이 얼마나 쉴 새 없이 이 세상의 끊임없는 창조에 관여하고 있는가를 그렇듯 단순하고도 쉽게 발견할 수 있는 곳은 아무데도 없다. 오히려 우리의 내부와 자연 안에서 활동하는 신은 똑같은 불가분의 신성이라고 할 것이다. 외부 세계가 무너진다 하여도 우리 가운데의 한 사람이 그 세계를 다시 세울 수 있을 것이다. 산과 강, 나무와 잎, 뿌리와 꽃 등 모든 자연 형성물의 원형은 우리 가운데 있는 것이며, 그 본질은 영원하고 우리가 알지 못하는 영혼에서 유래하기 때문이다. 그러나 그것은 대개 사랑의 힘과 창조력으로 우리에게 느껴지기도 한다.

몇 해가 지난 후에야 나는 나의 관찰을 뒷받침할 여러 근거들을 어떤 책에서 발견할 수 있었다. 다시 말하자면 많은 사람들이 침을 뱉어놓은 담벼락을 바라보는 것이 얼마나 많이, 그리고 얼마나 깊은 흥미를 끄는 일인가에 대해 일찍이 말했던 바 있는 레오나르도 다빈치의 책에서 발견했던 것이다. 그는 축축한 담벼락의 그 얼룩들 앞에서 피스토리우스와 내가 불꽃을 보며 느낀 것과 똑같은 것을 느꼈던 것이다.

다음번에 우리가 다시 만났을 때 그 오르간 연주자는 내게 설명을 해 주었다.

"우리는 우리 개인의 한계를 늘 너무나도 좁게 긋고 있소! 우리는 언제나, 우리가 개인적인 것이라고 구별하고 다른 것과 다르다고 인정하는 것만을 개성이라고 생각하지요. 그러나 우리의 세계는 총체적으로 이루어져 있소. 우리 하나하나가 말이지. 그리고 우리의 육체가 어류에 이르기까지, 나아가서는 더욱 더 멀리에 이르기까지 소급되는 진화의 계보를 지니고 있는 것과 같이, 우리는 우리의 영혼 속에 이제까지 인간의 영혼 속에 살았던 온갖 것들을 다 지니고 있소. 그리스인들이든 중국인들이든 아프리카 토인에게서든 모두 가능성으로서, 소망으로서, 방편으로서 우리 내부에도 존재하고 또여기저기에 존재하고 있단 말이오. 만일 인류가 전혀 교육을받지 못하고 평범한 재능을 타고난 어린아이 하나만 남고 멸망한다면, 그 아이는 사물의 전 과정을 다시 발견할 거요. 제신諸神, 악마, 낙원, 계율과 금제, 구약과 신약성서 등 이 모든것을 그 아이가 다시 창조할 수 있을 거요."

"좋습니다." 내가 이의를 제기했다. "하지만 개인의 가치는 어디에 존재할까요? 우리 내부에 모든 것이 다 완성된 상태라면 도대체 우리는 왜 여전히 노력을 하고 있는 거지요?"

"그만!" 피스토리우스가 황급히 소리쳤다. "내부에 단순히세계를 지니고 있느냐, 아니면 그것을 인식하고 있느냐는 별개요! 미친 사람이 플라톤을 상기시키는 사상을 내놓을 수도있고, 헤른후트파 학교에 다니는 신앙심 깊은 학생이 그노시스파나 조로아스터파에 나타난 심오한 신화적 연관을 독창적으로 생각해낼 수도 있는 것이지. 그러나 그들은 그런 세계가 자기 내부에 있다는 사실은 모르고 있소. 그것을 의식하지 못하는 그들은 그저 한 그루 나무거나 돌, 기껏해야 동물에 불과할 뿐이지. 그러나 이런 인식의 첫 불꽃이 번쩍 불꽃을 튕기기만 하면, 그는 비로소 인간이 되는 거요. 물론 당신도 저기 거리에서 걸어다는 두 발 달린 족속들을, 단지 그들이 똑바로 서서 걷고 자식을 아홉 달 동안 뱃속에 품고 다닌다고 해서 인간이라고 여기지는 않겠지요? 그들 중 얼마나 많은 부류가 물고기나 양, 버러지거나 거머리인 줄 알거요. 얼마나 많은 부류가 개들인지, 얼마나 많은 부류가 벌들인지 말이오! 자, 그들 하나하나는 인간이 될 가능성을 가지고 있소. 그러나 각자가 그것을 예감하고, 부분적일망정 그것을 의식할 수 있을 때 가능한 거요."

우리의 대화는 대략 이런 식이었다. 그 대화가 내게 완전히 새로운 것, 전적으로 놀랄 만한 것을 가져다 주는 경우는 드물었다. 그러나 모든 대화는, 심지어 가장 진부한 대화조차도, 나의 내부의 한 지점을 살며시 그러나 끊임없이 두드렸다. 그 모든 것들은 나의 형성을 도와주고 내가 허물을 벗고, 알껍데기를 깨는 데 도움이 되었다. 그리고 매번의 대화에서 머리를 조금씩 더 높이, 그리고 조금씩 더 자유롭게 쳐들어, 마침내 나의 황금빛 새는 산산이 부수어진 껍데기 밖의 세계로 그 아름다운 맹금의 머리를 불쑥 내밀었던 것이었다.

우리는 종종 서로의 꿈에 대해서도 이야기를 나누었다. 피스토리우스는 꿈을 해석할 줄 알았다. 한 가지 놀라운 예가 아직도 기억에 남아 있다. 나는 꿈속에서 날 수 있었다. 그러나 나는 내가 제어할 수 없는 힘에 의해 크게 도약해 공중으로 솟구쳐 올랐다. 이 비상하는 느낌은 정신을 고양시켜 주었다. 그러나 내 의지와는 상관없이 걱정스러울 만큼 높이 솟아오르자 그것은 곧 두려움으로 변했다. 그러다가 나는 호흡을 통해 상승과 하강을 조절할 수 있음을 발견하고 겨우 안도했다.

피스토리우스는 그 꿈을 이렇게 해석했다. "당신을 날도록 만든 도약, 그것은 누구나 가지고 있는 우리 인간의 특전이오. 그것은 모든 힘의 뿌리와 연관된 감정인데, 그럴 때는 누구나 불안해지는 법이지요! 빌어먹게도 위험하니까! 그래서 대부분의 사람들은 나는 것을 흔쾌히 단념하고 법이 규정하는 대로 인도를 걷는 편을 택하는 것이오. 그런데 당신은 아니오. 당신은 유능한 젊은이답게 계속 날고 있지요. 그리고 보시오, 당신은 놀라운 것을 발견하지요. 당신은 점차 스스로 그것을 제어하게 되고 자신을 휩쓸어가는 보편적인 위대한 힘에 대에 하나의 섬세하고 가냘픈 자기 자신의 힘이 더해지는 일을 발견하게 된 거요. 하나의 기관, 하나의 방향키 말이오! 이건 대단한 거요. 그것이 없다면 그냥 미친 사람이 그러하듯이 의지 없이 공중을 나는 것밖에는 안 되지요. 당신에게는 인도를 걸어 다니고 있는 사람들보다 더 깊은 예감이 부여되어 있는 거요. 그러나 사람들은 거기에 대한 아무런 열쇠도 방향키도 가지고 있지 않소. 그리하여 바닥도 없는 곳으로 빨려 들어가는 거요. 그러나 당신은 말이오, 싱클레어. 당신은 그것을 할 수 있소! 그런데 어째서 아직도 그걸 전혀 모르고 있지요? 당신은 하나의 새로운 기관, 즉 하나의 호흡조절기를 가지고 그걸 하고 있는 거요. 이제 당신의 영혼이 저 바닥에서는 '개인적'이지 않다는 걸 알 수 있을 거요. 다시 말하면 이런 제어기를 당신 영혼이 고안해낸 것이 아니란 말이오. 그 제어기는 새로운 게 아니오! 그것은 일종의 차용이지. 수천 년 전부터 존재하는 거요. 그것은 물고기의 평형기관, 부레지. 실제로, 오늘날에도 부레가 동시에 폐를 겸하고 상황에 따라서는 실제로 호흡을 도와주는, 기이하고도 진화가 덜 이루어진 희귀한 물고기 몇몇 종류가 남아 있지요. 그러니까 당신이 꿈에서 날아다닐 때 쓴 건 바로 이러한 부레와 똑같은 거라고 할 수 있소!"

그는 내게 동물학 책 한 권을 가져와 그 진화가 덜 이루어진 물고기들의 이름과 도판을 보여주었다. 나는 나의 내부에 진화 초기의 기능이 깃들어 있음을 이상스러운 전율과 함께 느꼈다.

야곱의 싸움

내가 특이한 음악가 피스토리우스로부터 아프락사스에 대해여 들었던 것을 간결하게 다시 들려줄 수는 없지만, 그에게서 배웠던 가장 중요한 것은 나 자신에게로 가는 길로 한 걸음 더 내디딘 일이었다. 당시 나는 열여덟 살 나이로서는 평범하지 않았던 젊은이로, 수백 가지 일에 조숙했지만 다른 수백 가지 일에서는 아주 뒤처지고 무력했다. 종종 다른 사람들과 나 자신을 비교해보고는 종종 우쭐하고 교만했으나 또 꼭 그만큼 자주 의기소침해져서는 비굴하게 굴기도 했다. 어떤 때는 나 자신을 천재로 생각했는가 하면 또 어떤 때는 반미치광이라고 생각했다. 나는 또래들의 즐거움과 생활을 함께 할 수 없었다. 그리하여 때때로 나는 내가 그들과는 절망적으로 격리되어 있고, 마치 닫힌 삶속에 홀로 있는 듯한 가책과 근심으로 자신을 소모하기도 했다.

피스토리우스는 자기 스스로 성장한 괴짜였다. 그는 내게 자신에 대한 용기와 존경을 잃지 않도록 하라고 일러주었다. 나의 말 속에서, 나의 꿈속에서, 나의 환상과 사상 속에서 그는 늘 가치 있는 것을 찾아내서는 끊임없이 그것들을 진지하게 해석해 주고 논평하고 나에게 모범을 보여주었다.

그는 말했다. "음악을 사랑하는 건, 음악이 도덕적이지 않기 때문이라고 내게 말했던 적이 있었지! 거기에 대해 이의는 없소. 하지만 당신 자신이 바로 도덕주의자가 되어서는 안 된단 말이지! 자신을 남들과 비교해서는 안 되오. 가령 자연이 당신을 박쥐로 만들었다면, 타조가 되려고 해서는 안 되는 거요. 당신은 종종 자신을 특이하다고 생각하지. 그리고는 보통 사람들과는 다른 길을 가고 있다고 자신을 책망해. 그런 생각을 버려야 하오. 불을 들여다보고, 구름을 바라보시오. 영감들이 떠오르고 당신 영혼 속에서 목소리가 말을 하기 시작하기 무섭게 그 목소리에 몸을 맡기는 거지. 그리고 그것이 선생님이나 아버지 혹은 그 어떤 흠모하는 신의 뜻과 합치되는가 혹은 그들의 마음에 드는가의 여부를 묻지 마시오. 그런 질문을 던짐으로써 자신을 망치게 되는 거요. 그런 질문들 때문에 사람들이 가는 길로 올라서게 되는 것이고 나아가서는 화석이 되는 거지. 이 보게, 싱클레어. 우리의 신은 아프락사스요. 그런데 그는 신이면서 또 악마지. 그는 자기 내부에 밝은 세계와 어두운 세계를 지니고 있소. 아프락사스는 당신의 사상이나 당신의 꿈에 대해 아무런 이의를 제기하지 않지. 결코 잊지 마시오. 하지만 당신이 언젠가 흠잡을 데 없이 평범한 인간이 되는 날이 오면, 그때는 아프락사스가 당신을 떠날 거요. 그리고는 자기의 사상을 담아 요리하기 좋은 새로운 냄비를 찾을 테지."

나의 모든 꿈들 중에서도 그 음울한 사랑의 꿈이 가장 끈질기게 이어졌다. 나는 아주 빈번하게 그 꿈을 꾸었고, 문 위에 있는 새 문장 아래를 지나 우리 옛집으로 들어섰다. 그리고 어머니 대신 키가 큰, 반은 남자이고 반은 어머니인 여자를 끌어안는 것이었다. 그녀에게 두려움을 느꼈음에도 불타는 욕망이 나를 그녀에게로 이끌었다. 나는 이 꿈을 내 친구에게 결코 말할 수 없었다. 온갖 다른 이야기들에 대해서는 다 털어놓았지만 이 꿈만은 남겨두었다. 그것은 나의 은신처, 비밀, 피난처였다.

나는 의기소침해질 때면 으레 피스토리우스에게 전에 들었던 북스테후데의 '파사칼리아'를 연주해 달라고 청했다. 그럴 때면 나는 저녁에 어두운 교회 안에서 이 이상스럽고도 친밀하며 나의 내면에 침잠하여 스스로 귀를 기울이는 음악에 몰입한 채로 앉아 있었다. 그 음악은 번번이 내게 유익했고 영혼의 목소리를 들을 수 있는 준비를 갖추도록 도왔다.

때로 우리는 오르간 소리가 잦아든 뒤에도 한동안을 그대로 교회에 앉아 희미한 빛이 높다란 고딕식 창문을 통해 비쳐

들다가 가뭇하게 사라지는 모습을 바라보곤 했다.

"우습게 들리겠지." 피스토리우스가 말했다. "내가 한때 신학생이었고 하마터면 목사까지 될 뻔했다는 게 말이요. 그러나 내가 그때 저지른 것은 단지 형식상의 오류였을 뿐이지. 사제라는 것, 그건 아직도 내 직업이자 목표지. 다만 난 너무 일찍 만족했고 아프락사스를 알기도 전에 나를 마음대로 쓰시도록 여호와에게 맡겼던 거요. 아, 모든 종교는 아름답지요. 종교는 영혼이기 때문이지. 그리스도교의 성찬을 들든 메카로 순례를 가든 그것은 같은 거요."

"그렇다면 정말로 목사가 될 수도 있었을 텐데요." 내가 말했다.

"아니, 싱클레어. 아니오. 그럼 난 거짓말을 해야만 했을 테니까. 우리 종교는 마치 그것이 종교가 아닌 것처럼 행해지고 있거든. 그것은 마치 이성의 산물인 것처럼 취급되고 있소. 필요하면 나는 아마 가톨릭 신자가 될 수 있을 거요. 하지만 신교 목사는 안 돼. 얼마 되지 않는 실제의 신자는, 나는 그런 사람들을 몇 명 알고 있는데, 그들은 말 그대로 성경에 적힌 문자 그대로를 믿지. 그러나 나는 그들에게 그리스도는 그냥 한 인물이 아니라 하나의 신인神人이며, 신화이며, 인류가 자기 자신을 영원의 벽에 그려놓은 굉장한 그림자 상이라고 말할 수는 없는 거요. 그리고 다른 사람들, 지혜로운 말 한마디를 듣기 위해, 의무를 이행하기 위해, 아무것도 태만히 하지 않기 위해 등등의 이유로 교회에 오는 사람들에게 대체 내가 무엇을 이야기할 수 있었을까? 그들을 개종시켜야 하나? 하지만 나는 결코 그런 짓은 하고 싶지 않소. 사제는 개종시키려고는 하지 않으니까. 그는 단지 신자들 사이에서, 그리고 자기와 같은 사람들 사이에서 살려고 할 뿐이지. 그리고 우리가 신으로 받드는 그 감정에 대한 지지자이고 표현이고자 할 따름이오."

그는 잠시 말을 끊었다가 다시 계속했다. "우리가 지금 아프락사스라는 이름을 붙여준 우리의 새로운 믿음은 아름다운 것이오. 그것은 우리가 가지고 있는 것 중에서 최상의 믿음이지. 그러나 그것은 아직 젖먹이요! 아직 날개가 돋아나지 않았지. 아, 외로운 종교, 그건 아직 진정한 종교가 아니오. 그것은 공동의 것이 되지 않으면 안 되지. 예배와 도취, 축제와 비밀 의식을 가져야 하오…."

그는 명상을 하며 자기 생각으로 빠져들었다.

"비밀 의식이라면 혼자서 혹은 아주 작은 단체에서 행할 수도 있는 것 아닌가요?" 내가 망설이며 물었다.

"할 수야 있지." 그가 고개를 끄덕였다. "나는 벌써 오랫동안 그렇게 해 오고 있소. 만약 사람들이 알게 된다면 몇 년 동안은 감옥에 처박히게 될지도 모를 예배를 말이오. 알고 있소. 하지만 나는 이 예배가 아직은 진짜가 아니라는 걸 알고 있지."

갑자기 그가 내 어깨를 툭 쳤으므로 나는 몸을 움츠렸다. "싱클레어." 그는 은근한 어투로 말했다. "당신도 역시 비밀 의식을 가지고 있군. 당신은 틀림없이 내게 이야기하지 않은 꿈을 가지고 있는 게 분명해. 굳이 알고 싶은 생각은 없소. 그러나 말해 두겠는데, 그것을, 그 꿈들을 그대로 실현하시오. 그리고 그것을 위해 제단을 만드시오! 아직 완전하지는 않지만, 그것도 하나의 길이니까. 우리가, 당신과 나, 그리고 몇몇 다른 사람들이 언젠가 이 세계를 한번 새롭게 개혁하게 될지 여부는 두고 봐야지. 그러나 우리 내부에서는 그것을 날마다 새롭게 개선해 나가지 않으면 안 되오. 그렇지 않으면 우리는 아무것도 아니니까 말이오. 그걸 생각해 보시오! 싱클레어, 당신은 열여덟 살이오. 길거리 창녀 뒤를 따라가지 말고 사랑의 꿈과 소망을 키우시오. 어쩌면 당신은 그것들에 대해서 공포를 느끼고 있겠지. 그러나 두려워하지 마시오! 그것은 당신이 가지고 있는 최상의 것이니깐 말이오. 나를 믿어도 좋소. 나는 당신과 같은 나이에 사랑의 꿈을 억눌렀기 때문에 많은 것을 잃어버렸소. 그래서는 안 되오. 아프락사스에 대해 알고 있는 사람이라면, 더 이상 그래서는 안 되지. 두려워해서는 안 되며, 영혼이 우리 내부에서 소망하는 것이라면 무엇이라도 금지되어 있다고 생각해서는 안 되오."

나는 깜짝 놀라서 반박했다. "하지만 마음에 떠오르는 일이라고 무엇이든지 다 행동으로 옮길 수는 없잖아요! 자기 마

음에 들지 않는다고 해서 누군가를 죽여서는 분명 안 되니까
요."

그는 내게로 가까이 다가왔다.

"상황에 따라서는 그것도 허용되지. 대개는 착각에 불과하
지만. 나는 당신의 뇌리에 떠오른 일이라면 무엇이든지 간단
히 해치워버리라고 말하는 게 아니오. 그렇지는 않지. 그러나
그 자체의 좋은 의미를 지니고 마음에 떠오른 일을 몰아내거
나 도덕을 들이대서 그것을 못 쓰게 만들지 말라는 거요. 자
기나 다른 사람을 십자가에 못 박는 대신 장엄한 사상의 잔으
로 포도주를 마시면서 희생의 비밀 의식에 대해 생각해볼 수
도 있는 거지. 그러한 행위를 하지 않고서도 자기의 충동과
유혹을 존경과 사랑으로써 다룰 수 있지. 그러면 그것들은 자
기들의 의미를 내보여 주지. 그런 것도 모두 나름의 의미를
지니고 있거든. 혹시 당신에게 미친놈 같은 생각이나 혹은 죄
스러운 생각이 떠오른다면 싱클레어, 그러니까 누군가를 죽
이고 싶거나 입에 담을 수도 없는 추잡한 짓을 저지르고 싶거
든, 잠깐 동안만 아프락사스가 당신의 내부에서 그렇게 공상
의 날개를 펴고 있다고 생각해보시오! 당신이 죽이고 싶어 하
는 인간은 사실상 결코 아무개라고 정해져 있는 사람이 아니
라 단지 하나의 가장^{假裝}에 불과할 거요. 우리가 어떤 사람을
미워하는 경우는 대개 그의 형상 속에서 바로 우리 자신의 내
부에 들어앉아 있는 그 무엇인가를 보고 미워하는 것이지. 우

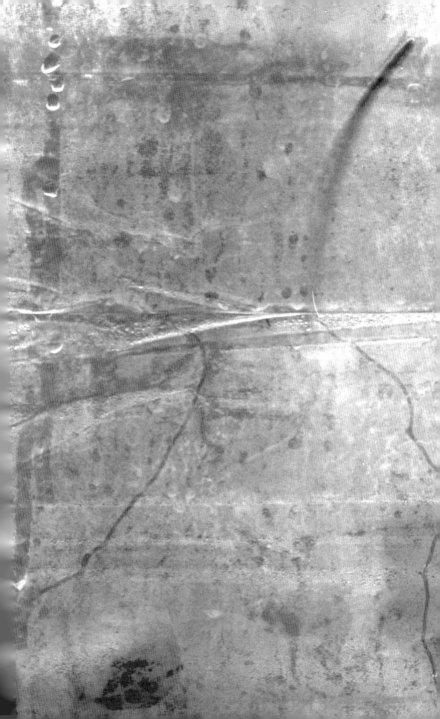

리 자신의 내부에 없는 것은 우리를 자극시키지 못하니까."

피스토리우스가 나의 감추어진 속마음을 이토록 정확하게 짚어내는 말을 한 적은 한 번도 없었다. 나는 대답할 수가 없었다. 그러나 가장 강력하게 그리고 가장 특별하게 내 마음에 와 닿았던 것은 이 충고가, 여러 해 전부터 내가 마음속에 지니고 있었던 데미안의 말과 같은 울림을 가지고 있다는 사실이었다. 서로에 대해 아무것도 모르는 그 두 사람이 내게 똑같은 말을 한 것이다.

"우리가 보는 사물이란." 피스토리우스가 나직이 말했다. "우리 내부에 들어 있는 것과 똑같은 사물이지. 우리가 우리 내부에 보듬고 있는 것 이외의 현실은 존재하지 않소. 그렇기 때문에 대부분의 사람들은 그렇듯 비현실적으로 살고 있는 거지. 외부의 형상을 현실적인 것으로 생각하고 내부에 들어 있는 독자적인 존재에게 발언권을 주지 않기 때문이오. 그렇게 하면서 행복할 수는 있겠지. 그러나 한번 다른 면을 알게 된다면 더 이상 대부분의 사람들이 가는 길을 택하지 않게 되는 거요. 싱클레어, 대부분의 사람들이 가는 길은 편하지만 우리가 가는 길은 힘들지. 우리 그 길을 함께 가봅시다."

며칠 후, 두 차례나 그를 기다리다가 허탕을 쳤던 나는 저녁 늦은 시간 길거리에서 그와 마주쳤다. 그는 차가운 바람을 맞으며 만취한 비틀걸음으로 거리 모퉁이를 돌아서 걸어오고 있었다. 나는 그를 불러 세우고 싶지 않았고, 그는 나를 보지 못한 채 내 곁을 스쳐 지나갔다. 그리고 마치 미지의 무언가가 부르는 어둠의 소리를 좇아가기라도 하듯 이글이글 타는 고독한 눈으로 앞쪽을 응시하고 있었다. 나는 한 블록쯤 그를 따라갔다. 그는 유령처럼, 맹목적이지만 풀어진 걸음걸이로, 마치 보이지 않는 철사 줄에 묶여 당겨지듯 끌려가고 있었다. 나는 슬픈 마음으로 집으로, 구원을 얻지 못한 나의 꿈의 세계로 돌아왔다.

'저렇게 그는 지금 자기 내부의 세계를 새롭게 건설하고 있구나!'나는 이렇게 생각했다. 그러나 그 순간 다시 그것이 저속하고도 도덕에 얽매인 생각이라고 느껴졌다. 그의 꿈에 대해서 내가 무얼 알고 있단 말인가? 그는 아마도 취한 걸음으로도 내가 불안스레 나의 길을 가는 것보다 훨씬 확실한 길을 갔을 것이다.

수업 시간 사이의 쉬는 시간에 가끔씩 나는 한 번도 주의를 기울여 본 적이라곤 없었던 한 동급생이 내게 접근하려고 애쓰고 있음을 눈치챘다. 그는 작고 연약해 보이는 야윈 체구를 가진 아이로 붉은 기가 도는 금발머리를 하고 있었는데, 눈빛과 태도에 무엇인가 독특한 분위기를 풍기는 친구였다. 어느날 저녁, 내가 집으로 가고 있을 때였다. 골목에서 나를 지켜보고 있던 그가 내가 지나쳐 가자 나를 따라와 우리 집 현관문 앞에 멈춰 섰다.

"내게 무슨 할 말이 있니?" 내가 묻자 그는 수줍어하며 말했다.

"잠깐만 함께 걷고 싶은데."

나는 그를 따라 걸었다. 그리고 그가 몹시 흥분해 있고 기대에 부풀어 있음을 느꼈다. 그는 두 손을 부들부들 떨었다.

"너 혹시 심령술사니?" 그가 느닷없이 불쑥 물었다.

"아니야, 크나우어." 내가 웃으며 말했다. "전혀 아니야. 어떻게 그런 생각을 하게 되었지?"

"그럼 접신술사니?"

"그것도 아니야."

"아, 그렇게 숨기지 마! 나는 네가 특별한 무언가를 지니고 있다는 걸 아주 잘 알고 있어. 네 눈에 그게 담겨 있지. 네가 영들과 접촉하고 있다고 나는 확신해. 호기심에서 묻는 게 아니야, 싱클레어. 그런 게 아냐! 나도 구도자거든. 그래서 나는 이렇게 외로울 수밖에 없어."

"계속해봐!" 나는 그를 격려하며 말했다. "난 영들에 대해서는 아무것도 몰라. 다만 내 꿈속에 살고 있는 것뿐인데, 네가 그걸 느낀 모양이지? 다른 사람과 차이가 있다면 그들 역시 꿈속에서 살지만 그들은 자신의 꿈속에서 살지 않는다는 거야."

"그래, 어쩌면 그럴지도 모르겠다." 그가 나직하게 말했다. "어떤 종류의 꿈속에서 살고 있느냐가 문제라는 거지. 백주술이라는 말에 대해 들어본 적 있니?"

나는 아니라고 말해야 했다.

"그건, 자기 자신을 제어하는 법을 배우는 거래. 불사신이될 수도 있고, 또 마법을 행할 수도 있다는 거야. 너는 그런연습을 한 번도 해보지 않았니?"

내가 그에 대한 연습에 호기심을 보이며 질문을 하자, 그는 뭔가를 숨기려는 듯 미적거렸다. 하지만 내가 집으로 돌아가려고 몸을 돌리자 그제야 주섬주섬 털어놓기 시작했다.

"예를 들면, 내가 잠들고자 할 때나 정신을 집중하려고 할때, 나는 이런 연습을 해. 그 무엇인가를, 예를 들자면 단어나 혹은 이름이나 혹은 기하학 도형을 상상해보는 거야. 그다음에는 그것들을 될 수 있는 대로 골똘하게 생각하고 마침내는 그것이 머릿속에 존재하는 것처럼 느끼게 되기까지 그것을 머릿속에 그려보려고 노력하지. 다음에는 그것이 목에 걸렸다고 생각하고 완전히 그것으로 가득 차게 될 때까지 그렇게 하는 거야. 그러면 나는 아주 확고해지고 아무것도 이제는나를 안정 상태로부터 끌어낼 수 없게 되지."

그가 무슨 생각을 하고 있는지 어느 정도는 이해가 되었다. 그렇지만 그가 정작 하고 싶은 말은 아직도 다른 데 있음으로느낄 수가 있었다. 그가 이상스러울 정도로 흥분해 있었고 성급해 보였기 때문이다. 나는 그가 보다 쉽게 질문할 수 있도록 노력했다. 그러자 그는 곧 자신을 사로잡고 있는 관심사에 대한 이야기를 꺼냈다.

"너도 금욕을 하니?" 그가 불안스레 물었다.

"그게 무슨 뜻이지? 성적인 걸 말하는 거야?"

"그래, 나는 지금 2년째 금욕을 하고 있어. 그 가르침에 대해 알게 된 이후로 말이야. 그 전에는 너도 이미 알다시피 나는 방탕한 짓을 하고 다녔지. 너는 그럼 한 번도 여자 곁에 가본 적이 없는 거야?"

"없어." 내가 말했다. "그럴 상대를 찾지 못했지."

"그럼 만약에 네가 마음에 드는 여자를 찾아낸다면, 그렇다면 그 여자와 잘 것 같니?"

"그럼, 물론이지. 그 여자가 이의가 없다면 말이야." 나는 약간 조롱하는 투로 말했다.

"아, 그럼 너는 잘못된 길을 가는 거야! 내적인 힘은 철저히 금욕적인 상태를 지속할 때만 키울 수 있어. 나는 그렇게 했어, 2년 동안. 2년 하고도 1개월이 조금 더 됐지! 그건 몹시 어려운 일이야! 번번이 견디기 힘들 정도였지."

"이봐, 크나우어. 나는 금욕이 그렇게 대단히 중요하다고 생각하지는 않아."

"나도 알아." 그는 내 말을 가로막았다. "다들 그렇게 말하지. 그래도 너까지 그렇게 말할 줄은 몰랐어. 보다 더 높은 정신적인 길을 가고자 하는 사람은 순결을 지켜야 하는 거야, 반드시!"

"그래, 그럼 그렇게 해! 하지만 난 이해하지 못하겠어. 자신의 성욕을 억누르는 사람이 왜 다른 사람보다 '더 순결하다'는 건지. 아니면 너는 성적인 것을 모든 생각과 꿈속에서마저 절제할 수 있다는 거야?"

그는 절망적인 표정으로 나를 바라보았다.

"아니, 그럴 수는 없었어! 하나님 맙소사, 그렇지만 그래야만 해. 나는 밤에 꿈을 꿔, 나 자신에게조차도 말할 수 없는 꿈을 꾼다고! 그건 무서운 꿈이야!"

나는 피스토리우스가 내게 했던 말을 떠올렸다. 그러나 아무리 그의 말이 타당하다고 느꼈다 하더라도 그 말을 그대로 전해줄 수는 없었다. 나 자신의 체험을 통해 얻은 것도 아니고, 또 그것을 나 스스로가 제어할 만큼 성숙했다고 느낄 수도 없는 충고를 해 줄 수는 없었던 것이다. 나는 입을 다물었다. 나는 누군가가 내게 조언을 구하는데도 아무런 말도 해 줄 수 없다는 사실에 대해 굴욕감을 느꼈다.

"나는 별별 시도를 다 해봤어!" 크나우어가 내 곁에서 한탄을 했다. "할 수 있는 건 다 해봤지. 냉수욕, 안력 훈련, 체조, 달리기. 그러나 전부 아무 소용이 없었어. 밤마다 생각도 해서는 안 되는 꿈을 꾸다가 화들짝 깨어나곤 하지. 끔찍한 것은, 그러다 보니 내가 배웠던 정신적인 모든 것을 차츰 다시 잃어가고 있다는 거야. 그리고 나면 그때부터는 아무리 해도 집중을 하거나 잠들 수 없어. 자주 누워서 밤을 꼬박 새우게 돼. 그것을 결코 오래 견뎌내지 못하겠어. 마침내 내가 그 싸움을 해낼 수 없으면, 내가 굴복을 해서 자신을 더럽힌다면, 그때는 애당초 한 번도 싸워본 적 없는 다른 모든 사람들보다 더 나빠지게 될 거야. 이해하겠니?"

나는 고개를 끄덕였지만 거기에 대해서는 해 줄 말이 없었다. 그가 나를 지루하게 만들기 시작했다. 그리고 그의 뚜렷한 괴로움과 절망이 내게 그다지 깊은 인상을 남기지 못한다는 데 대해 내심 놀랐다. 나는 다만, 난 너를 도울 수 없어, 라고 느낄 뿐이었다.

그가 마침내 지치고 슬픈 듯이 말했다. "그럼 넌 내게 말해 줄 게 하나도 없다는 거지? 전혀, 아무것도? 그래도 뭔가 한 가지 방법이라도 있을 거야! 넌 대체 어떻게 하고 있는데?"

"네게 말해 줄 수 있는 게 아무것도 없어, 크나우어. 사람들은 그런 일에 대해서는 서로 도울 수가 없는 거야. 내 경우에도 누구로부터도 도움을 받지 않았지. 자신에 대해서 곰곰이 생각을 해봐야 해. 그러고 나서 네 본질로부터 실제로 우러나오는 것, 그걸 하면 돼. 다른 길은 존재하지 않아. 만일 네가 스스로 자신 찾아낼 수 없다면 어떠한 영도 찾아낼 수 없으리라고 나는 믿어."

실망감으로 인해 갑자기 말이 없어진 그 조그만 녀석이 나를 물끄러미 바라보았다. 그러고는 갑자기 증오로 불타오르는 눈빛으로 이맛살을 찌푸리더니 난폭하게 소리쳤다. "쳇,

멋들어진 성인이시로군! 너도 역시 악덕을 가지고 있다는 것을 나는 알고 있단 말이야. 너는 마치 현인인 척 하면서 남몰래 나나 다른 사람들과 똑같이 더러운 것에 매달려 있는 거야! 넌 돼지야, 돼지. 나와 마찬가지로. 우리는 모두 다 돼지야!"

나는 그를 세워둔 채 그 자리를 떠났다. 그는 두세 걸음 나를 따라오다가 멈춰 서더니 몸을 돌려 달려갔다.

나는 연민과 혐오가 뒤범벅이 되어 구역질이 났다. 그리고 집에 돌아와 내 작은 방에서 내 그림들 몇 장을 주위에 세워 놓고, 더없이 간절한 동경을 품고 나 자신의 꿈에 몸을 맡기기까지 그런 느낌에서 벗어날 수가 없었다. 그러자 곧 나의 꿈이 다시 떠올랐다. 현관문과 그 위의 문장에 대한, 어머니와 낯선 여자에 대한 것이었다. 그 여자의 표정이 어찌나 선명하게 보이는지, 나는 그날 저녁 여자의 모습을 그리기 시작했다.

몽환적이고 무의적인 상태에서 그림이 완성되자 나는 그것을 내 방의 벽에 붙이고, 탁상용 램프를 그 앞에 옮겨 놓고는 생사가 결판이 나기까지 싸워야 할 유령 앞에 선 것처럼 그 그림 앞에 가서 섰다. 그것은 전에 그린 얼굴과 비슷했고, 내 친구 데미안과도 닮았으며, 몇몇 표정에서는 나 자신과도 닮은 얼굴이었다. 한쪽 눈은 눈에 띌 만큼 다른 눈보다 위쪽에 위치하고 있었으며, 시선은 운명을 가득 품은 채로 내 머리 너머 어딘가를 골똘히 응시하고 있었다.

그림 앞에 서서 나는 내부로부터 피어오르는 긴장감으로

인해 가슴속까지 서늘해졌다. 그 그림에게 나는 물었다. 나는 그것을 비난하고, 그것을 애무하고, 그리고 그것에게 기도했다. 나는 그것을 어머니라고 불렀고, 연인이라고 불렀고, 창녀이며 천한 계집이라고 불렀고, 아프락사스라고 불렀다. 그러는 사이에 불현듯 피스토리우스의 말이 —아니면 데미안의 말이었을까?— 떠올랐다. 언제 그 말을 들었는지는 기억할 수 없었다. 그러나 다시 들리는 것 같았다. 그것은 야곱과 천사의 싸움에 대한, "그대 나를 축복하지 않는다면 내 그대를 놓아주지 않으리로다. 라는 말이었다.

그림 속의 얼굴은 램프의 불빛을 받아 내가 부를 때마다 변화했다. 그것은 환하게 빛나기도 하고 검은 그림자가 되기도 했다. 생기 없는 눈이 창백한 눈꺼풀을 닫았다가는 다시 뜨고, 타는 듯한 시선으로 빛나곤 했다. 그것은 여자였고, 남자였고, 소녀였고, 어린아이였고, 짐승이었다. 몽롱한 반점이 되었다가는 다시 크고 또렷해지기도 했다. 마지막으로 나는 나의 내부에서, 그 그림을 보았다. 더욱 강하고 더욱 힘 있게. 나는 그림 앞에 무릎을 꿇고자 했으나 그림은 이미 너무나도 깊게 나의 내부에 들어가 있어서, 마치 그것이 순전히 나 자신이 되어버리기라도 한 것처럼 나는 이미 그것을 나로부터 분리할 수가 없었다.

그때 마치 봄의 폭풍과도 같은 어둡고, 무거운 포효 소리가 들렸다. 나는 형언할 수 없는 불안과 체험의, 새로운 느낌에 휩싸여 몸을 떨었다. 별들이 내 앞에서 반짝이다가 꺼졌다. 잊어버렸던 유년시절에까지, 아니 존재하기 이전과 생성 초기단계에까지 거슬러 올라간 기억들이, 나를 밀치면서 콸콸 흘러갔다. 그러나 나의 온 생애를, 가장 비밀스러운 것까지 되풀이 되는 듯한 기억들은 어제 오늘로서 그치는 것이 아니라 더 나아가서 미래를 비추었고, 현재의 나를 낚아채 새로운 삶의 형식들 속으로 이끌어 주었다. 그 새로운 삶의 영상들은 굉장히 밝고 눈부셨으나, 후에 나는 그것에 대해 그 어느 것도 제대로 기억할 수가 없었다.

밤에 깊은 잠에서 깨어났을 때, 나는 옷을 입은 채로 침대에 비스듬히 누워 있었다. 나는 불을 켜고, 중요한 무언가에 대해 생각을 해내야 한다고 느꼈다. 몇 시간 전 일에 대해 아무것도 기억나지 않았던 것이다. 불을 켜자, 차츰 기억이 돌아왔다. 나는 그 그림을 찾았다. 그림은 이제 벽에 걸려 있지 않았다. 책상 위에 놓여 있지도 않았다. 확실하게 기억나지는 않았지만, 내가 그것을 불태워 버렸다는 생각이 희미하게 떠올랐다. 아니면 내가 그것을 내 손으로 태우고 재를 먹었던 것은 꿈이었을까?

몸이 푸들푸들 떨릴 정도로 커다란 불안이 나를 들볶았다. 나는 모자를 쓰고 집과 골목을 사이를, 마치 떠밀리듯 걸어갔다. 폭풍에 휘몰린 것처럼 거리를 지나고 광장을 넘어서 달리듯 빠른 걸음으로 걸었다. 내 친구의 그 음울한 교회 앞에서 귀를 기울이고, 무엇을 찾아야 하는지도 모르면서 어두운 충동에 휩싸여 찾고 또 찾아다녔다. 나는 교외의 사창가를 지나갔다. 그곳에는 아직도 여기저기 불이 켜져 있었다. 멀리 도시 외곽에는 공사 중인 건물들과 벽돌더미가 군데군데 잿빛 눈으로 덮여 있었다. 몽유병자처럼 알 수 없는 힘에 끌려 이토록 황량한 곳을 헤매다가, 문득 나의 학대자 크로머가 언젠가 최초의 거래를 위해 나를 끌고 갔던 고향 도시의 공사 중이던 건물이 생각이 났다. 그곳과 비슷한 공사장이 잿빛 어둠 속에서 내 앞에 서 있었고, 검은 문구멍들이 나를 향해 입을 벌리고 있었다. 그것은 나를 안으로 끌어들였다. 나는 그곳에서 물러서려고 하다가 모래와 자갈 위에서 비틀거렸다. 그러나 들어가고 싶은 충동 쪽이 더 강렬했으므로 안으로 들어서지 않을 도리가 없었다.

판자와 바스러진 벽돌을 넘어 나는 비틀거리며 그 황량한 공간 속으로 들어갔다. 축축한 냉기와 돌 냄새가 음산하게 코를 찔렀다. 모래 더미가 환하게 잿빛의 오점처럼 드러나 있는 부분 이외에는 온통 캄캄했다.

그때 놀란 목소리가 나를 불렀다. "맙소사, 싱클레어. 어디서 오는 거야?"

그러고는 바로 옆의 어둠 속에서 사람 하나가, 작고 여윈 청년 하나가 유령처럼 몸을 일으켰다. 나는 머리카락이 곤두설 정도로 놀랐지만 그것이 내 급우인 크나우어임을 알아보았다.

"어떻게 여기에 온 거야?" 흥분으로 인해 제정신이 아닌 듯 그가 물었다. "어떻게 네가 나를 찾아낼 수 있었지?"

나는 무슨 소린지 이해할 수가 없었다.

"너를 찾았던 게 아니야." 나는 얼떨떨해져서 말했다. 말한 마디 한 마디가 힘이 들었다. 그래서 그 말은 생기가 없고, 무겁고, 얼어붙은 것 같은 입술에서 가까스로 새어 나왔다.

그가 나를 물끄러미 바라보았다.

"나를 찾았던 게 아니라고?"

"그래 끌려 들어온 거지. 네가 나를 불렀던 거니? 틀림없이 네가 나를 불렀을 거야. 넌 도대체 여기서 무얼 하고 있는 거지? 한밤중에 말이야."

그는 야윈 두 팔로 발작을 하듯 나를 끌어안았다.

"그래, 밤이야. 곧 아침이 될 거고. 오, 싱클레어. 나를 잊지 않았군! 날 용서해 줄 수 있겠니?"

"대체 뭘 용서하지?"

"아, 내가 추하게 굴었잖아."

비로소 우리가 나눴던 대화가 기억났다. 삼사 일 전에 있었던 일인가? 나에게는 그 이후로 한 평생이 지나간 것처럼 느껴졌다. 그 순간 나는 갑자기 모든 것을 알아차렸다. 우리들 사이에 일어났던 일뿐만 아니라 왜 내가 여기에 오게 되었으며 크나우어가 이런 위험한 곳에서 무엇을 하려 했는지까지.

"너, 그러니까 죽으려 했구나, 크나우어?"

그는 추위와 공포로 몸을 덜덜 떨었다.

"그래, 그러려고 했어. 내가 그럴 수 있었을지는 모르지만 아침이 될 때까지 기다릴 생각이었어."

나는 그를 밖으로 끌고 나왔다. 여명의 빛줄기가 말할 수 없이 차갑고 삭막하게 잿빛의 대기 속에서 희미하게 빛나고 있었다.

나는 제법 멀리까지 그의 팔을 잡아 끌고 갔다. 나에게서 이런 말이 튀어나왔다. "이제 집으로 가. 그리고 누구에게도 무슨 말이든 해서는 안 돼! 넌 길을 잘못 들었던 거야. 그냥 길을 헤맨 거란 말이지! 그리고 우린 네 생각하는 것처럼 모두가 돼지가 아니야. 우린 인간이야. 우린 신을 만들고 그들과 더불어 싸우지. 그러면 신은 우리를 축복해 주는 거라고."

우리는 말없이 더 걷다가 헤어졌다. 집으로 돌아오자 날이 완전히 밝았다.

성 ○○시에서 보낸 그 시절이 내게 가져다 준 최고의 것은 피스토리우스와 함께 오르간 옆이나 또는 벽난로 앞에서 보낸 시간이었다. 우리는 아프락사스에 관한 그리스어 원서를 함께 읽었다. 그는 내게 '베다경'을 번역한 몇 구절을 읽어 주었고, 신성한 '옴^{Om}'을 부르는 법을 가르쳐주었다. 그 중에서 나의 내면을 이끌어준 것은 해박한 지식이 아니라 오히려 그 반대의 것이었다. 나에게 유익했던 것은 나의 내면으로 향하는 탐험이 깊어간 것이었고, 나 자신의 꿈과 사상과 예감에 대한 신뢰가 커진 것이었으며, 나의 내부에 지니고 있는 힘에 대한 자각이 보다 확고해진 것이었다.

피스토리우스와는 어떤 방식으로든지 호흡이 맞았다. 단지 간절하게 그를 생각하기만 하면 되었다. 그러면 반드시 그가 찾아오거나 또는 그로부터 연락이 온다는 것을 확신했다. 나는 마치 데미안에게처럼 그가 곁에 없어도 무엇이든 그에게 물어볼 수 있었다. 오로지 그를 마음속으로 확고하게 새기고 나의 질문에 집중해서 그에게 보내기만 하면 되는 것이었다. 그러면 모든 질문에 모아졌던 영혼의 힘이 대답이 되어 내 마음속으로 되돌아왔다. 내가 마음속에 그렸던 사람은 피스토리우스라는 인물이나 막스 데미안이라는 인물이 아니라 내가 꿈에서 보고 그렸던 그 초상이며, 내가 부르지 않을 수 없었던 반남 반녀의 영상, 내 수호신의 영상이었다. 그것은 이제 단지 내 꿈속에서만 살고 있거나 종이 위에 그려지는 것에 그치지 않고 나의 내부에 소망의 상으로, 나 자신의 고양된 모습으로 살고 있었던 것이다.

나와 자살 실패자 크나우어가 맺어지게 된 관계는 기이하고도 때로는 코믹했다. 내가 그에게로 이끌려갔던 그날 밤 이후로 그는 충직한 하인이나 개처럼 내게 매달렸다. 그는 자기 인생을 내게 결부시키려 애쓰며 맹목적으로 나를 따라다녔다. 그는 괴이한 질문이나 소원을 들고 와서는 유령을 보고 싶어 하고 카발라 비법을 배우고자 했는데, 내가 그런 것들에 대해서는 전혀 알지 못한다고 단언을 해도 곧이듣지 않았다. 그는 내가 무슨 힘이든 다 가지고 있다고 믿었다. 그러나 기이했던 일은 내가 마음속에 엉켜 있는 어떤 매듭을 풀어야 할 때마다 기이하고도 어리석은 질문을 가지고 찾아와서는 자신의 변덕스러운 생각이나 관심사로 종종 내 문제를 해결하는 실마리를 얻는 계기가 되었다는 것이다. 종종 나는 그가 귀찮아져서 위협적으로 쫓아 보내기도 했다. 하지만 그럼에도 나는 그 역시 내게 보내진 사람이고, 내가 그에게 준 것이 갑절로 내 마음속으로 되돌아오며, 그 역시 나에게는 한 사람의 인도자이거나 하나의 길임을 느낄 수 있었다. 그가 구원을 찾고, 내게 가지고 온 놀라운 책이나 글들은 당장에 깨달을 수 있는 것보다 더 많은 것을 나에게 가르쳐 주었다.

그런 크나우어는 나중에 나도 모르는 사이에 나의 길로부터 떨어져 나갔다. 그와는 싸움이 필요치 않았다. 그러나 피스토리우스와는 필요했다. 이 친구와 함께 나는 성 ○○시에서의 내 학창시절이 끝나갈 무렵, 또 한 번 이상야릇한 체험을 했던 것이다. 설사 무난한 사람일지라도 살아가는 동안 한 번이나 혹은 몇 번쯤은 독실함과 감사, 미덕과 갈등에 빠지게 마련이다. 누구나 한 번은 아버지와 스승으로부터 떨어져 나오기 위한 걸음을 떼어야 한다. 누구든 다소나마 고독의 쓰라림을 느끼지 않으면 안 된다. 그걸 참아낼 수 없어서 다시 제자리로 돌아가게 된다고 하더라도 말이다. 나의 부모님과 그들의 세계, 즉 내 유년시절의 '밝은 세계'에서 나는 격렬한 싸움을 통해 분리돼 나오지 않았다. 서서히 그리고 거의 눈에 띄지도 않게 그것들로부터 멀리 떨어져 나왔고, 낯설게 되었던 것이다. 나는 그것이 유감스러웠다. 그래서 고향으로 돌아갈 때면 자주 씁쓸해지는 시간들이 있었다. 그러나 그것이 마음속 깊이까지 파고들어 오지는 않았다. 견딜 만했던 것이다.

그러나 우리가 습관에 의해서가 아니라 지극히 독자적인 충동에서 사랑과 경외심을 바쳤을 때나 독자적인 마음으로 귀의자나 친구가 되었을 경우, 갑자기 우리 내부의 주류가 사랑하는 사람에게서 떠나려고 하는 것을 깨닫게 되면, 고통스럽고 무서운 순간이 찾아온다. 그런 때에는 친구와 스승에 대해 반발하는 모든 생각이 독이 묻은 가시가 되어 우리 자신의 마음으로 향하게 되고, 우리 자신의 심장을 찌른다. 그것을 막기 위한 타격 하나하나가 오히려 자기의 얼굴에 정통으로 명중하는 법이다. 적절한 도덕 하나를 자신의 마음속에 지니고 있다고 생각하는 사람은 '배신'과 '배은망덕'이라는 이름을 떠올린다. 치욕적인 기억이나 낙인처럼. 그때에는 깜짝 놀란 마음이 근심에 사로잡혀 유년시절의 사랑스러운 골짜기로 달아나고, 어떤 단절이 이루어지고, 결국엔 그것과의 유대조차 끊어져야 한다는 것을 믿을 수 없게 된다.

시간이 감에 따라 서서히 나의 내부에 있는 어떤 감정이 나의 친구 피스토리우스를 절대적인 인도자로 인정하는 것을 거부하기 시작했다. 내 청년 시절의 가장 중요한 몇 달 동안 체험했던 일은 그와의 우정이었고, 그의 충고였고, 그의 위로였고, 그와의 친교였다. 그를 통해 신은 내게 말했다. 그의 입으로 인해 나의 꿈은 내게로 되돌아왔고, 규명되었고, 해석되었다. 그는 내게 나 자신에게로 향할 용기를 주었던 것이다. 아, 그런데 이제 나는 서서히 그에 대한 반항 의식이 자라고 있음을 느꼈다. 그의 말에는 너무나도 많은 교훈이 들어 있었으며, 그는 단지 나의 일부분을 이해하고 있을 뿐이라는 걸 느꼈던 것이다.

우리 사이에는 아무런 싸움도 없었다. 불화나 우정의 청산 같은 것도 없었다. 나는 그에게 다만 단 한마디, 악의 없는 말을 했을 뿐이었다. 그러나 그럼에도 그 순간 우리 사이에 있던 환상은 알록달록한 파편으로 산산조각이 났다.

이미 한동안 그런 예감이 나를 짓누르고 있었다. 그것이 뚜렷한 느낌으로 나타난 것은 어느 일요일, 그의 낡은 서재에서였다. 우리는 불꽃을 바라보며 바닥에 엎드려 있었다. 그는 자신이 연구하고 명상하고 그리고 그것의 가능한 미래에 대해 열중하고 있는 비밀 의식과 종교 형식에 관해 이야기했다. 그러나 나에게는 이 모든 것이 인생을 결정할 만큼 중요하다기보다는, 오히려 기이하고 흥미로운 것에 불과하다고 생각되었다. 내게는 그것이 그저 현학적인 과시로, 전세前世의 폐허를 뒤지는 고달픈 탐구의 소리로만 들렸다. 그리하여 불현듯 나는 이러한 모든 방법, 이런 신화 예배, 전승된 종교 형식을 모자이크처럼 짜서 맞추는 유희에 대해 반감을 느꼈던 것이다.

"피스토리우스." 나는 스스로 생각해도 의외이며 놀라울 정도로 악의가 담긴 어조로 돌연히 말했다. "나에게 다시 한 번 꿈 이야기를, 밤에 꾼 진짜 꿈 이야기를 해 줘요. 지금 하고 있는 말은 너무나도, 너무나도 곰팡이 냄새가 나네요!"

그는 내가 그런 식으로 말하는 것을 한 번도 들었던 적이 없었다. 그리고 그 순간 나는 섬광처럼, 그의 심장을 향해 쏜 화살이, 바로 그의 무기고에서 얻은 것임을 수치와 충격으로 느껴야 했다. 그가 종종 냉소적인 어조로 내뱉곤 했던 자기 비난을, 이제 내가 악랄하게도 그에게 날카로운 무기로 던졌던 것이다.

그 역시 순간적으로 그것을 느끼고는 침묵했다. 나는 가슴에 불안감을 품고 무섭도록 창백해지는 그를 보았다.

길고 무거운 침묵의 시간이 흐른 뒤 그는 새 장작을 불 속으로 던지며 가라앉은 음성으로 말했다. "당신이 전적으로 옳소, 싱클레어. 당신은 영리한 친구지. 그놈의 곰팡내 나는 것을 가지고 당신을 괴롭혀서는 안 되지."

그는 매우 침착하게 말했지만, 나는 그가 입은 상처의 고통을 잘 느낄 수 있었다. 대체 내가 무슨 짓을 저질렀단 말인가!

나는 눈물이 날 것 같았다. 나는 충심으로 그에게 용서를 빌고, 나의 사랑과 나의 애정 어린 감사를 다짐하고자 했다. 감동적인 말들이 떠올랐다. 그러나 말할 수가 없었다. 나는 그대로 엎드려 불꽃을 들여다보면서 아무 말도 하지 않았다. 그 역시 말이 없었다. 우리는 그냥 엎드려 있었다. 불은 다 타서 꺼졌다. 그리고 불꽃이 사그라지면서 다시는 되돌아올 길이 없는 아름다움과 친밀함도 다 타서 식어가고, 날아감을 나는 느꼈다.

"제 말을 오해하신 게 아닌지 염려되네요." 마침내 몹시 풀이 죽어 메마르고 쉰 목소리로 내가 말했다. 이 어리석고 무의미한 말이 마치 신문 연재소설이라도 낭독하는 것처럼 기계적으로 내 입술에서 새어 나왔다.

"난 당신의 말을 아주 정확히 이해했소." 피스토리우스가 나직이 말했다. "당신이 옳아요." 그는 조금 뜸을 들인 다음 천천히 계속해서 말했다. "한 인간이 다른 사람에 대해서 정당할 수 있는 한에 있어서 말이오."

아니, 아니, 나는 마음으로 외쳤다. 내가 틀렸어요! 라고. 그러나 아무 말도 할 수 없었다. 내가 단 한마디 짧막한 말로 그의 본질적인 약점, 그의 고통과 상처를 지적했음을 알고 있었기 때문이다. 나는 그가 자기 스스로도 믿지 못하는 바로 그 점을 건드렸던 것이다. 그의 이념에서는 '곰팡내가 났다.' 그는 퇴보적인 탐구자였으며, 낭만주의자였다. 그리고 갑자기 나는 깊이 깨달았다. 피스토리우스는 그가 내게 주었던 것을 스스로에게는 줄 수 없었고, 내 눈에 비쳤던 모습도 그의 실체는 아니었다는 사실을. 그는 길잡이인 자신도 넘어서지 못하고 버리지 못했던 길로 나를 인도했던 것이다.

정말이지 어떻게 그런 말이 나오게 되었는지는 신이나 아실 일! 나쁜 뜻이라고는 전혀 없었고, 파국에 대한 예감 같은 것도 느끼지 못했다. 나는 입을 여는 순간에도 스스로가 전혀 의식하지 못했던 소리를 뇌까렸던 것이었다. 약간 재치 있고 약간 악의가 있는 소소한 착상에 따랐을 뿐인데, 그것이 운명적인 일이 되어버렸던 것이다. 나는 사소하고 부주의한 만행을 저지른 셈인데, 그에게는 그것이 심판이 되어버린 것이었다.

당시에 나는 얼마나 간절히 소망했던가. 그가 화를 냈으면 하고, 그가 자신을 방어하고 내게 호통을 쳐 주었으면! 그는 아무것도 하지 않았다. 그 모든 것은 틀림없이 내가 한 것이었다. 틀림없이 내 마음속에서 스스로 한 것이었다. 만약 할 수만 있었더라면 그는 미소를 지었을 것이다. 그가 미소를 지을 수 없었다는 것으로 내가 그에게 얼마나 심한 충격을 주었는지 알 수 있었다.

피스토리우스는 주제넘고 배은망덕한 제자의 공격을 그렇게 말없이 감수하고, 침묵하고, 나의 정당성을 승인하고, 나의 말을 운명으로 인정함으로써 나로 하여금 나 자신을 혐오하게 하였고, 나의 경솔함을 몇 천 배나 더 크게 해 주었던 것이다. 그를 때리기 위해 달려들었을 때 나는 자신을 방어할 충분한 힘을 가진 강한 사람을 쳤다고 생각했다. 그런데 그는 말없고, 참을성 있는 사람이었고, 묵묵히 항복하는 무저항자였던 것이다.

오랫동안 우리는 꺼져버린 불 앞에 엎드린 채 가만히 있었다. 그 속에서 불타는 모든 형상이, 스스로 휘어 구부러지는 모든 재의 줄기가 행복하고 아름답고 풍성했던 시간을 기억 속에 불러일으켜 주었고, 피스토리우스에 대한 내 의무라는 빚더미를 점점 더 크게 쌓아올렸다. 마침내 더 이상 참을 수가 없어 나는 일어서서 나왔다. 한참 동안이나 나는 문 앞에 서 있었다. 한참이나 컴컴한 계단 위에서, 혹시라도 그가 나를 뒤쫓아 나오지는 않을까 기다리면서 서 있었다. 그러고는 걸어 나와서 몇 시간이고 시내와 교외를, 공원과 숲을 저녁때까지 헤매 다녔다. 그리고 그때 처음으로 나는 내 이마에 찍힌 카인의 표식을 느꼈다.

차츰 나는 돌이켜 생각하게 되었다. 나의 생각은 오로지 비난을 나 자신에 돌리고 피스토리우스를 옹호하려는 의도를 가지고 있었다. 하지만 만사는 반대의 결과로 끝났다. 천 번 만 번 나의 경솔했던 말을 후회했고 다시 거두어 담을 용의가 있었다. 그러나 그럼에도 그것은 엄연한 사실이었다. 이제야 비로소 나는 피스토리우스가 이해하고 그의 모든 꿈을 내 앞에 세우는 데 성공했다. 그의 꿈은 목사가 되는 것이었고, 새로운 종교를 선포하는 것이었고, 영혼의 찬양, 사랑과 예배의 새로운 형식을 부여하고 새로운 상징을 세우는 것이었다. 그러나 그건 그의 역량과 그의 사명과 맞지 않았다. 그는 너무나도 열심히 이미 존재하는 것에 집착했고 너무나도 정확히 이전의 것에 대해 알고 있었다. 그리고 이집트에 대해, 인도에 대해, 미트라스나 아프락사스에 대해 너무도 많이 알고 있었다. 그의 사랑은 이 세상이 이미 보아온 형상에 연결되어 있었다. 그러면서도 그는 마음속 가장 깊은 곳에서 새로운 것은 색다른 것이며, 그것은 신선한 대지에서 솟아오르는 것이지 박물관의 수집물이나 도서관 같은 데서 창조되어서는 안 되는 것임을 스스로 잘 알고 있었다. 그의 사명은 어쩌면 그가 나에게 그러했듯이 인간을 자기 스스로에게로 이끌리도록 도움을 주는 데 있었을 것이다. 그들에게 한 번도 들어본 적이 없는 것을, 새로운 신을 제시해 주는 일은 그의 사명이 아니었던 것이다.

그런데 여기서 갑자기 날카로운 불꽃 같은 인식이 나를 불태웠다. 누구에게나 '사명'이 있지만, 누구에게도 스스로 선택하고 해석하고 그리고 마음대로 주재할 수 있는 사명은 없다는 것. 새로운 신을 원한다는 것은 잘못이었다. 이 세계에 그 무엇인가를 주려고 하는 것은 완전히 잘못이었다! 각성된

인간에게 있어서는 단 한 가지 ―자신을 찾고, 자기의 내부에 확고부동한, 그것이 어디로 통하든 자신의 길을 앞으로 더듬어 나가는 것― 이외에 다른 의무란 존재하지 않는 것이다. 이런 생각이 내 마음을 깊이 뒤흔들었다. 그리고 이것이야말로 내가 이 체험을 통해 얻은 열매였다. 나는 종종 미래의 상들과 더불어 희희낙락했었다. 어쩌면 시인, 혹은 예언자, 혹은 화가, 혹은 어떻게든 나에게 주어기게 될 역할에 대해 꿈을 꾸었다. 그러나 이 모든 것은 다 아무것도 아니었다. 나는 시를 짓기 위하여, 설교하기 위하여, 그림을 그리기 위하여 존재하는 것이 아니었다. 나와 그 밖의 어떤 사람도 그것을 위해 존재하지 않았다. 그 모든 건 단지 부차적인 결과물일 뿐이다. 모든 사람에게 있어서 진정한 사명은 단 한 가지였다. 즉 자기 자신에게로 가는 것. 시인이나 미치광이나 예언가나 혹은 범죄자로 끝장이 나도 상관이 없다. 그것은 그의 문제가 아니기 때문이다. 그렇다. 그것은 결국 중요한 게 아니다. 그의 문제는 임의의 것이 아닌 자기 자신의 운명을 찾아내는 것이며, 운명을 자기 내부에서 송두리째 그리고 온전하게 끝까지 살아내는 것이다. 그것 이외에는 모두가 반쪽이고 얼치기였으며, 도망치고자 하는 노력이며, 대중의 이상 속으로 다시 도망치는 것이며, 순응이며, 자기 자신에 대한 두려움인 것이다. 새로운 심상이 무섭고도 성스럽게 내 앞에 솟아올랐다. 수백 번이나 예감했고 어쩌면 자주 입 밖에 낸 적도 있겠지만 이제야 비로소 경험하게 되었던 것이다. 나는 자연의 투척이었다. 불확실함 속으로, 어쩌면 새로운 것으로, 어쩌면 허무로의 투척일 것이다. 이 투척으로 하여금 본연의 깊이에서 작용케 하고, 그 의지를 나의 내부에서 느끼고, 그것을 남김없이 나의 것으로 만드는 것만이 나의 사명이었다. 오직 그것만이!

나는 이미 많은 고독을 맛보았다. 이제 나에게는 보다 더 깊은 고독이 있고 그 고독에서 벗어날 수 없음을 예감했다.

피스토리우스와 화해하려는 노력은 하지 않았다. 우리는 변함없이 친구였다. 그러나 우리의 관계는 달라졌다. 그 일에 관해서는 단 한 번밖에 이야기하지 않았다. 아니 그 말을 한 것은 사실 피스토리우스뿐이었는지도 모른다. 그는 말했다. "나는 사제가 되려는 소망이 있소. 그걸 당신도 알고 있지. 우리가 그토록 예감을 품고 있는 새로운 종교의 사제가 되고 싶은 거요. 하지만 난 결코 사제가 될 수 없을거요. 그걸 알고 있소. 전에도 알았지. 감히 전적으로 토로하지는 않았지만 이미 오래전부터 알고 있었지. 하지만 나는 바로 그것과는 다른 방법으로 목회와 관련된 봉사를 하겠지. 오르간을 통해서나 어쩌면 다른 방법으로. 그러나 나는 늘 무엇인가, 내가 아름답고 성스럽게 느끼는 것에 둘러싸여 있어야 해요. 오르간 음악이든, 비밀 의식이든, 상징과 신화든, 나는 그런 것이 필요하지. 그리고 그런 것에서 떠나지 않을 거요. 그게 나의 약점이지. 왜냐하면 나도 때때로, 싱클레어. 내가 그런 소망을 가져서는 안 될 것이라는 것을 알고 있소. 그것이 사치이며 약점이라는 것을 알지요. 만약 내가 아주 단순하게 아무런 요구도 없이 운명에 자신을 내맡긴다면, 그 편이 더 위대한 일일 거요. 더 올바른 일일 거라는 거지. 그러나 나는 그럴 수가 없소. 그건 내가 할 수 없는 유일한 일이지. 어쩌면 당신은 언젠가 할 수 있을 거요. 그렇게 운명에 자신을 내맡기는 건 어렵죠. 그건 세상에서 유일할 정도로 진짜 어려움이라오. 싱클레어, 나는 자주 그 꿈을 꾸었소. 그러나 그럴 수 없소. 그 앞에서 몸서리를 치게 되지. 나는 그렇게 완전히 벌거벗은 채 외롭게 서 있을 수가 없소. 나 또한, 약간의 온기와 먹이를 필요로 하고 이따금씩은 자기 비슷한 것들을 곁에서 느끼고 싶어 하는, 한 마리 가엾고 연약한 개라오. 정말로 자신의 운명 말고는 아무것도 원하지 않는 자, 그에게는 그때부터는 자기 비슷한 사람이 없소. 완전히 홀로 서 있지. 주위에는 오직 차가운 우주뿐이오. 당신은 알지, 그건 겟세마네 동산의 예수요. 기꺼이 십자가에 못 박히려는 순교자들이 있었지. 그러나 그들도 영웅은 아니었소. 해방되지 않았지. 그들 또한 무엇인가를 원했소, 그들에게 익숙하며 고향 같은 것을. 그들은 모범이 있었소. 이상이 있었지. 아직도 오로지 운명만을 원하는 자, 그에게는 이제 모범도 이상도 없지. 아무런 사랑도 아무런 위안거리도 그들에겐 없는 법이거든! 그런데 사람이란 이러한 길을 걷지 않으면 안 되오. 나나 당신 같은 사람들은 진정 고독하기는 하지만 우리는 아직도 서로 가지고 있는 것이 있지. 우리는 남들과 다르다는, 거역한다는, 비범한 것을 원한다는 남모르는 만족감을 가지고 있지. 이런 만족감 또한 버려야 하오. 그 길을 완전히 가고자 한다면 말이오. 혁명가도, 순교자도 되려고 해서는 안 되오. 그건 상상할 수도 없는 일이지."

그렇다. 그것은 상상할 수도 없었다. 그러나 꿈꿀 수는 있었다. 그것은 또한 미리 느끼고 예감할 수는 있었다. 몇 번인가 아주 고요한 시간을 찾아냈을 때 나는 그것을 조금 느껴보았다. 그럴 때면 나는 나의 내부를 들여다보고 내 운명의 모습, 부릅뜨고 있는 두 눈을 들여다보는 것이었다. 그 두 눈은 지혜로 충만해 있기도 했고, 광기로 가득 차 있기도 했다. 사랑으로 환히 빛나는 것 같기도 하고 깊은 악의에 빛나는 것 같기도 했다. 아무래도 좋았다. 무엇 하나 사람이 선택할 수 있는 것은 없었고, 무엇 하나 원할 수 있는 것도 없었다. 갖고자 원할 수 있는 것은 오로지 자신의 운명뿐이었다. 피스토리우스는 길잡이로서 나로 하여금 이 길을 제법 멀리 걸어 나갈 수 있도록 하는 데 도움을 주었던 것이다.

그 시절 나는 눈이라도 먼 것처럼 사방을 헤매고 다녔다. 폭풍이 마음속에서 포효하고, 발걸음마다 위험이었다. 나는 내 앞에 이제까지 걸어온 모든 길이 그 속으로 사라지고 가라앉는 심연의 어둠 이외에는 아무것도 볼 수 없었다. 그리고 나는 내면에서 데미안과 같은 인도자의 모습을 보았다. 그 눈에는 나의 운명이 깃들어 있었다.

나는 종이에 적었다.

'한 인도자가 나를 떠났어. 나는 완전한 어둠 속에 서 있지. 한 발자국도 혼자 디딜 수 없어. 도와줘!'

그것을 나는 데미안에게 보내려고 했다. 하지만 그만두었다. 내가 그러려고 할 때마다 번번이, 그것이 멍청하고 무의미한 일처럼 보였던 것이다. 그러나 나는 그 짤막한 기도문을 외워 때때로 혼자 내 마음속에서 되뇌어보았다. 그것은 언제나 나를 따라다녔다. 기도가 무엇인지를 나는 알아차리기 시작했다.

나의 학교 시절은 끝이 났다. 나는 방학 동안 여행을 했다. 아버지가 생각해내신 일이었는데, 그 후에는 대학에 가야 했다. 어떤 학부에 갈 것인지도 나는 알지 못했다. 한 학기 동안 철학 공부가 허용되었는데, 다른 과목을 들었더라도 마찬가지로 만족스러웠을 것 같다.

에바 부인

방학 중에 한 번, 나는 몇 해 전 데미안이 어머니와 함께 살았던 집으로 가보았다. 어떤 늙은 부인이 정원에서 산책을 하고 있었으므로 말을 걸었더니, 그 집 주인이었다. 나는 데미안 가족에 대해 물었다. 그 부인은 그들을 잘 기억하고 있었다. 하지만 지금 그들이 어디에 살고 있는지는 알지 못했다. 내가 흥미를 가지고 있다는 것을 눈치챈 부인은 나를 집 안으로 데리고 들어가더니 가죽 앨범을 찾아내 데미안 어머니의 사진을 보여주었다. 나는 그녀에 대한 기억이 거의 없었다. 그러나 그 작은 사진을 보고는 심장의 고동이 멈추는 듯 했다. 그것은 내 꿈의 영상이었던 것이다! 그녀였다. 자기 아들을 닮은, 어머니다운 표정과 엄격한 표정을 지닌, 깊은 열정을 지닌, 큰 키에 마치 남자처럼 강해 보이는 여자, 아름답고 유혹적이며, 아름답고 접근하기 힘들며, 데몬인 동시에 어머니이며, 운명인 동시에 연인인 그 여자였던 것이다!

내 꿈속의 영상이 지상에 살아 있다는 사실을 그렇게 알게 되자, 엄청난 기적처럼 그것은 내 온몸을 뚫고 지나갔다! 내 운명의 표정을 지닌 부인이 존재했던 것이다! 그녀는 어디에 있을까? 어디에? 그런데 그녀가 바로 데미안의 어머니였다.

그 후 곧 나는 여행을 떠났다. 특별한 여행을! 나는 쉬지 않고 그녀를 찾아 마음 내키는 대로 이곳저곳을 돌아다녔다. 그녀를 상기하며 그녀와 닮은 ─마치 뒤엉킨 꿈속에서처럼 낯선 도시의 골목길과 역들을 지나 열차 속으로 끌려가게 하는─ 모습만을 만나는 그러한 나날이었다. 그런데 내가 그렇게 찾아다니고 있는 것이 얼마나 부질없는 일인가를 통찰하는 다른 날들이 있었다. 그럴 때면 나는 할 일 없이 어느 공원이나 호텔 정원, 대합실에 앉아 나의 내부를 들여다보고 그 영상을 나의 내부에서 소생시키려고 애썼다. 그러나 그것도 이제는 부끄럼을 타듯 도망치기만 했다. 나는 한 번도 잠을 제대로 잘 수 없었다. 단지 미지의 풍경 속을 달리는 기차 여행 도중 15분 정도를 꾸벅꾸벅 졸았을 뿐이었다. 한 번은 취리히에서 어떤 여자가 나를 따라왔다. 예쁘기는 했지만 좀 뻔뻔스러운 여자였다. 나는 그녀가 마치 공기라도 되는 것처럼 거의 거들떠보지도 않고 계속 걸었다. 다른 여자에게 잠깐이라도 관심을 보내느니 차라리 당장에 죽는 편이 나을 것 같았다.

나는 내 운명이 나를 끌어당기고 있음을 감지했다. 그리고 그런 충족의 날이 가까이 왔음을 감지했다. 그런데 나는 그것을 스스로 이룰 수 없는 데 대한 초조감으로 미칠 지경이었다. 한 번은 어느 역에서, 인스부르크에서였던 것 같은데, 막 출발하는 기차의 창가에서 그녀를 상기시키는 모습을 보았다. 그리고 며칠 동안이나 비참한 기분을 느꼈다. 그러더니 불현듯 그 모습이 한밤중에 꿈속에서 나타났다. 나는 내 추적의 무의미함에 대한 부끄럽고 처량한 심정으로 눈을 뜨고는 곧장 집으로 돌아왔다.

몇 주 뒤 나는 H대학에 입학했다. 모든 것이 나를 실망케했다. 내가 들은 철학사 강의는 공부하는 학생들의 행동과 마찬가지로 허무하고 기계적이었다. 모든 것이 너무 판에 박힌 것 같았다. 모두가 똑같이 행동했다. 그리고 소년티가 나는 얼굴에 어린 상기된 쾌활함은 너무나도 암담하게 공허했고, 기성품처럼 보였다! 그러나 나는 자유로웠다. 교외의 오래된 낡은 집에서 조용하고 안락하게 살면서 온종일을 단지 나를 위해서만 보냈다. 내 책상 위에는 몇 권의 니체가 놓여 있었다. 그와 더불어 살았고, 그의 영혼의 고독을 느끼고, 그를 끊임없이 몰아간 운명의 냄새를 맡고, 그와 더불어 괴로워했다. 그렇듯 가차 없이 자신의 길을 걸어간 사람이 있었다는 것이 기뻤다.

어느 날 저녁 늦게, 나는 가을바람을 맞으면서 시내를 걷고 있었다. 술집에서 대학생 무리들이 부르는 노랫소리가 들려왔다. 활짝 열린 창문에서 담배 연기가 뭉글뭉글 솟아 나왔다. 노랫소리는 홍수처럼 세차게 넘쳐 흘러 나왔으나 그럼에도 흥겹지도 않고 생기도 없고 단조로웠다. 나는 거리 모퉁이에 서서 귀를 기울였다. 두 군데의 술집에서 정확하게 훈련된 청춘의 쾌활함이 어둠속으로 울려 퍼지고 있었다. 어디를 가도 집단이 있고, 어디를 가도 모임이 있고, 어디를 가도 운명의 발산과 따스한 군중들 속으로의 도피가 있었다.

내 뒤에서 두 남자가 천천히 지나갔다. 나는 그들의 대화를 조금 들었다.

"흑인 마을 청년 집회소나 여기나 똑같지 않아요?" 한 사람이 물었다. "다 똑같네요. 심지어 문신이 아직도 유행이라지요. 보십시오. 이게 신 유럽이랍니다."

그 목소리가 내게는 이상스럽게도 경고하는 것처럼 들렸는데, 무척 귀에 익었다. 나는 어두운 골목길에서 그 두 사람을 따라갔다. 그 중 한 사람은 키가 작고 세련된 차림을 한 일본인이었다. 나는 가로등 아래에서 미소를 띤 그의 누런 얼굴이 환하게 빛나는 것을 보았다.

그때 다른 남자가 다시 말했다.

"그런데, 당신네 일본도 더 나을 게 없겠지요. 군중을 추종하지 않는 사람들은 어디서나 드므니까요. 여기에도 그런 사람이 있기는 합니다만."

그 말 한마디 한마디가 놀라운 기쁨으로 나의 뇌리로 스며

들었다. 내가 알고 있는 사람이었다. 데미안이었다. 바람이 부는 밤에 나는 그와 일본인을 따라 어두운 골목을 지났다. 그리고 그들의 대화에 귀를 기울이면서 데미안의 음성의 울림을 즐겼다. 그 음성은 예전과 같은 음색을 지니고 있었다. 옛날의 아름다운 안정감과 침착성을 지니고 있었으며, 나를 지배하는 힘을 지니고 있었다. 이제 모든 게 다 잘 되었다. 그를 찾아냈으니 말이다.

교외의 거리 모퉁이에서 그 일본인은 작별을 고하고 현관문을 열었다. 데미안은 되돌아서 걸어왔다. 나는 길거리 한가운데 멈추어 서서 그를 기다렸다. 두근거리는 가슴을 안고 나는 그가 똑바로 탄력이 넘치는 걸음걸이로 나를 향해 다가오는 모습을 보았다. 그는 갈색 레인코트를 입고, 팔에는 가느다란 단장을 걸고 있었다. 그는 일정한 발걸음을 유지한 채로 내 앞 가까이까지 다가와서 모자를 벗고 결단력 있게 다문 입과 특이하게 넓은 이마를 지닌 그 환한 얼굴을 드러냈다.

"데미안!"하고 내가 불렀다.

그는 내게 손을 내밀었다.

"여기 있었군. 싱클레어! 널 기다리고 있었지."

"내가 이곳에 있는 걸 알고 있었어?"

"확실히 알지는 못했지만, 확신을 가지고 그렇게 되기를 바랐지. 이렇게 마주친 건 오늘 저녁이 처음이지만 말이야. 저녁 내내 우리 뒤를 따라왔지?"

"그럼, 나라는 걸 금방 알아차렸단 말이야?"

"물론이지. 확실히 변하기는 했지만, 너는 그래도 여전히 그 표식을 달고 있으니까 말이야."

"그 표식? 무슨 표식 말이야?"

"아직 기억하고 있는지 모르겠지만 우리는 전에 그것을 카인의 표식이라고 불렀지. 그건 우리의 표식이야. 너는 언제나 그걸 지니고 있었거든. 그래서 친구가 된 거고. 그런데 지금은 그 표식이 더 뚜렷해졌는걸."

"난 몰랐어. 아니면 알고 있었는지도 모르지. 언젠가 네 초상을 그린 적이 있었어, 데미안. 그런데 놀랍게도 그게 나와도 닮았다는 거야. 그것이 바로 그 표식이었을까?"

"그것이 표식이었지. 네가 이제 여기로 오니까 좋구나! 우리 어머니도 기뻐하실 거야."

나는 깜짝 놀랐다.

"네 어머니? 어머니도 여기 계셔? 하지만 날 전혀 모르시잖아."

"아니, 어머니도 너에 대해 잘 알고 계셔. 네가 누구인지 내가 말씀드리지 않아도 널 알아보실 거야. 그런데 왜 그렇게 오랫동안 아무 소식이 없었던 거지?"

"오, 계속 편지를 쓰려고 했지만 그렇게 되지 않았어. 얼마 전부터는 너를 찾아내리라는 것을 느꼈지. 난 매일 그 일을 기다리고 있었어."

그는 내 팔짱을 끼고 나와 함께 계속 걸었다. 그의 침착함이 나의 내부로 흘러들었다. 우리는 곧 예전처럼 이런저런 이야기를 했다. 학창시절, 견진성사 수업, 또 당시 방학 동안에 있었던 불행했던 만남에 대해서도 회상했다. 다만 우리 사이를 긴밀한 관계로 만들었던 최초의 끈, 프란츠 크로머에 대해서만은 이번에도 아무런 이야기를 나누지 않았다.

어느새 우리는 기이하고도 예감으로 가득 찬 대화 속으로 들어가 있었다. 데미안과 그 일본인이 나눴던 대화를 떠올리며, 대학 생활에 관해서 이야기하고 그것과 관련이 없는 이야기들도 나누었다. 그럼에도 데미안의 말 속에서는 그것 역시 밀접한 관련으로 맺어졌다.

그는 유럽의 정신과 이 시대의 특징에 대해 이야기했다. 어디를 가든지 단합과 집단 형성이 지배하고 있으나, 그 어디에서도 자유와 사랑이 지배하는 곳은 없다고 그는 말했다. 대학생 서클과 합창단, 국가에 이르기까지 이 모든 공동체는 강제적인 형성물이며, 이것은 불안과 도피, 당혹감에서 비롯되었고, 그런 공동체의 내부는 썩고 낡았으며 붕괴되기 직전이라는 것이었다.

"연대란." 데미안이 말했다. "멋진 일이지. 그러나 지금 가는 곳마다 번창하고 있는 그런 것은 전혀 연대가 아니야. 진정한 연대는 개인이 서로서로를 알게 됨으로써 새로이 생성되는 것이고, 한동안 세계를 변화시킬 거야. 지금 연대를 빙

자해서 하고 있는 것은 단지 패거리를 짓는 것일 뿐이지. 인간들이 서로에 대해 두려워하기 때문에 서로의 품으로 도망치는 거야. 신사는 신사끼리, 노동자는 노동자끼리, 학자는 학자들끼리! 그런데 그들은 왜 두려워하는 걸까? 자기 자신과 하나가 되지 못하기 때문이야. 내부의 알지 못하는 것에 대한 두려움을 가진 인간들만의 공동체라니! 그들은 모두 자기들 삶의 법칙이 더 이상 맞지 않는다는 것을, 자기들이 로마 시대의 동판법 같은 것을 좇아서 따라 살고 있음을 느끼고 있지. 종교도, 도덕도, 이 모든 것 가운데 어느 것도 우리가 필요로 하는 것에 적합하지 않음을 느끼고 있는 거야. 수백 년 동안 아니 그 이상을 유럽은 그저 연구만 하고 공장이나 지었거든. 사람들은 정확히 알고 있어. 사람 하나 죽이는 데 몇 그램의 화약이 필요한지에 대해서는 말이야. 하지만 신에게 기도하는 법에 대해서는 아무것도 모르고, 한 시간 동안이라도 만족함으로 있을 수 있는 방법조차 모르고 있지. 학생 주점 같은 곳을 한번 들여다 봐. 아니면 부자들이 가는 유흥장들을 봐! 절망적이지! 이봐, 싱클레어. 그 어디에서도 진정한 명랑함이라곤 나오지 않거든. 그렇듯 불안스레 모여 있는 사람들은 두려움과 악의로 가득 차서 아무도 신뢰하지 않지. 그들은 이미 이상이 아닌 이상에 매달려 있고, 새로운 이상을 세우는 사람에게 돌팔매질을 하는 거야. 싸움이 있으리라는 것을 나는 느껴. 싸움이 다시 벌어질 거야. 머지않아. 틀림없이! 물론 그것이 세계를 '개선'하지는 못할 거야. 노동자들이 공장주를 쳐 죽이든지, 혹은 러시아와 독일이 서로 총질을 하든지, 단지 주인만 바뀔 뿐이지. 그러나 그렇다고 해서 헛된 일은 아닐 거야. 그것은 오늘날의 이상이 얼마나 가치 없는지 증명해 줄 테니까. 그리고 석기시대의 신들을 청소하게 될 거야. 현재 대로의 이 세계는 죽어가고 있어. 멸망하려 하고 있고, 그렇게 되고 말 거야."

"그럼 우리들은 어떻게 될까?" 내가 물었다.

"우리들? 아, 어쩌면 우리도 함께 멸망하겠지. 우리가 우리 같은 사람들도 맞아 죽을 가능성이 있으니까. 단지 우리 모두가 그런 식으로 처리되지 않기를. 우리에게서 남은 것이나 우리 가운데 살아남는 자들 주위에 미래의 의지가 집결될 거야. 유럽이 한동안 떠들썩하게 자신의 기술과 과학이라는 시장으로 덮어 눌렀던 인류의 의지가 드러날 거야. 그러고 나서야 인류의 의지가 국가와 민족, 공동체의 의지와 결코 같지 않다는 것이 드러나겠지. 인간에 대해서 원하는 자연의 의지는 각 개인의 마음속에 적혀 있는 거야. 너와 내 마음속에. 그것은 예수의 마음속에도 적혀 있었고 니체의 마음속에도 적혀 있었지. 이 유일하게 중요한 조류들을 위한 ―물론 그것은 날마다 다른 모습으로 나타날 수 있을 것이지만― 공간이 생기게 될 거야. 오늘날의 공동체가 무너져버리고 나면 말이야."

우리는 늦게야 강가에 정원 앞에서 멈춰 섰다.

"여기가 우리 집이야." 데미안이 말했다. "곧 한번 놀러와! 우리는 널 몹시 기다리고 있으니까."

기쁜 마음으로 나는 싸늘해진 밤공기 속을 멀리 걸어 돌아왔다. 시내 곳곳에서 집으로 돌아가는 대학생들이 소란을 피우며 비틀거리고 있었다. 자주 나는 그들의 우스꽝스러운 즐거움과 나의 고독한 생활 사이의 대립을 느꼈다. 때로는 결핍감을 느끼며, 때로는 비웃으면서. 그러나 이제껏 한 번도 나는 오늘처럼 안정감과 비밀스러운 힘을 가지고, 그것이 나와 얼마나 무관한지, 그 세계가 내게서 얼마나 멀리 사라져버렸는지를 느껴본 적은 없었다. 나는 내 고향의 관리들, 높은 신분을 가진 늙은 신사들을 떠올렸다. 그들은 축복받은 천국의 기념품처럼 술집에서 허비한 대학 시절의 추억에 집착하고, 마치 시인이나 그 밖의 낭만주의자들이 그들의 유년시절에 바치는 것과 흡사하게 이미 사라져버린 학창시절의 '자유'를 예찬했다. 어디서나 똑같았다! 그들은 어디에서나 자기들의 책임을 떠올리도록 만들고, 자신의 길에서 벗어나지 말라는 경고를 받을지도 모르는 두려움 속에서, 이미 지나가 버린 시간 그 어딘가로부터 '자유'와 '행복'을 찾는 것이었다. 몇 년 동안 술을 퍼마시고 방종한 생활을 하다가 기어들어 와서는 성실한 관리가 되는 것이다. 그렇다. 썩어 있었다. 우리 사는 세상은 썩어 있었다. 그러나 대학생들의 이런 바보짓도 그 밖의 수백 가지의 일에 비해서는 좀 더 영리하고 질이 좋은 편이긴 했다.

그렇지만 내가 멀리 떨어진 내 숙소에 도착해 잠자리에 들었을 때, 이 모든 생각은 날아가 버리고 없었다. 나의 온 정신은 이 하루가 내게 준 대단한 약속에 쏠려 있었다. 내가 원하기만 하면, 내일이라도 데미안의 어머니를 볼 수 있는 것이다. 대학생들이 술판을 벌이든, 얼굴에 문신을 새기든, 이 세상이 썩었거나 몰락을 하든 간에 그것이 나와 무슨 상관이란 말인가! 나는 오로지 나의 운명이 새로운 모습으로 나를 마중 나오길 기다릴 뿐이었다.

아침 늦게까지 곤하게 잤다. 새로운 날이 내게는 엄숙한 축제의 날로서 밝아왔다. 그것은 소년시절 성탄절 축제 이후로 경험해보지 못한 그러한 날이었다. 나는 내심 불안에 가득 차 있었다. 그러나 두려움은 전혀 없었다. 내게 있어 중요한 하루가 밝았음을 나는 느꼈다. 그리고 나를 에워싼 세계가 변화하고, 기대에 부풀며, 나와의 깊은 관계 속에서 엄숙해짐을 보고 또 느꼈다. 축일답게 소슬히 내리는 가을비조차도 아름답고 고요하여 엄숙하고도 즐거운 음악으로 가득 차 있었다. 생전 처음으로 외부 세계가 나의 내부 세계와 어울려 순수한 화음을 내는 것이었다. 그러면 영혼의 축제일이 오고, 살아볼 만한 보람이 생겨나게 되는 것이다. 어떤 집도, 어떤 쇼윈도도, 골목의 어떤 얼굴도 나를 방해하지 못했다. 만사는 마땅히 그렇게 있어야 하는 것처럼 있었다. 그러나 그것은 눈에 익은 공허한 얼굴이 아니라, 기대에 차 있는 자연 바로 그것이었으며, 경건하게 운명을 맞을 채비가 되어 있었다.

　어린 시절 성탄절이나 부활절과 같은 대축제일의 아침에 나는 그렇게 세상을 바라보았다. 세상이 아직도 그렇게 아름다울 수 있다는 것을 나는 알지 못했었다. 내게 내부로 들어가 사는 것이나 그리고 저 외부의 것에 대한 의미는 상실되었다. 눈부신 빛깔의 상실은 불가피하게 유년시절의 상실과 관계가 있으며, 사람은 어느 정도까지는 영혼의 자유와 성인이 되는 대가로서 이 아름다운 광채를 포기해야만 한다고 체념하는 데 나는 익숙해 있었다. 그러나 이제 나는 이 모든 것이 단지 어둠속에 파묻혀 있었던 것에 불과하다는 것과 유년의 행복을 포기하고 자유로워진 사람에게도 이 세계가 빛나는 것을 볼 수 있으며, 어린아이다운 시각에서의 내밀한 전율을 맛볼 수 있음을 황홀하게 인식한 것이다.

　그날 밤 막스 데미안과 작별했던 교외의 그 정원을 내가 다시 찾아갈 시간이 왔다. 비에 젖어 잿빛이 도는 키 큰 나무들 뒤로 밝고 아늑해 보이는 작은 집이 서 있었다. 커다란 유리벽 뒤에는 꽃이 핀 관목들이 있었고, 말갛게 닦인 창문 뒤에는 그림들과 서가가 줄지어 있는 어두운 벽들이 있었다. 현관은 곧바로 난방이 된 조그마한 홀로 이어져 있었다. 검은 옷을 입고 흰 앞치마를 두른 늙은 하녀가 말없이 나를 안내하며 외투를 받아주었다.

　그녀는 나를 홀에 홀로 남겨두고 사라졌다. 나는 주위를 둘

러보았다. 그러자 곧 나는 내 꿈 한가운데로 들어가게 되었
다. 문 위의 검은 나무 벽에 걸린 검은 유리 액자 속에 내가
잘 알고 있는 그림이 걸려 있었다. 지구의 껍질을 깨고 날아
오르려고 하는 황금빛 매의 머리를 가진 나의 새였다. 사로잡
힌 것처럼 나는 그 앞에 서 있었다. 그 순간 나는 이제껏 행하
고 경험했던 모든 것들이 대답과 성취로 내게 되돌아오는 것
처럼 기뻤고 동시에 슬프기도 했다. 번개처럼 빠르게 한 무더
기의 영상들이 나의 뇌리를 스쳐갔다. 현관문 아치 위에 오래
된 돌로 된 문장을 달고 있는 고향집, 그 문장을 그리던 소년
데미안, 두려움에 가득 차 나의 적인 크로머의 속박에 얽매여
있던 소년으로서의 나, 조용한 교실 책상에서 나의 동경의 새
를 그리며 영혼이 스스로 만든 그물에 사로잡혔던 청년으로
서의 나 자신, 그리고 모든 것이, 이 순간에 이르는 모든 것이
나의 내부에서 다시 울리고 시인되고 답변되고 긍정되었다.

　촉촉해진 눈으로 나는 내가 그린 그림을 응시하며 나의 마
음속을 읽었다. 그때 내 시선이 아래쪽으로 향했다. 새 그림
아래로 열린 문 앞에 검은 옷을 입은 키가 큰 부인이 서 있었
다. 그녀였다.

　나는 아무 말도 할 수 없었다. 아들과 마찬가지로 시간과
나이를 초월하고, 활기차고 의지에 넘쳐 있는 얼굴을 지닌 아
름답고 기품 있는 여성이 나를 향해 다정한 미소를 짓고 있었
다. 그녀의 눈길은 충족이었고 그녀의 인사는 귀향을 뜻했다.

나는 말없이 그녀에게 두 손을 내밀었다. 그녀는 그 손을 힘 있고 따뜻하게 잡아주었다.

"싱클레어죠. 한눈에 알아봤어요. 잘 왔어요!"

그녀의 목소리는 깊고 따뜻했다. 나는 감미로운 포도주처럼 그녀의 목소리에 젖어들었다. 그리고 이제 눈을 들어 그녀의 고요한 얼굴을, 깊이를 알 수 없는 두 눈을 들여다보고, 순수하고 성숙한 입술과 자유롭고 기품이 서린 표식을 달고 있는 이마를 바라보았다.

"얼마나 기쁜지 모르겠습니다!"이렇게 말하고 나는 그녀의 두 손에 입을 맞추었다. "저는 온 생애를 늘 길 위에 있는 것 같았습니다. 그런데 이제는 집으로 돌아왔군요."

그녀가 어머니처럼 미소를 지었다.

"아무도 아주 집으로 돌아갈 수는 없어요."그녀가 다정하게 말했다. "그러나 친밀한 두 길이 서로 만날 때는 온 세계가 얼마 동안은 고향처럼 보이지요."

그녀는 이곳으로 오는 도중 내가 느꼈던 것들을 말하고 있었다. 그녀의 음성과 말 또한 아들과 매우 닮아 있었다. 그러나 전혀 딴판이기도 했다. 모든 것이 한결 더 성숙했고, 더 따스했고, 한층 더 자명했다. 그러나 예전의 막스가 누구에게도 소년의 인상을 주지 않았던 것처럼 그녀도 전혀 장성한 아들을 둔 어머니처럼 보이지 않았다. 그녀의 얼굴과 머리카락 주위로 감도는 숨결은 그토록 젊고 감미로웠고, 황금빛이 도는

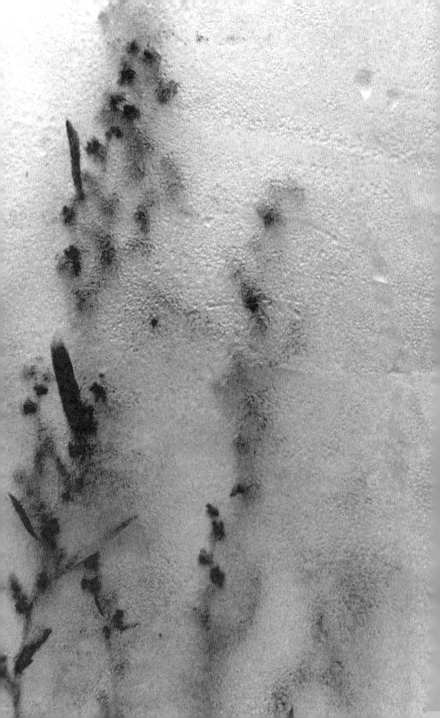

피부는 너무나도 팽팽하고 주름이라곤 없었으며, 그 입술은 꽃처럼 피어 있었다. 내 꿈속에서보다도 더 위풍당당하게 그녀는 내 앞에 서 있었다. 그녀 곁에 있다는 것은 사랑의 행복이었고, 그녀의 눈빛은 충만함이었다.

이것은 나의 운명이 나에게 모습을 나타낸 새로운 영상이었다. 그것은 더 이상 엄격하지 않고, 더 이상 고독하지도 않으며, 단지 성숙하고 기쁨에 가득 차 있었다! 나는 결심도 하지 않았고, 맹세도 하지 않았다. 나는 목적지에 도달한 것이다. 그곳으로부터 앞으로 나아가는 길은 행복의 나무 그늘이 가깝게 드리워져 있고, 가까운 온갖 열락의 정원에서 식혀진 길이었다. 멀리 약속이 나라를 향해 뻗어 있는, 장엄한 고지에 도달한 것이다. 일이 어떻게 되어가든지 나는 행복했다. 이 세상에서 그녀를 알고, 그녀의 목소리를 들이마시고 그녀 가까이에서 숨 쉴 수 있다는 것이 나는 행복했다. 설사 그녀가 내게 어머니가 되든, 연인이 되든, 여신이 되든 단지 그녀가 거기 있기만 하다면! 나의 길이 그녀의 길에 가까이 있기만 하다면!

그녀는 내가 그린 새 그림을 가리켰다.

"이 그림을 받았을 때만큼 우리 막스가 기뻐한 적은 없었어요." 그녀가 생각에 잠겨 말했다. "나도 그랬지요. 우린 당신을 기다렸답니다. 그리고 이 그림이 왔을 때, 당신이 우리들에게로 오고 있다는 것을 알았지요. 당신이 어린 소년이었을 때, 싱클레어. 그때 어느 날 내 아들이 학교에서 돌아오더니 말하더군요. '이마에 표식을 지닌 소년이 하나 있어. 그 애는 분명 내 친구가 될 거야.'라고요. 그것이 당신이었어요. 사는 게 쉽지는 않았겠지요. 그러나 우린 당신을 믿었답니다. 한번은 당신이 방학이 되어 집으로 돌아왔을 때 막스와 다시 만난 일이 있지요. 당시 당신은 열여섯 살쯤 되었을 겁니다. 막스가 내게 그 일에 대해 이야기를 해 주더군요."

내가 말을 끊었다. "오, 그가 그런 말을 했나요! 그때는 제가 가장 비참했던 시절이었어요!"

"그래요, 막스가 내게 이러더군요. 지금 싱클레어는 최대의 곤란에 당면해 있다고. 그는 다시 한 번 집단 속으로 도망치려고 애쓰고 있으며 심지어는 술집의 단골손님이 되기까지 했다고요. 하지만 성공하지는 못할 거라고 했지요. 그의 표식이 가려져 있기는 하지만 그것이 아무도 모르게 그를 불태우고 있으니까 그렇다고 했어요. 그렇지 않나요?"

"네, 물론 그랬습니다. 틀림없이요. 그 후 저는 베아트리체를 발견하고 그러고 나서 마침내는 한 인도자가 제게 나타났지요. 피스토리우스라는 사람이었어요. 그때야 비로소 왜 저의 소년 시절이 그렇듯 막스와 결부되었는지, 왜 제가 그에게서 벗어날 수 없었는지 명백해졌던 것입니다. 부인, 아니 어머니, 당시의 저는 종종 스스로 목숨을 끊을 수밖에 없다고 믿었습니다. 누구에게나 그 길은 그렇게 어려운 것인가요?"

그녀가 손으로 나의 머리를 공기만큼이나 가볍게 쓰다듬어 주었다.

"태어난다는 것은 언제나 어려운 일이지요. 새도 알을 깨고 나오기 위해서는 애를 써야 하고요. 돌이켜 생각해보고 그리고 물어봐요. 대체 그 길이 그렇게 어려운 것이었을까, 그저 어렵기만 했던가, 그것이 또한 아름답지도 않았던가 하고요. 당신은 보다 더 아름답고 보다 더 쉬운 길을 알고 있었던 건가요?"

나는 머리를 저었다.

"어려웠어요."

나는 꿈을 꾸듯 말했다.

"꿈이 오기까지는 어려웠습니다."

그녀는 머리를 끄덕이고 나를 뚫어지게 쳐다보았다. "그래요, 사람이란 자기의 꿈을 발견해야 되는 거예요. 그러면 길은 쉬워져요. 하지만 영속적인 꿈이란 존재하지 않아요. 새로운 꿈이 모든 꿈과 바뀌는 거지요. 그리고 어떤 꿈에도 집착하려고 해서는 안 돼요."

나는 몹시 놀랐다. 그것은 경고였을까? 아니면 방어였을까? 그러나 경고든 방어든 아무래도 상관없었다. 나는 그녀에 의해 인도받고, 어떤 목적지를 향해 가는 것인지에 대해 묻지 않으리라는 각오가 되어 있었다.

"저는 모르겠는데요." 내가 말했다. "얼마나 오래 제 꿈이

지속될는지. 저는 그것이 영원하기를 소망합니다. 새 그림 아래서 제 운명은 마치 어머니처럼, 그리고 마치 연인처럼 저를 맞아주었습니다. 저는 운명에 속해 있으며, 그 외에는 아무에게도 속해 있지 않습니다."

"그 꿈이 당신의 운명인 한, 당신은 언제나 그 꿈에 변함없이 충실해야겠지요."그녀가 엄숙하게 결론짓듯 말했다.

한 가닥 슬픔이, 이 매혹당한 순간에 죽고 싶다는 간절한 소망이 나를 사로잡았다. 나는 눈물이 ―얼마나 오랫동안 나는 울지 않았던가!― 걷잡을 수 없이 내 안에서 넘쳐흘러 나를 압도하는 것을 느꼈다. 나는 황급히 그녀로부터 몸을 돌리고 창가로 걸어가서 흐릿해진 눈으로 화분의 꽃들 너머를 바라보았다.

등 뒤에서 그녀의 목소리가 들렸다. 목소리는 침착하면서도, 포도주로 가득 채워진 잔처럼 애정으로 가득 차 있었다.

"싱클레어, 당신은 어린아이로군요! 물론 당신의 운명은 당신을 사랑하고 있어요. 당신이 변함없이 충실하다면 당신이 꿈꾸고 있듯이 그것은 언젠가 완전히 당신 것이 될 거예요."

나는 진정을 하고 다시 그녀에게로 얼굴을 돌렸다. 그녀가 손을 내밀었다.

"내게는 친구가 몇 명 있어요."그녀가 미소를 띠고 말했다. "몇 안 되지만 아주 가까운 친구들이죠. 그들은 나를 에바 부인이라고 불러요. 당신이 원한다면 나를 그렇게 불러도 괜찮아요."

그녀는 나를 문까지 데려가서, 문을 열며 정원을 가리켰다. "저기 바깥에 막스가 있을 겁니다."

높다란 나무 아래에서 나는 멍하니 충격을 느끼며 서 있었다. 일찍이 그 어느 때보다 더 깨어 있었는지, 아니면 더 꿈꾸고 있는 것인지 알 수 없었다. 나뭇가지에서 빗방울이 방울져 떨어졌다. 나는 천천히 정원 안으로 들어섰다. 정원은 강기슭을 따라 멀리 이어지고 있었다. 마침내 데미안을 찾아냈다. 그는 탁 트인 정원의 작은 정자에서 웃통을 벗은 채로 허공에 매달린 샌드백을 상대로 권투 연습을 하고 있었다. 놀라서 나는 걸음을 멈추었다. 데미안은 멋있어 보였다. 널따란 가슴, 야무지고 남자다운 머리, 게다가 쳐들고 있는 두 팔은 긴장된 근육으로 강하고 단단해 보였다. 그리고 허리, 어깨, 팔, 관절에서 솟는 샘물처럼 근육이 꿈틀거렸다.

"데미안!" 내가 불렀다. "거기서 뭐 하고 있어?"

그가 유쾌하게 웃었다.

"연습을 하는 거야. 그 작은 일본인하고 격투를 한판 하기로 했거든. 그는 고양이처럼 날쌔고 꼭 그만큼 빈틈이 없지. 그러나 나를 해치우지는 못할 걸. 내게는 그에게 갚아야 할 사소하지만 굴욕적인 일이 있거든."

그는 셔츠와 저고리를 걸쳤다.

"벌써 우리 어머닐 만나고 왔니?" 그가 물었다.

"그래, 데미안. 네 어머니는 정말 근사한 분이셔! 에바 부인이라니! 그 이름과 완벽하게 어울리는 분이시더라. 모든 존재의 어머니 같단 말이야."

그는 잠시 생각하는 듯이 내 얼굴을 들여다보았다.

"벌써 어머니 이름을 아는구나? 이봐, 넌 자랑스러워해도 되겠다. 어머니가 초면에 당신 이름까지 말해 준 건 네가 처음이니까 말이야."

그 날부터 나는 아들이나 형제처럼, 또한 연인처럼 그 집을 드나들었다. 현관문을 닫고 그 집으로 들어설 때면, 아니 멀리서 정원의 큰 나무들이 보이기만 해도, 나는 벌써 흡족하고 행복했다. 밖에는 '현실'이 있었다. 밖에는 거리와 집들, 사람과 시설들, 도서관과 강의실들이 있었다. 그러나 여기 집 안에는 사랑과 영혼이 있었고, 전설과 꿈이 살고 있었다. 그럼에도 불구하고 우리가 세상과 차단되어 살고 있는 것은 결코 아니었다. 생각과 대화 가운데서는 우리 또한 자주 이 세상의 한복판에 살았던 것이다. 다른 영역에 살았지만, 우리는 다수의 사람들과 어떤 경계선에 의하여 분리된 다른 벌판에 있는 것이 아니라 단지 보는 방식의 차이에 따라 분리되어 있을 뿐이었다. 우리의 사명은 이 세계에 하나의 섬을 보여주는 일이었다. 그것은 어쩌면 하나의 모범일지도 모르지만 살아가는 데 있어서의 다른 가능성임에는 틀림없다. 나는, 오랫동안 고립되어 있었던 나는 단지 완전한 고독을 맛본 인간들 사이에서만 가능한 공동체를 알게 되었다. 다시는 결코 행복한 사람들의 연회, 흥겨워하는 사람들의 축제에 끼기를 원하지 않을 것이다. 다른 사람들의 집단을 보더라도 결코 부러움이나 향수를 떠올리지 않을 것이다. 그리하여 나는 차츰 그 '표식'을 달고 있는 사람들의 비밀과 통하게 되었던 것이다.

표식을 지니고 있는 우리는, 세상의 눈으로 볼 때 이상한 사람들, 위험한 미치광이들로 여겨질지도 몰랐다. 그것도 틀린 말은 아니지만. 우리는 각성한 사람들, 혹은 각성하고 있는 자들이었다. 그리고 우리의 노력은 점점 더 완전한 각성을 지향한 반면 다른 사람들의 노력과 행복 추구는 그들의 의견, 그들의 이상과 의무, 그들의 삶과 행복을 군중의 그것에 점점 더 밀접하게 결부시키는 데로 옮아가는 것이었다. 그곳에도 노력은 있고, 그곳에도 힘과 위대성은 있다. 그러나 우리의 견해에 의하면 우리 표식을 가진 자들은 새로운 것, 개별화된 것 그리고 미래의 것으로 향하는 자연의 의지를 제시하는 반면, 다른 사람들은 완고한 의지 속에 살고 있는 것이다. 그들에게 있어 인류란 —우리와 마찬가지로 그들도 사랑하는 인류란— 유지되고 보호받아야 되는 완성된 그 무엇이었다. 반면 우리에게 있어 인류란, 우리 모두가 그것을 향해 가는 도중에 있고, 그 모습을 아는 사람이라곤 없으며, 그 어느 곳에도 법칙이 적혀 있지 않은 아득히 먼 미래였다.

나와 에바 부인, 막스 말고도 다소 멀든 가깝든 간에 매우 다양한 종류의 탐구자들이 우리 모임에 속해 있었다. 그들 대부분은 색다른 길을 걸어가며 개별적인 목적을 지향하는 독특한 의견과 의무들에 매달리고 있었다. 그들 중에는 점성술사와 카발라 연구가들도 있었고 톨스토이 추종자까지 있었으며 섬세하고 수줍어하며 상처 입기 쉬운 사람들과 새로운 소수 종파의 신봉자들, 요가 구도자, 채식주의자 등등이 있었다. 이런 모든 사람들과 우리는 서로의 비밀스러운 꿈을 존중한다는 것 외에는 사실 아무런 정신적인 공통점도 없었다. 몇몇 사람들은 우리와 좀 더 가까웠는데, 그들은 과거의 신과 새로운 이상에 대한 인류의 탐구를 추적했기 때문에, 그들의 연구는 종종 피스토리우스의 그것을 떠오르게 했다. 그들은 책을 가져와 고대 언어로 적힌 글을 번역해 주고, 고대의 상징들과 의식들의 도해를 보여주며, 이제까지 인간이 소유했던 이상이란 모두가 무의식적인 영혼의 꿈과 인류가 손으로 더듬으면서 미래의 가능성의 예감을 추구한 꿈들로 이루어져 있음을 가르쳐 주었다. 이렇게 해서 우리는 고대 세계의 천 개의 머리를 가진 경이로운 신들로부터 기독교인으로의 개종에 이르는 신의 역사를 훑어보았다.

　고독하고 경건한 사람들의 고해와 민족에서 민족으로 옮아가는 종교의 변천을 우리는 알게 되었다. 그리고 우리가 수집한 모든 것에서 우리 시대와 현대 유럽에 대한 비평이 나왔다.

우리 시대는 엄청난 노력을 기울여 강력하고 새로운 무기를 만들어냈으나 마침내는 극심한 정신의 황폐화에 빠져버리고 말았으며, 유럽은 온 세계를 얻었지만 그로 인해 자신의 영혼을 잃어버리고 말았던 것이다.

여기에도 또한 특정한 희망과 구원에 대한 교리를 믿는 신도와 신봉자들이 있었다. 유럽을 개종시키려고 하는 불교도들이 있는가 하면 톨스토이 추종자와 그 밖의 종파들이 있었다. 우리의 작은 모임은 귀를 기울였지만, 그 어느 것도 다만 상징 이외의 다른 것으로서 받아들이지는 않았다. 미래에 대한 염려는 우리 표식을 달고 있는 자들의 책임이 아니었다. 우리는 어느 종교든지, 어느 구원론이든지 이미 죽고 쓸모없는 것이라고 생각했다. 우리가 의무이자 운명이라고 느끼는 것은 오로지 각자가 완전한 자기 자신이 되고 자기 내부에서 작용하는 자연의 싹을 뒤따르며 불확실한 미래가 초래할지 모르는 온갖 일에 대해 준비를 갖추고 있음을 발견하면서 살아가는 것이었다.

왜냐하면 새로운 탄생과 현대의 붕괴가 가까웠다는 것은 —그것을 입 밖에 내건 안 내건 간에— 우리 모두의 마음속에서는 분명한 일이었기 때문이다. 데미안은 여러 번 나에게 말했다.

"무엇이 올 것인가에 대해서는 짐작할 수 없어. 유럽의 영혼은 무한히 오랫동안 묶여 있는 짐승이란 말이야. 그것이 해방되었을 때 가장 먼저 하는 일은 칭찬할 만한 것이 못될 거야. 그러나 이제까지 그렇게도 오랫동안 계속 기만당하고 마비되었던 영혼의 진정한 고난이 백일하에 드러나기만 한다면, 우리가 가는 길이 지름길이든 돌아가는 길이든 그건 아무래도 괜찮아. 그때가 되면 우리들의 날이 되는 거야. 세상 사람들은 지도자나 새로운 입법자로서가 아니라 ─새로운 법률 같은 건 우리는 더 이상 경험하지 않게 되겠지만─ 오히려 의지자로서, 운명이 부르는 곳이라면 함께 가서 그곳에 서 있을 각오가 되어 있는 사람으로서 우리를 필요로 하게 될 거야. 봐, 만일 자신들의 이상이 위협을 받는다면, 사람들은 믿을 수 없는 짓도 충분히 해낼 수 있게 돼. 그러나 새로운 이상이, 새롭고 위험스러우며 무시무시한 성장의 움직임이 와서 문을 두드릴 때 거기에 있는 사람은 아무도 없지. 그때 거기 있다가 함께 가는 소수의 사람들이 바로 우리가 될 거야. 그러기 위해 우리에게 표식이 찍혀 있는 거지. 공포와 증오를 일으켜 그 당시의 인류를 그 좁은 전원의 세계로부터 끌어내 위험한 넓은 세계로 몰아가기 위해 카인이 표식을 달고 있었던 것처럼 말이야. 인류가 가는 길에 영향력을 발휘했던 사람들은 모두가 하나같이 그들에게 닥친 운명에 대해 준비하고 있었기에 유능하고 활동적이었던 거야. 그것은 모세와 부처에게 적용되고 나폴레옹과 비스마르크에게도 적용되지. 어느 조류에 봉사하느냐, 어느 극에 의해 지배를 받는가는 자신의 선택 범위를 벗어나는 일이거든. 만약 비스마르크가 사회 민주주의자들을 이해하고 그들과 생각을 같이 했더라면 그는 현명한 신사는 될 수 있었을지 몰라도 운명의 인간은 되지 못했을 거야. 나폴레옹이 그랬고, 카이사르도 그랬고, 로욜라가 그랬어. 다들 마찬가지야! 그것을 언제나 생물학적이며 진화론적으로 생각해야 되는 것이지! 지표 위에서 일어난 지각 변동이 물에 살던 동물을 뭍으로, 뭍에 살던 동물을 물로 던져 넣었을 때, 전대미문의 새로운 일을 수행하고 새롭게 적응하여 자기들의 종을 구한 것에서 운명에 대한 준비된 예들을 볼수 있지. 그것이 그 이전에 자기들의 종족들 가운데서 보수적이고 현상유지자들이었는지, 혹은 괴짜며 혁명가였는지 우리는 알지 못하지만 어쨌든 그들은 준비가 되어 있었고 그래서 새로운 발전으로 넘어가면서 그들 종을 구해낼 수 있었던 거야. 우리는 그 사실을 알고 있지. 그래서 우리는 준비가 되어 있고자 하는 거야."

에바 부인도 종종 그런 대화들을 함께 있곤 했다. 그러나 그녀는 이런 식의 이야기에 끼어들지는 않았다. 그녀는 자기 생각을 말하는 우리 각자에게 신뢰와 이해심으로 가득 찬 경청자이며 반향이었던 것이다. 그러한 생각들이 모두 그녀에게서 나와 그녀에게로 되돌아가는 것처럼 보였다. 그녀 가까이에 앉아 있거나 때때로 그녀의 목소리를 듣고, 그녀를 에워싸고 있는 성숙함과 영적인 분위기에 젖어본다는 것은 나로서는 행복한 일이었다.

나의 내부에서 그 어떤 변화나 혼탁이나 또는 혁신이 일어나고 있을 때면, 그녀는 곧장 그것을 인지했다. 내가 잠잘 때 꾸는 꿈들이 마치 그녀가 불어넣어준 영감인 것처럼 보였다. 나는 종종 그녀에게 꿈 이야기를 했다. 그 꿈은 그녀에겐 이해할 만한 것이 되고 자연스러운 것이 되었다. 그녀가 분명한 느낌으로 따를 수 없는 특별한 것이라고는 존재하지 않았다. 한동안 나는 우리들이 낮에 나누었던 대화들을 그대로 옮겨놓은 것 같은 꿈을 꾸었다. 온 세계가 혼란에 빠지고 나 혼자 혹은 데미안과 함께, 긴장을 한 채로 위대한 운명을 기다리는 꿈이었다. 운명은 여전히 가려진 채로 있었다. 그러나 왠지 에바 부인의 표정을 지니고 있었다. 그녀에 의해 선택되거나 배척받거나, 그것이 바로 운명이었다.

여러 번 그녀는 나에게 미소를 띠면서 말했다. "당신의 꿈은 완전하지가 않아요, 싱클레어. 당신은 최상의 것을 잊어버렸어요." 그리고 나서야 나는 다시 그것을 떠올리게 되고, 어떻게 그걸 잊어버릴 수 있었는지 이해할 수가 없었다.

때때로 나는 불만을 느끼고 욕구에 시달렸다. 그녀를 끌어안지도 못하면서 곁에서 바라본다는 것은 더 이상 참을 수 없는 일이라고 생각했다. 그녀도 곧 그것을 알아차렸다. 한번은 내가 여러 날 동안 찾아가지 않다가, 그 후 혼란스러운 마음으로 다시 찾아갔을 때, 그녀는 나를 한쪽으로 데리고 가서 말했다. "당신은 믿지도 않는 소망에 정신을 잃어서는 안 돼요. 당신이 원하는 것이 무엇인지 나는 알고 있어요. 그런 소망을 버리거나 아니면 완전히 올바르게 바라지 않으면 안 됩니다. 당신이 그것의 성취를 마음속에서 완전히 확신해야만 성취도 있는 것입니다. 그러나 당신은 소망하면서 그것을 후회하고 동시에 겁을 집어먹지요. 그 모든 것은 극복되어야 하는 거예요. 전설 이야기를 하나를 들려드리지요."

그리고 그녀는 별과 사랑에 빠진 어떤 청년에 대한 이야기를 들려주었다. 그 청년은 바닷가에 서서, 두 손을 뻗고 별에게 기도했고, 별에 대해 꿈꾸고, 그의 생각을 별에게로 기울였다. 그러나 그는 알았다. 혹은 안다고 생각했다. 별은 인간의 포옹을 받을 수 없다는 것을. 그는 성취에 대한 희망도 없이 별을 사랑하는 것을 자신의 운명이라고 여겼다. 그리고 그는 이 생각에서 포기와 말 없는, 변함없는 고통, 자신을 개선시키고 정화시킬 고통에 관한 삶 전체를 다룬 시를 지었다. 그의 꿈들은 그러나 모두 별에게로 쏠렸다. 그는 어느 날 밤 높은 낭떠러지 위에 서서 별을 바라보며 별에 대한 사랑을 불태우고 있었다. 그리하여 그리움이 절정에 달한 순간, 별을 향해 펄쩍 뛰어 허공으로 몸을 던졌다. 그러나 그 도약의 순간 하나의 생각이 번개처럼 퍼뜩 그의 머릿속을 스쳐갔다. 이건 있을 수도 없는 일이야! 결국 그는 바닷가에 떨어져 박살이 나고 말았다. 그는 사랑하는 법을 이해하지 못했던 것이다. 만약 뛰어올랐던 그 순간에, 굳고 확실하게 그 일의 성취를 믿는 영혼의 힘을 가졌더라면, 그는 하늘로 날아올라서 별과 하나가 되었을 터였다.

"사랑은 간청해서는 안 되는 거예요." 그녀가 말했다. "또한 강요해서도 안 되지요. 사랑은 자기의 내부에서 확신에 이를 수 있는 힘을 지니지 않으면 안 되는 것입니다. 그러면 그것은 끌려오는 것이 아니라 제 스스로 끌어당기게 되는 거지요. 싱클레어, 당신의 사랑은 나에게 끌리고 있어요. 만일 언젠가 내가 아니라 당신의 사랑이 나를 끌면, 나는 갈 겁니다. 나는 아무런 선물도 주고 싶지 않아요. 단지 쟁취되고 싶은 거예요."

그러나 다음번에 그녀는 다른 이야기를 들려주었다. 희망도 없이 사랑하는 남자가 하나 있었다. 그는 자기 영혼 속에 완전히 틀어박혀 사랑으로 인해 타버릴 것 같다고 생각했다. 그에게는 이 세계가 사라져버렸으며, 푸른 하늘도, 초록빛 숲도 더 이상 보이지 않았다. 시냇물도 그에게는 졸졸거리지 않았고, 하프도 울리지 않았다. 모든 것이 가라앉아버렸고, 그는 가엾고 비참해졌다. 그러나 그의 사랑은 자라났다. 그리하여 그는 사랑하는 그 아름다운 여인을 소유하지 못하느니 차라리 죽어버리고, 멸망해버렸으면 하고 바랐다. 그때 그는 자신의 사랑이 자기 내부에 있는 다른 모든 것을 불태워 버렸음을 느꼈다. 그리하여 그 사랑은 더욱 강력해져서 그녀를 끌

어당겼다. 그러자 그 아름다운 여인은 따라오지 않을 수 없었다. 그녀가 왔다. 그는 두 팔을 활짝 벌리고 서서 그녀를 자기에게로 끌어당겼다. 그러나 그녀가 그의 앞에 서자, 그녀의 모습은 완전히 달라져 있었다. 그리하여 그는 자기가 잃어버린 온 세계를 자신에게로 끌어당겼음을 전율과 함께 느끼고, 보았다. 그 세계는 그의 앞에 서서 그에게 몸을 맡겼다. 하늘과 숲과 시냇물, 이 모든 것들이 새로운 빛을 띠고 생생하고 찬란하게 그를 향해 와서 그의 것이 되고 그의 말을 하는 것이었다. 이렇게 그는 단순히 한 사람의 여자를 얻는 대신 온 세계를 마음속에 지니게 되었던 것이다. 하늘의 모든 별들은 그의 내부에서 타오르고 그의 영혼을 통해 기쁨의 빛을 뿜어냈다. 그는 사랑을 했다. 그러면서 자기 자신을 발견했던 것이다. 그러나 대부분의 사람들은 사랑을 통해 자기 자신을 잃는다.

에바 부인에 대한 나의 사랑이 내게는 내 삶의 유일한 내용인 것처럼 보였다. 그러나 그녀는 매일같이 다른 모습을 띠었다. 때때로 나는 나의 본성이 도달하려고 애쓰는 것은 그녀라는 사람이 아니라 그녀가 다만 나의 내면의 상징에 불과하며, 나를 나의 내부로 더욱 더 깊이 이끌려 하고 있음을 느끼는 것 같았다.

때때로 나는 그녀로부터 나의 마음을 뒤흔드는 절박한 질문에 대하여 나의 무의식이 대답하고 있는 것 같은 이야기를 들었다. 또 내가 그녀 곁에서 관능적 욕망에 불타며 그녀와 닿았던 물건들에 입을 맞추는 순간도 있었다. 그리고 점차 관능적인 사랑과 비 관능적인 사랑이, 현실과 상징이 서로 겹쳐졌다. 그러고는 내가 내 방에서 고요히 그리고 열렬한 마음으로 그녀를 생각할 때면, 그녀의 손이 나의 손 안에, 그녀의 입술이 내 입술 위에 느껴진다고 생각하는 적도 있었다. 또는 내가 그녀 곁에서 그녀의 얼굴을 들여다보고, 그녀와 이야기를 나누고, 또 그녀의 목소리를 들으면서도 그녀가 현실적으로 존재하는 것인지 혹은 꿈이 아닌지를 잘 분간할 수 없었다. 어떻게 사랑을 지속적이고 불멸의 것으로 간직할 수 있는지를 나는 예감하기 시작했다. 어떤 책을 읽다가 나는 새로운 인식을 갖게 되었다. 그것은 에바 부인의 입맞춤과 똑같은 느낌이었다. 그녀는 나의 머리카락을 쓰다듬어주고, 성숙하고 향기로운 따스함을 품고 미소를 보내주었다. 그러자 나는 마치 나 자신의 내부에 무슨 진보라도 이룬 것 같은 느낌이 들었다. 나에게 있어 운명이었던 온갖 것들이 그녀의 모습을 지니게 되었다. 그녀는 나의 모든 생각 속으로 녹아들었고, 나의 모든 생각은 그녀로 변신할 수 있었다.

부모님과 함께 지내야 할 성탄절 휴가가 나는 두려웠다. 2주일이나 에바 부인과 떨어져 지내야 하는 것이 고통스러울 게 틀림없다고 생각했기 때문이었다. 그러나 크게 고통스럽지는 않았다. 집에 머물면서 그녀를 생각하는 것은 멋진 일이었다. H시로 되돌아와서도 나는 이런 안정감과 관능적인 그녀의 현존으로부터의 독립적 느낌을 즐기고 싶어 이틀 동안이나 그녀의 집에 가지 않았다. 또한 나는 그녀와 나의 결합이 새로운, 비유적인 방식으로 이루어지는 꿈을 꾸었는데, 그녀가 바다가 된 꿈이었다. 그리고 나는 그 바다로 용솟음쳐 흘러들어갔다. 그녀는 별이기도 했고, 나 역시 별이 되어 그녀에게로 갔다. 그리고 우리는 서로 만났고, 서로를 끌리고 있음을 느꼈고, 기쁨으로 가득 찬 소리가 울려 퍼지는 원 속에서 서로의 주위를 함께 맴돌았다.

내가 다시 그녀를 찾아갔을 때, 나는 그녀에게 이 꿈 이야기를 했다.

"아름답군요." 그녀가 나지막하게 말했다. "그것이 진실이 되도록 하세요."

이른 봄날, 결코 잊을 수 없는 하루가 왔다. 내가 홀로 들어섰을 때, 창문은 열려 있었고 따스하고 부드러운 바람이 짙은 히아신스 향기를 방 안 가득 퍼뜨리고 있었다. 아무도 보이질 않았다. 나는 계단을 올라 막스 데미안의 서재로 들어갔다. 가볍게 문을 두드리고, 언제나 그랬던 것처럼 대답도 기다리지 않고 나는 문을 열고 안으로 들어섰다.

커튼이 모두 드리워진 방은 어두웠다. 막스가 화학 실험실로 꾸며놓은 작은 곁방으로 통하는 문이 열려 있었고, 그곳으로부터 먹구름을 사이로 비치는 밝고 뽀얀 봄 햇살이 들어오고 있었다. 아무도 없다고 생각한 나는 커튼을 젖혔다. 그러자 커튼이 드리워진 창문 가까이에 데미안이 기이한 모습으로 의자에 웅크리고 앉아 있는 모습이 드러났다. 갑자기 섬광처럼 한 가지 생각이 나의 뇌리를 스치고 지나갔다. 언젠가 한 번 보았던 모습이구나! 그는 두 팔을 까딱도 하지 않고 늘어뜨린 채 무릎에 두 손을 올려놓고 있었다. 약간 앞으로 숙인 그의 얼굴은 생기 없이 굳어 있었지만, 동공은 마치 한 조각 작은 유리 조각이 빛을 반사하는 것처럼 반짝이고 있었다. 창백한 얼굴은 그의 내부로 깊이 가라앉아 있었을 뿐 몸서리가 쳐질 것처럼 굳어 있다는 것 말고 다른 표정은 없었다. 그것은 마치 사원 현관에 있는 태곳적 짐승의 가면처럼 보였다. 그는 숨도 쉬고 있지 않는 것 같았다.

옛 기억이 떠올라 나는 몸을 떨었다. 몇 년 전, 내가 아직 어린 소년이었을 때, 나는 이미 똑같은 모습을 하고 있는 그를 보았던 적이 있었다. 그때도 그는 그렇게 내면을 응시하는 눈으로 굳어 있었다. 그때도 아무런 생기 없이 두 손은 나란히 놓여 있었고, 파리 한 마리가 그의 얼굴 위를 기어 다니고 있었다. 또 당시에도, 어쩌면 6년 전쯤에도, 그는 지금만큼 나이 먹고 지금만큼 시간을 초월한 듯 보였었다. 얼굴에 있는 주름살 하나도 오늘과 다르지 않았다.

두려움이 엄습해서 나는 가만히 방에서 나와 계단을 내려왔다. 홀에서 에바 부인을 만났다. 그녀는 창백했고 피곤해 보였다. 그녀에게서 본 적이 없는 모습이었다. 그림자 하나가 창문을 스쳐 지나갔다. 눈부신 하얀 햇빛이 홀연히 사라져 버렸다.

"막스를 보고 왔어요." 내가 성급하게 낮은 목소리로 말했다. "무슨 일이 있었나요? 그가 자고 있는지, 아니면 무언가에 몰입해 있는지 저는 잘 모르겠어요. 전에도 벌써 한 번 저런 모습을 본 적이 있거든요."

"그 아이를 깨우지는 않았겠지요?" 그녀가 황급히 물었다.

"아니오. 그는 제가 들어가는 소리를 듣지 못한 거 같아요. 저는 곧 되돌아 나왔고요. 에바 부인, 무슨 일이 일어났는지 말씀해 주실 수 있어요?"

그녀는 손등으로 이마를 쓰다듬었다.

"걱정 말아요, 싱클레어. 아무 일도 없으니까요. 그 아이는 명상에 잠겨 있는 거예요. 오래 걸리지 않을 거예요."

그녀는 일어나서 막 비가 내리기 시작했는데도 정원으로 나갔다. 나는 함께 가서는 안 된다고 느꼈다. 나는 홀 안에서 오락가락 거닐며 혼미할 정도로 풍기는 히아신스 향기를 맡았다. 그리고 나는 문 위에 걸려 있는 나의 새 그림을 쳐다보고, 오늘 이 집을 가득 채우고 있는 기이한 그림자를 답답하게 느끼면서 숨을 쉬었다. 무엇일까? 무슨 일이 일어났을까?

에바 부인은 곧 돌아왔다. 빗방울이 그녀의 검은 머리카락에 방울방울 맺혀 있었다. 그녀는 자신의 안락의자에 앉았다.

피로가 그녀의 온몸에 깃들어 있었다. 나는 그녀의 곁으로 다가가서 그녀 위로 몸을 숙이고 머리카락에 맺힌 물방울에 입을 맞추었다. 그녀의 두 눈은 맑고 고요했다. 그러나 물방울은 나에게 눈물 같은 맛이 났다.

"그에게 가보고 올까요?"내가 속삭이며 물었다.

그녀는 희미하게 미소를 지었다.

"어린아이처럼 굴지 말아요, 싱클레어!"그녀는 자기 자신의 마음속에 깃든 마력을 깨뜨리려는 듯이 강하게 나무랐다. "지금은 그냥 갔다가 나중에 다시 오세요. 지금은 당신과 이야기를 할 수가 없네요."

나는 그곳에서 나와 주택과 시가지를 지나 산으로 달려갔다. 사선을 그으며 내리는 가는 빗방울이 나를 향해 쏟아졌다. 무거운 압력에 눌린 구름이 겁을 집어먹은 듯 낮게 깔려 흘러가고 있었다. 산 아래에는 바람이 거의 불지 않았지만 높은 곳에서는 폭풍이 몰아치고 있는 것 같았다. 이따금 잠시 동안 어두운 금속 빛깔을 띤 구름 사이로 태양이 창백하게, 또는 눈부시게 얼굴을 내밀곤 했다.

그때 하늘에 누렇고 엷은 구름 한 조각이 흘러갔다. 그 구름이 잿빛 벽에 막히자 몇 분 동안 누런 구름과 푸른 하늘로 하나의 상을, 거대한 새를 만들었다. 그 새는 푸른 혼돈으로부터 뛰쳐나와서는 훨훨 날갯짓을 하며 하늘로 사라졌다. 그러고 나서 폭풍우 소리가 들리더니 요란한 소리와 함께 비와 우박이 뒤섞여 쏟아져 내렸다. 한순간 엄청나게 공포스러운 소리를 울리면서 천둥과 번개가 빗줄기에 얻어맞은 풍경 위로 와지끈 부서졌다. 그리고 곧 다시 한줄기 밝은 햇살이 새어 나오고 갈색 숲 너머 가까운 산들 위로 창백한 눈이 어슴프레하게 비현실적으로 빛났다.

몇 시간 뒤 내가 흠뻑 젖어 돌아가자 데미안이 직접 현관문을 열어주었다. 그는 자기 방으로 나를 데리고 올라갔다. 실험실에서는 가스 불이 타고 있었고, 종이가 사방에 흩어져 있었다. 일을 하고 있었던 것 같았다.

"앉아." 그가 권했다. "피곤할 거야. 지긋지긋한 날씨로군. 밖에서 한참동안 헤맨 모양인데, 곧 차를 가져올 거야."

"오늘 뭔가가 시작되었어." 내가 망설이며 말했다. "이런 건 단순한 천둥번개가 아닌 것 같아."

그가 무언가를 탐색하려는 듯 나를 쳐다보았다.

"무엇을 보았지?"

"응, 구름 속에서 잠깐 동안 하나의 형상을 똑똑히 보았어."

"무슨 형상?"

"새였어."

" 그 매? 그것이었지? 네 꿈의 새 말이야?"

"맞아, 그건 내 매였어. 황금빛의 거대한 새였는데, 검푸른 하늘로 날아가 버렸지."

데미안은 깊이 한숨을 내쉬었다. 노크 소리가 났고, 늙은 하녀가 차를 가져왔다.

"들어봐, 싱클레어. 네가 그 새를 보았던 게 우연이었을까?"

"우연히? 그런 것들을 우연히 볼 수 있을까?"

"좋아, 볼 수 없지. 그것은 뭔가를 의미하고 있을 거야. 무엇을 의미하는지 알겠니?"

"아니, 나는 그저 그것이 어떤 충격을, 운명에서 떼어놓는 한 걸음이라는 것만을 느낄 뿐이야. 나는 그것이 우리 모두와 관계가 있다고 믿어."

그는 성급한 걸음으로 서성거렸다.

"운명 속의 한 발자국이라고!" 그가 크게 소리쳤다. "지난 밤에 똑같은 꿈을 꾸었지. 그리고 어머니도 어제 똑같은 예감을 느꼈다는 거야. 나는 사다리를 타고 어떤 나무줄기거나 탑으로 보이는 곳으로 올라가는 꿈을 꾸었어. 위로 올라가니까 아래로 널따란 평야가 펼쳐져 있었는데, 온 나라가, 도시나 마을 할 것 없이 불타고 있는 게 보였지. 나는 아직 전부를 이야기할 수는 없어. 아직도 모든 것이 나에게 뚜렷하지는 않으니까."

"그 꿈을 너와 관련해서 해석하는 거야?" 내가 물었다.

"나와 관련시키는 거냐고? 물론이지. 아무도 자기와 관계 없는 꿈을 꾸지는 않아. 그러나 나 혼자만 관련된 것은 아냐.

그 점에서는 네가 옳아. 난 꽤 정확하게 꿈들을 구별하지. 나 자신의 영혼의 동요를 보여주는 꿈과, 매우 드물기는 하지만 온 인류의 운명을 암시하는 꿈을 말이야. 그러한 꿈은 매우 드물게 꾸게 되는데, 예지몽이라고 할 수 있지. 하지만 실현되었다고 말할 수 있는 꿈은 한 번도 꾸어보지 않았어. 해석은 너무 애매모호하지. 다만 나에게만 관련된 꿈이 아니라는 것만은 확실히 알고 있지. 다시 말하면 그 꿈은 내가 과거에 꾸었고, 지금도 계속되고 있는 옛날의 다른 꿈에 속해 있는 거야. 이 꿈들은, 싱클레어. 벌써 네게 얘기했지만, 그것들에서 내가 예감을 얻고 있는 그러한 꿈이란 말이야. 우리의 세계가 정말로 썩어 있다는 사실을 우리는 알고 있지만 그것만으로 그것들의 멸망이나 또는 그와 같은 일을 예언할 근거는 될 수 없어. 그러나 나는 여러 해 전부터 구세계의 붕괴가 다가오고 있다고 결론지을 만한 꿈을 꾸어왔어. 그것은 처음에는 아주 약하고 희미한 예감이었지만 갈수록 뚜렷하고 강해졌지. 나는 아직 나와도 관련이 있는 무언가 크고 무서운 것이 저벅저벅 다가오고 있다는 것만을 알고 있을 뿐이야. 싱클레어, 우리는 그동안 누차 이야기했던 것을 겪게 될 거야! 이 세계는 스스로 혁신하려 하고 있어. 죽음의 냄새가 나. 죽음 없이는 그 어떤 새로운 것도 올 수 없으니까. 그것은 내가 생각했던 것보다 한층 더 몸서리쳐지는 일이지."

나는 깜짝 놀라서 그를 물끄러미 바라보았다.

"네 꿈의 나머지들에 대해 이야기해 줄 수 없을까?" 나는 수줍게 청했다.

그는 고개를 가로 저었다.

"안 돼."

문이 열리고 에바 부인이 들어왔다.

"여기 같이 있었구나! 설마 슬퍼하고 있는 건 아니겠지?"

그녀는 다시 싱그러워져서 이제는 전혀 피곤해 보이지 않았다. 데미안은 그녀에게 미소를 지어 보였다. 그녀는 겁에 질린 아이들에게 다가서는 어머니처럼 우리에게로 왔다.

"우리는 슬퍼하는 게 아니에요, 어머니. 그저 이 새로운 표식에 대해 이야기를 좀 했지요. 그렇지만 거기엔 역시 아무것도 없네요. 오려고 하는 것은 갑자기 오겠죠. 그러면 우리가 알 필요 있는 것을 듣게 되겠지요."

나는 기분이 언짢았다. 그래서인지 작별을 하고 혼자 홀을 지나갈 때, 히아신스 향기가 시들고, 맥 빠지고 시체 냄새처럼 느껴졌다. 하나의 그림자가 우리 위에 드리워졌던 것이다.

종말의 시작

여름 학기도 H시에 머물 수 있도록 나는 나의 뜻을 관철했다. 집 안에 있는 대신, 우리는 이제 거의 언제나 강가의 정원에 있었다. 격투에서 보기 좋게 패한 일본인은 떠났고, 톨스토이 추종자도 사라졌다. 데미안은 말을 가지고 있어서 매일같이 끈질기게 그것을 타고 돌아다녔다. 나는 종종 그의 어머니와 단 둘이서만 있었다.

이따금씩 나는 내 생활의 평화로움에 놀라곤 했다. 나는 너무나 오랫동안 고독하게 지내는 것과, 단념하는 것에 대한 훈련과, 괴로움과 힘들게 싸우는 데 익숙했던 터라 H시에서 지냈던 이 몇 달이 나에게는 안락하고 황홀하게, 아름답고 유쾌한 사물과 감정 속에서 살아도 좋은 그러한 꿈의 섬인 양 여겨지는 것이었다. 나는 이것이 우리가 생각하는 보다 새롭고 더 높은 공동체의 전조임을 예감하고 있었다. 그러나 종종 이런 행복에 깊은 비애가 엄습하기도 했다. 그것이 오랫동안 지속될 수는 없다는 것을 잘 알고 있었기 때문이었다. 나는 넘치는 만족과 안락 속에서 호흡하도록 태어나지 않았던 것이다. 나는 고뇌와 광기를 필요로 했다. 언젠가 이 아름다운 사랑의 영상에서 눈을 뜨고, 단지 고독과 투쟁만이 있을 뿐 아무런 평화도 공존도 없는 그러한 다른 사람들의 차가운 세계에서 다시금 홀로, 온전히 홀로 서 있게 되리라는 것을 느꼈다. 그래서 더욱 나는 내 운명이 아직도 이 아름답고 고요한 얼굴을 지니고 있음을 기뻐하며, 갑절의 애정을 품고 에바 부인 곁을 떠나지 않았다.

여름 몇 주일은 황급히, 그리고 쉽사리 지나갔다. 벌써 여름 학기가 끝나가고 있었다. 머지않아 이별이 목전에 다가올 것이다. 나는 이별을 생각해서는 안 되었고 생각조차 하지 않았다. 나비가 꿀로 가득한 꽃에 매달려 있듯 나는 아름다운 날들에 집착했다. 그것은 나의 행복한 시절이었다. 내 인생 최초의 충족이며, 동맹체에 받아들여진 것이었다. 다음에는 무슨 일이 올 것인가? 나는 어쩌면 또다시 싸워 나가리라, 동경으로 괴로우리라, 꿈을 꾸리라, 고독해지리라.

이런 나날 중 어느 날, 그와 같은 예감이 몹시도 강렬하게 엄습했다. 그리하여 에바 부인에 대한 나의 사랑이 갑자기 고통스럽게 불타올랐다. 맙소사, 이제 곧 나는 더 이상 그녀를 보지 못할 것이다. 집안을 거니는 안정되고 다정한 그녀의 발

걸음 소리를 다시는 듣지 못할 것이며, 내 책상 위에는 그녀의 꽃이 더 이상 놓이지 않으리라. 대체 나는 무엇을 얻었던가? 그녀를 얻는 대신에 그녀를 얻으려고 싸우고, 영원히 그녀를 나의 것으로 빼앗는 대신에 꿈을 꾸었고, 안락에 내 몸을 맡겼을 뿐이다. 그녀가 일찍이 진정한 사랑에 대해 내게 해 주었던 말들이 떠올랐다. 헤아릴 수 없는 세련된 경고의 말들과 헤아릴 수 없는 가벼운 유혹, 혹은 약속 같은 것들이. 그걸로 나는 무엇을 이룰 수 있었던가? 아무것도 없다! 아무것도!

내 방 한가운데 서서, 모든 의식을 집중해 에바를 생각했다. 그녀로 하여금 나의 사랑을 느끼도록 하고 그녀를 내게로 끌어당기기 위해 내 영혼의 힘을 집중하려 했다. 그녀는 내게로 와야 하며, 내가 안아주기를 열망해야 한다. 나의 입술이 그녀의 무르익은 사랑의 입술을 탐욕적으로 헤쳐 놓지 않으면 안 되는 것이다.

나는 손과 발이 차갑게 굳을 만큼 긴장한 채 서서 있었다. 내게서 힘이 빠져나가는 것이 느껴졌다. 잠시 동안 나의 내부에 무엇인가 밝고 차가운 것이 단단하고도 밀도 있게 뭉쳐지는 걸 느꼈다. 나는 잠깐 동안 가슴속에 수정 한 덩이를 품고 있는 것과 같은 감각을 느꼈다. 그리고 나는 그것이 나의 자아임을 알았다. 냉기가 가슴까지 차올랐다.

그 무서운 긴장에서 깨어나자, 무엇인가가 오고 있다는 느낌이 들었다. 죽을 만치 탈진해 있었으나 그래도 에바가 황

홀하게 불타오르며 방 안으로 들어오는 것을 바라볼 준비가
되어 있었다.

그때 멀리서부터 말발굽 소리가 따그닥 따그닥 하며 다가
왔다. 그리고 가까이에서 요란스럽게 울리는가 싶더니 갑자
기 멈추었다. 나는 창가로 뛰어갔다. 데미안이 말에서 내리는
모습이 내려다 보였다. 나는 아래로 달려 내려갔다.

"무슨 일이야, 데미안? 어머니께 무슨 일이 있는 건 아니
겠지?"

그는 내 말을 귀담아듣지 않았다. 그의 얼굴은 몹시 창백
했으며 그의 이마에서 땀이 양쪽 볼을 타고 흘러내렸다. 그는
화끈 달아오른 말의 고삐를 정원 울타리에다 매고는 내 팔을
잡고 함께 거리를 걸어 내려갔다.

"벌써 소식 들었니?"

내가 알고 있는 건 아무것도 없었다.

데미안이 나의 팔을 눌러 쥐고 어둡고 연민에 찬, 기이한
눈길을 내 얼굴을 향해 돌렸다.

"그래, 이봐. 이제 시작된 거야. 너도 물론 러시아와의 사
이에 긴장이 고조되고 있었다는 것은 알고 있었겠지."

"뭐라고? 전쟁이 일어났단 말이야? 설마 그렇게 되리라고
는 생각하지 못했는데!"

가까이에 아무도 없었음에도 그는 소리를 낮춰 말했다.

"아직 포고되지는 않았지만 전쟁이 일어날 거야. 내 말을

믿어. 나는 그때 이후로 이 문제를 가지고 너를 괴롭히지 않았었지. 그러나 그때 이후로 나는 세 차례나 새로운 징후를 보았어. 요컨대 그것은 세계의 몰락도 아니고, 지진도 아니고, 혁명도 아닐 거야. 전쟁이 일어나는 거야. 사태가 어떻게 되어갈지 곧 보게 될 거야! 사람들에겐 그것이 기쁨이 되겠지. 벌써부터 다들 한 번 터지기를 바라며 기뻐하고 있거든. 그들에게는 삶이 그만큼 무의미해진 거야. 하지만 싱클레어, 이건 단지 시작에 불과해. 모르긴 해도 대 전쟁, 굉장한 대 전쟁이 될 거야. 하지만 그것도 역시 단순한 시작에 불과하지. 새로운 것이 시작될 거야. 그 새로운 것이 낡은 것들에 집착하고 있는 사람들에게는 충격적인 일이 되겠지. 넌 어떻게 할 거니?"

나는 당혹스러웠다. 모든 것이 나에게는 아직 낯설고 사실로 생각되지 않았던 것이다.

"모르겠는데, 너는?"

그가 어깨를 으쓱했다.

"동원령이 내려지면 나는 곧바로 입대할 거야. 나는 소위거든."

"그래? 그건 전혀 몰랐어."

"그래, 그게 내 적응 방법의 하나지. 너도 알다시피 나는 눈에 띄는 것을 좋아하지 않아. 그리고 늘 행동이 다소 지나쳐서 올바르지 못했던 편이지. 나는 일주일 내로 전장에 가 있을 거야."

"맙소사."

"이봐, 감상적으로 생각해서는 안 돼. 살아 있는 사람을 향해 총을 겨누도록 명령을 내려야 한다는 것이 내게 즐거운 일은 아니지. 그러나 그건 부차적인 문제야. 이제 우리 모두는 커다란 수레바퀴 속으로 휩쓸려 들어갈 거야. 너도 마찬가지지. 너도 분명 징집될 거야."

"그럼 네 어머니는, 데미안?"

그제야 비로소 나는 다시, 15분 전에 있었던 일을 생각해냈다. 세계가 얼마나 변해버렸는가! 감미롭기 그지없는 영상을 불러일으키기 위해 나는 온힘을 짜냈다. 그런데 지금 운명이 갑자기 위협적인 무시무시한 가면을 쓰고 돌연히 나를 노려보는 것이었다.

"우리 어머니? 아, 어머니에 대해서는 걱정할 필요 없어. 어머니는 믿을 만하시니까. 이 세상의 그 어느 누구보다도 믿을 만하니까. 어머니를 그렇게 사랑하는 거니?"

"알고 있었어, 데미안?"

그는 밝고 쾌활하게 웃었다.

"이 어린 친구야! 물론 알고 있었지. 사랑하지도 않으면서 우리 어머니를 에바 부인이라고 부른 사람은 아직 아무도 없었어. 아무튼, 어땠어? 네가 오늘 어머니나 나를 불렀지, 안 그래?"

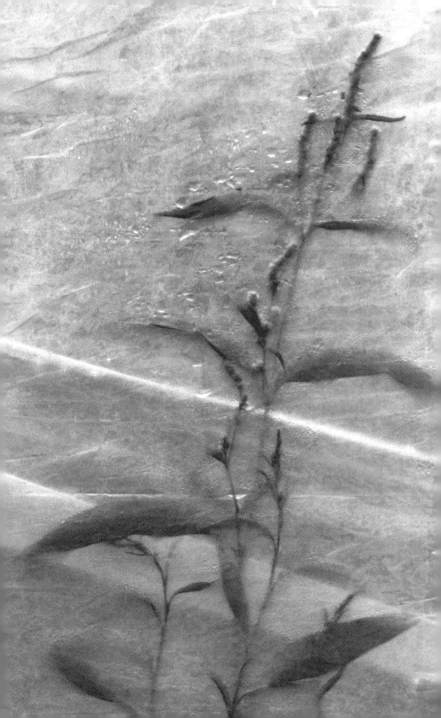

"그래, 불렀어. 에바 부인을 불렀지."

"어머니는 그걸 감지하셨지. 어머니가 갑자기 나를 보내셨거든, 네게 가보라고. 내가 러시아에 관한 소식을 이야기해드리고 있던 참이었는데 말이야."

우리는 돌아섰다. 그리고 더는 이러쿵저러쿵 이야기하지 않았다. 그는 울타리에 매어두었던 고삐를 풀고 말 등에 올라탔다.

위층의 내 방으로 돌아와서 나는 내가 얼마나 기진맥진해 있었는지 비로소 감지했다. 데미안이 전해준 소식, 아니 그 이전의 긴장으로 인해서였다. 하지만 에바 부인은 내가 부르는 소리를 들었다! 나는 마음속의 생각으로 그녀에게 가 닿은 것이다. 그녀가 직접 왔더라면 좋았을 텐데. 그러나 그렇지 않더라도 이 모든 것들이 얼마나 야릇한 일인가! 그리고 결국 얼마나 아름다운가! 이제 전쟁이 일어날 것이다. 우리가 종종 이야기했던 일이 일어나기 시작하려는 것이다. 그리고 데미안은 거기에 대해 많은 것을 미리 알고 있었다. 지금 세계 조류가 이미 그 어느 곳에선가 우리 곁을 스쳐지나가는 것이 아니라 갑자기 우리의 가슴 한복판을 뚫고 흘러가고, 모험과 거친 운명이 우리를 부르고, 지금 아니면 머지않아서 이 세계가 스스로 변화하려 하고, 우리를 필요로 하는 순간이 온다는 것은 얼마나 기이한 일인가. 데미안이 옳다. 그것은 감상적으로 받아들여서는 안 되는 것이다. 단지 기이했던 일은 이제 내가 그토록 고독했던 '운명'을 그렇듯 많은 사람들과, 아니 온 세상과 더불어 경험해야 된다는 사실이었다. 물론 좋다!

나는 준비가 되었다. 저녁에 시내를 걸어가면서 가는 곳마다 엄청난 흥분으로 들끓고 있음을 보았다. 어디를 가도 '전쟁'이라는 말뿐이었다!

나는 에바 부인 집으로 갔다. 우리는 정원의 정자에서 저녁을 먹었다. 내가 유일한 손님이었다. 전쟁에 대해서는 아무도 말을 꺼내지 않았다. 내가 떠나기 직전에 에바 부인이 내게 말했다.

"싱클레어, 당신이 오늘 나를 불렀고 왜 내가 직접 가지 않았는지는 알겠지요? 그러나 이걸 잊지 말아요. 당신은 이제 부르는 법을 알아요. 언제든지 표식을 지닌 누군가를 필요로 할 때에는 다시 부르도록 하세요!"

그녀는 몸을 일으켜 정원의 황혼 속을 앞서서 걸어갔다. 말 없는 나무들 사이로 이 신비에 싸인 여인은 당당한 왕녀처럼 걸어갔다. 그녀의 머리 위에서는 뭇별들이 조그맣게, 사랑스럽게 빛나고 있었다.

내 이야기의 끝이 가까워졌다. 사태는 급격히 진전되었다. 곧 전쟁이 일어났고, 데미안은 군복에 은회색 외투를 입고 놀랍도록 낯선 모습으로 떠나갔다. 나는 그의 어머니를 집으로 바래다주었다. 얼마 지나지 않아 나도 그녀와 작별했다. 그녀는 내 입술에 키스를 하고, 잠시 동안 나를 자기의 가슴에 끌어안았다. 그녀의 불타는 큰 눈이 가까이에서 들여다보고 있었다.

모든 사람들이 형제가 된 것 같았다. 그들은 조국과 명예를 말했다. 그러나 그것은 그들 모두가 잠시 모습을 드러낸 운명의 얼굴을 들여다본 것에 불과했다. 젊은 남자들은 병영을 떠나 기차에 올랐다. 그리고 많은 얼굴에서 나는 표식을 보았다. ─우리의 것이 아니라─ 그것은 사랑과 죽음을 의미하는 아름답고 고귀한 표식이었다. 나 역시 평생 본 적도 없는 사람들의 포옹을 받았다. 나는 그것을 이해했고 기꺼이 응답했다. 그들이 그런 행동을 하는 것은 일종의 도취였을 뿐 운명의 의지는 아니었다. 그러나 그 도취는 신성했다. 그들 모두가 이 잠깐 동안의 흥분된 시선으로 운명의 눈을 들여다보았기 때문이다.

내가 전장으로 갔을 때는 이미 거의 겨울이었다. 나는 첫 총격전의 충격에도 불구하고 만사에 대해서 실망했다. 예전에 나는 한 인간이 하나의 이상을 위하여 살 수 있는 일이 왜 그토록 드문지에 대해 곰곰이 생각했었다. 그런데 지금 나는 많은 사람들이, 아니 모든 사람들이, 이상을 위해 죽을 수 있음을 보았다. 그러나 그것은 개인적 이상, 자유로운 이상, 선택한 이상이 아니었다. 그것은 강요되어진 집단의 이상임이 분명했다.

그러나 시간이 지나가면서 나는 내가 인간을 과소평가했음을 알았다. 아무리 군무軍務와 공동의 위험이 제복을 입혀 획일화했다고 하더라도, 살아 있는 사람들이나 죽어가는 사람들이 훌륭한 태도로 운명의 의지에 접근하는 것을 나는 보았던 것이다. 많은 사람들, 매우 많은 사람들은 공격 때뿐만 아니라 어느 때거나 간에 목적에 대해서는 아무것도 아는 것이라곤 없으면서도, 다른 어떤 거대한 것에 대한 완전한 헌신을 뜻하는 확고하고 아득하고 다소간 홀린 듯한 눈빛을 지니고 있었다. 설사 이들이 언제나 자기들이 원하는 바를 믿고, 말하고 있다 하더라도 그들은 준비를 갖추고 있으며, 쓸모가 있었고, 그들에게서 미래가 형성될 것이었다. 그리고 이 세계가 전쟁과 영웅주의를, 명예와 그 밖의 다른 낡아빠진 이상을 완고하게 지향하고 있는 것처럼 보이면 보일수록, 외견상 인간성의 목소리 하나하나가 있는 듯 없는 듯하게 울리면 울릴수록, 이 모든 것은 마치 전쟁의 외적이고 정치적인 목적에 대한 물음이 그렇듯이 단지 피상적인 것에 불과했다. 깊숙한 곳에서는 무엇인가가 형성되고 있는 중이었다. 새로운 인간성과 같은 무엇인가가. 왜냐하면 나는 많은 사람들이 죽는 것을 볼 수 있었으며, 그들 중 어떤 사람들은 바로 내 옆에서 죽었기 때문이다. 그들에게는 증오와 분노, 살육과 파괴도 그 대상물에 결부되어 있지 않다는 인식이 느껴졌던 것이다. 그렇다. 대상물이란 그 목적과 마찬가지로 완전히 우연한 것이었다. 본래의 감정은 가장 과격한 것조차도 적을 향한 것은 아니었다. 그 피비린내 나는 싸움의 소산은 오로지 내면의 발산이며, 새로 태어나기 위해 미쳐 날뛰고, 죽이고, 파괴하고, 죽어버리려고 하는 영혼의 몸부림이었다. 거대한 새가 알에서 나오려고 투쟁하는 것이었다. 그 알은 세계였고, 따라서 이 세계는 산산조각으로 부서져야 했던 것이다.

어느 이른 봄날 밤, 나는 우리가 점령한 농가 앞에서 보초를 서고 있었다. 미풍이 변덕스럽게 불고, 플랑드르의 높은 하늘에는 떼구름이 몰려가고 있었다. 그 구름 뒤 어디쯤엔가 달이 떠 있는 것 같았다. 그날은 왠지 온종일 불안했다. 무엇인가 알 수 없는 불안이 내 마음을 어지럽게 했다. 그 순간 어두운 전초지에서, 나는 지금껏 살아왔던 삶의 영상들을 되돌아보았고 간절하게 에바 부인을, 데미안을 생각했다. 나는 한 그루 포플러에 기대어 서서 움직이는 하늘을 응시했다. 남모르게 바르르 떨고 있는 그 하늘의 밝은 빛이 곧 솟아오르는 거대한 형상의 행렬이 되었다. 내 맥박이 기이하도록 가냘프게 뛰고, 바람과 비에 대한 내 살갗의 무감각성과 선뜻선뜻 떠오르는 내면의 경각성에 의해 한 인도자가 내 주위에 있음을 나는 느꼈다.

구름 속에 대도시가 보였다. 그곳에서 수백만 명의 사람들이 쏟아져 나와 광대한 풍경 속으로 흩어졌다. 그들의 한가운데서 반짝이는 별을 머리에 단, 산맥처럼 거대한, 마치 에바 부인과 같은 표정을 지닌, 강한 힘을 가진 신의 모습이 나타났다. 그 모습 속으로 인간의 대열들은 마치 거대한 동굴 속으로 빨려 들어가는 것처럼 사라졌다. 그 여신은 땅바닥에 웅크리고 앉았다. 여신의 이마에 박힌 표식이 환하게 빛났다. 꿈이 그 여신을 지배하고 있는 것처럼 보였다. 여신은 두 눈을 감았다. 그리고 그 커다란 얼굴이 고통으로 일그러졌다. 갑자기 여신은 날카로운 소리로 비명을 질렀다. 그러자 이마에서 별들이, 수없이 많은 반짝이는 별들이 튀어나와 찬란한 포물선을 그리며 어두운 하늘로 날아올랐다.

그 별들 중 하나가 날카로운 음향과 함께 나를 향해 똑바로, 쏜살같이 날아왔다. 나를 찾는 것 같았다. 그러다가 그것은 굉음을 내며, 수많은 불꽃으로 작렬하고, 나를 높이 끌어올렸다가 다시 땅바닥으로 내동댕이쳤다. 우레와 같은 소리를 내면서 세계는 내 머리 위에서 무너졌다.

나는 흙과 상처로 뒤덮인 채 포플러나무 근처에서 발견되었다.

나는 어느 지하실에 누워 있었다. 포탄이 나의 머리 위에서 으르렁대고 있었다. 나는 어느 수레에 누워 덜컹덜컹 황량한 벌판을 지나갔다. 대체로 나는 잠을 잤거나 의식이 없었다. 그러나 깊이 잠들면 잠들수록 무엇인가가 나를 끌어당김을, 내가 나를 지배하는 주인인 어떤 힘을 따라가고 있음을 더욱더 격렬하게 느꼈다.

나는 마구간의 짚더미 위에 누워 있었다. 어두웠다. 누군가가 내 손을 밟았다. 그러나 나의 내면에서는 그 무언가를 향해 더 나아가려 했다. 그것은 더 강하게 나를 끌고 갔다. 다시 나는 수레 위에 누웠다. 나중에는 들것인지 사다리인지 위에 누웠다. 나는 점점 더 강력하게 그 어느 곳인가를 향해 가도록 명령받고 있음을 느꼈다. 나는 마침내 그곳까지 가야 하는 절박감 외에는 아무것도 느끼지 못했다.

마침내 나는 목적지에 도착했다. 밤이었다. 의식은 분명했다. 내면의 강력한 끌림과 절박감을 나는 곧 느꼈다. 이제 나는 넓은 홀에, 바닥에 깔린 자리에 누워 있었다. 내가 부름을 받은 곳에 와 있다는 느낌이 들었다. 주위를 바라보았다. 내 매트리스 바로 곁에 다른 매트리스가 바싹 붙어 놓여 있었고 누군가가 그 위에 있었다. 그는 몸을 숙여 나를 바라보았다. 이마 위에 그 표식이 있었다. 막스 데미안이었다.

나는 말을 할 수가 없었다. 그도 말할 수 없었거나 말하려고 하지 않았다. 다만 나를 바라볼 뿐이었다. 그의 머리 위 벽에 걸린 등불이 그의 얼굴을 비추고 있었다. 그는 나를 향해 미소를 지었다.

무한히 오랜 시간 동안 그는 끊임없이 내 눈을 들여다보고 있었다. 천천히 그는 자기의 얼굴을 내게 더 가깝게 들이밀었다. 얼굴이 거의 닿을 때까지.

"싱클레어!"그가 나직한 목소리로 말했다.

나는 눈으로 그에게 그의 말을 알아듣고 있다는 표시를 했다.

그는 거의 동정이라도 하는 듯한 표정으로 미소를 지었다.

"꼬마!" 그는 웃으며 말했다.

그의 입이 이제 내 입 아주 가까이에 있었다. 나직이 그는 말을 계속했다.

"프란트 크로머를 아직 기억해?"

나는 그에게 눈을 깜박였다. 이제는 미소를 지을 수도 있었다.

"꼬마 싱클레어, 잘 들어봐! 나는 떠나지 않으면 안 돼. 너는 아마 언젠가 나를 다시 필요로 하겠지. 크로머나 또는 그 밖의 다른 일이든 뭐든 간에. 그때 네가 나를 부른다고 하더라도 나는 이제 말을 타거나 기차를 타고 갈 수는 없을 거야. 그럴 때 넌 너 자신 내면의 목소리에 귀를 기울여야 해. 그러면 알아차릴 거야. 내가 너의 내면에 존재하고 있다는 것을 알 수 있을 거야. 알아듣겠니? 그리고 또 한 가지 더! 에바 부인이 말했어. 네가 언젠가 좋지 않은 상황에 놓였을 때 그녀가 나에게 보낸 입맞춤을 너에게 해 주라고 말이지…. 눈을 감아, 싱클레어!"

나는 선선히 눈을 감았다. 그치지 않고 계속해서 조금씩 피가 흐르는 나의 입술 위에 그가 가볍게 입을 맞추는 것을 나는 느꼈다. 그리고 잠이 들었다.

다음날 아침에 사람들이 깨웠다. 붕대를 갈지 않으면 안 되었던 것이다. 마침내 완전히 잠을 깨자 나는 급히 옆의 매트리스를 향해 몸을 돌렸다. 그 위에는 내가 한 번도 본 적 없는 낯선 사람이 누워 있었다.

붕대를 감을 때는 아팠다. 그리고 그 이후에 내게 일어난 모든 일이 아팠다. 그러나 나는 때때로 열쇠를 찾아 나 자신의 내부, 어두운 거울 속에서 운명의 영상들이 잠들어 있는 그 곳으로 완전히 내려가기만 하면, 단지 그 어두운 거울 위에 몸을 굽히기만 하면 되었다. 그러면 이제 완전히 데미안과 닮은, 내 친구이자 인도자인 데미안과 같은 나 자신의 모습을 볼 수 있었다.

데미안

지은이 헤르만 헤세

옮긴이 한민

발행일 2017년 3월 10일

펴낸이 양근모

발행처 도서출판 청년정신 ◆ 등록 1997년 12월 26일 제 10—1531호

주   소 경기도 파주시 문발로 115, 세종출판벤처타운 408호

전   화 031) 955—4923 ◆ **팩스** 031) 955—4928

이메일 pricker@empas.com